朱 健 主编

交通大学师生
抗战回忆录

上海交通大学出版社
SHANGHAI JIAO TONG UNIVERSITY PRESS

内容提要

该书以抗战时期交通大学的办学历程为主线，从1934—1946届交大校友的回忆录中撷取师生文章66篇，展现了交大师生在民族危亡之秋，同心砥砺、风雨兼程、弦诵不辍、坚韧不拔的精神，从上海坚守到重庆办学，十数年辛苦遭逢，跌宕起伏，经受住了最艰难的考验和锻炼，使交通大学的血脉传统得以留存延续。这段历程已成为中国高等院校史上重要篇章。

本书可作为青年学生陶冶情操、认知历史的辅助读本，也可作为高校历史研究人员的参考读本。

图书在版编目(CIP)数据

交通大学师生抗战回忆录/朱健主编.—上海:上海交通大学出版社,2015
ISBN 978-7-313-13782-1

Ⅰ.①交… Ⅱ.①朱… Ⅲ.①革命回忆录—作品集—中国—当代 Ⅳ.①I251

中国版本图书馆CIP数据核字(2015)第222093号

交通大学师生抗战回忆录

主　　编：朱　健
出版发行：上海交通大学出版社　　地　　址：上海市番禺路951号
邮政编码：200030　　电　　话：021-64071208
出 版 人：韩建民
印　　制：常熟市文化印刷有限公司　　经　　销：全国新华书店
开　　本：787mm×1092mm 1/16　　印　　张：17.25
字　　数：214千字
版　　次：2015年9月第1版　　印　　次：2015年9月第1次印刷
书　　号：ISBN 978-7-313-13782-1/I
定　　价：58.00元

1931 年“九一八”事变后，交通大学等校学生代表赴南京请愿，在上海火车站遭国民党政府当局阻挠

親愛的同胞，醒醒罷，不要再迷信那「公理」的夢了。世界上不會有公理的、假如是有公理的話，日本兵為什麽佔領我們的東三省，殘殺我們的同胞呢！達到公理的目的，只有武力，所以我們救國的辦法，只有武裝起來，和日本人宣戰！

酷愛和平是我們中國人的天性，所以日本兵佔領了我們的東三省，軍人抱着不抵抗主義，政府取着鎮靜的態度。不抵抗和鎮靜，是懦弱的表示，是亡國的途徑，高麗印度是我們的榜樣，我們還能靜默下去麼！現在不是我們講公理談和平的時候，所以我們應該用武裝收回我們的東三省！

現在軍人是不抵抗，政府是鎮靜，我們不能達到對日宣戰的政策，所以我們要用最後的手段，去督促政府的覺悟。最後的手段，就是學生罷課，工人罷工，商人罷市，以我們全體民衆，做政府後盾，實行對日宣戰！

我們的口號是

（一）打倒日本帝國主義！

（二）實行革命外交！

（三）督促政府對日本宣戰！

交通大學學生抗日委員會

1931 年“九一八”事变后，交大抗日会向民众散发的传单

1935 年 12 月 20 日，交通大学等校学生前往上海市政府请愿

1937 年 11 月上海沦陷后，日本军队占领交通大学徐家汇校园

交通大学被日本宪兵队、东亚同文书院占用后的校门

抗战时期交通大学租用的震旦大学校舍(现为交大医学院)

抗战时期交通大学临时校址中华学艺社的大门(现为上海文艺出版社)

交通大学在租界办学的第一批毕业生——1938 届土木系毕业照(前排中为土木系主任李谦若)

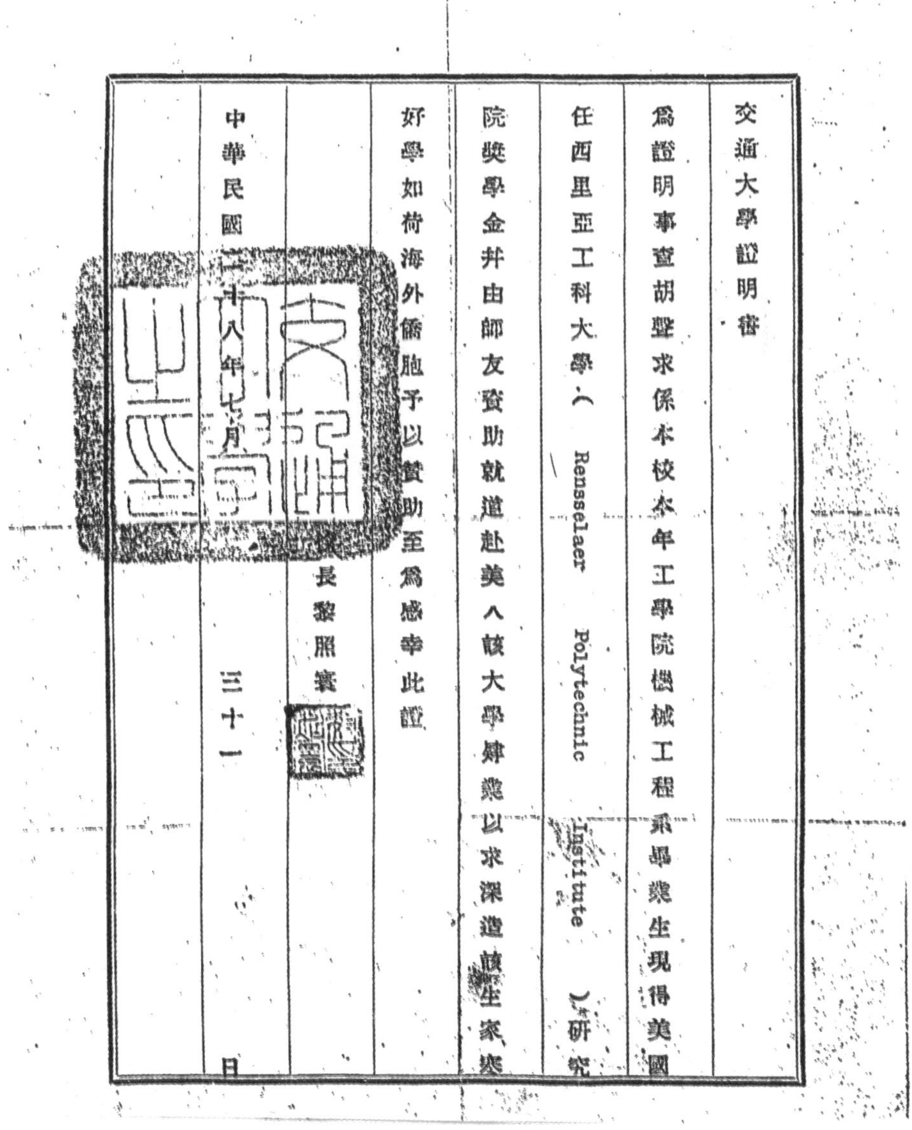

交通大學證明書

爲證明事查胡聲求係本校本年工學院機械工程系畢業生現得美國任西里亞工科大學（Rensselaer Polytechnic Institute）研究院獎學金幷由師友資助就道赴美入該大學肄業以求深造該生家寒好學如荷海外僑胞予以贊助至爲感幸此證

長黎照賓

中華民國二十八年七月三十一日

1939 年 7 月 31 日，黎照賓校长为即将赴美留学的学生胡声求出具的证明书

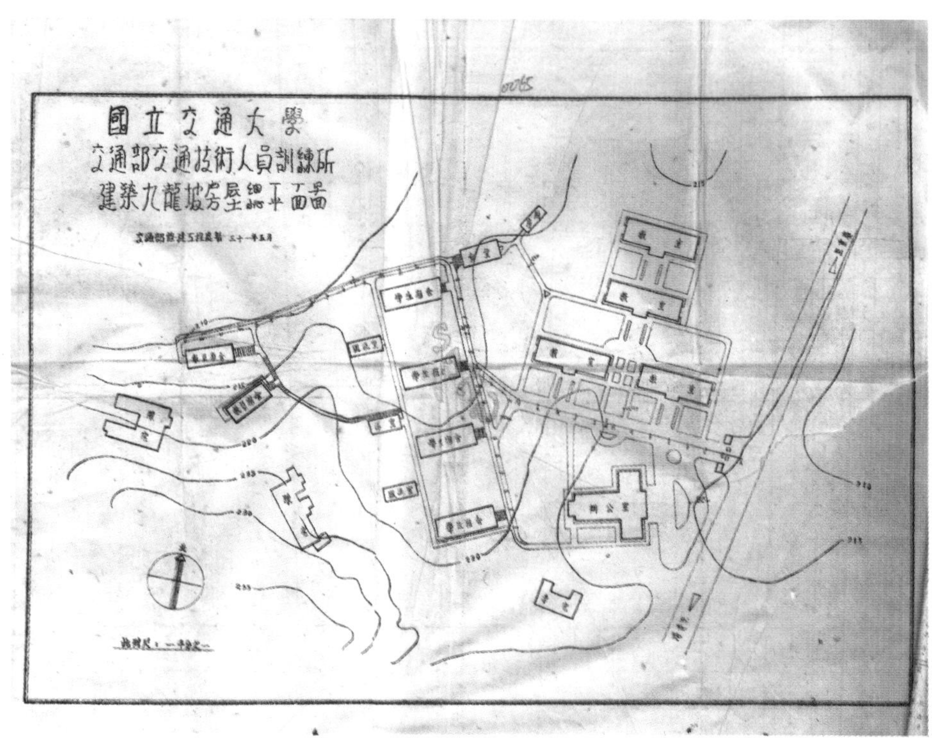

1942 年重庆九龙坡交通大学校园图

九龙坡交通大学校园

交通大学九龙坡校园的大礼堂——文治堂

交通大学学生在九龙坡宿舍前合影

九龙坡校园内朝气蓬勃的交大学生

1943 年在抗战大后方培养出的第一批交大学生毕业，吴保丰(前排左五)等与毕业生在九龙坡校园文治堂前合影

交通大学部分从军学生合影(前排左起:董金沂、杨大雄、罗祖道、严棣,后排左起:俞鲁达、施增玮、朱城、李呈英、夏邦瑞、程学俭)

交通大学校长黎照寰(1930—1944 年在任)

交通大学沪校校长张廷金(1942—1945 年在任)

交通大学校长吴保丰(1941—1944 年任渝校代理校长,1944—1947 年任校长)

交通大学重庆分校主任徐名材(1940—1941 年在任)

序

交通大学是一所时跨三个世纪的百年学府，从诞生的那一刻开始，她的历史便烙上了与国家民族共命运的沧桑印记。抗日战争时期，交通大学从上海坚守到重庆办学，十数年辛苦遭逢，跌宕起伏，这段历程成为中国高等院校史上不可忽略的篇章。在纪念中国人民抗日战争胜利70周年暨世界反法西斯战争胜利70周年之际，《交通大学师生抗战回忆录》正式出版了，谨此向我们忠贞的先辈们致敬。

纪念他们高尚的民族气节和不畏生死的爱国精神。交大学生一向信奉“科学救国、求真务实”，但内心从来不乏爱国的满腔热血与救民于水火的赤诚之心。他们“读书不忘爱国，爱国不忘读书”，义无反顾地投身到抗日救亡运动的最前线。面对日伪淫威，他们不卑不亢，表现出高尚的民族气节。1932年“一·二八”事变，交大拨出学校条件最好的学生宿舍设立“国民伤兵医院”，救治爱国将领蒋光鼐、蔡廷锴统率的十九路军伤员，为淞沪抗战提供后援。面对强寇入侵，交大学子纷纷投笔从戎，保家卫国。1932年即有学生张家瑞、徐威等人参加抗日义勇军。1944年秋抗战后期，学子们更掀起报名从军热潮。1945年春，参加青年志愿军者占在校生13.21％。

纪念他们忍辱负重的护校精神。抗战爆发后，迁入租界一隅的交大师生，克服了校舍沦陷、经费竭蹶等重重困境，艰难维持，顽强保存东南工科学府之命脉。用知识的传承抵御苦难，甘于清苦的教师们在险象丛生之中忍辱负重，培育着拯救国家未来的民族精英；风华正茂的交大学子们，压抑着国土沦丧的悲愤，在狭窄逼仄的教室中，在统舱般的宿舍里，埋首书本，发奋用功。交大师生在绝境中谱写出可歌可泣的护校篇章。

纪念交大师生不畏艰险、千里跋涉的内迁精神。交大沪校被迫接受汪伪管辖后，不少师生退学离校，奔赴山城重庆求学。有只身独往者，有三五结伴而行者，有举家内迁者。一路上途经多个省份，穿越无数日伪军封锁线，千里跋涉，困厄重重，九死一生。经过数月的艰苦跋涉和辗转劳顿，最终有近100名师生到达了重庆九龙坡。

纪念交大师生筚路蓝缕，浴火重生的开创精神。从1940年10月到1945年8月，不到五年的时间里，交大师生白手起家，因陋就简，在大西南后方的荒郊土坡上重建、壮大了交通大学。从最初规模极小的分校，成长为拥有9个学系、2个专修科、1个研究所，囊括“陆海空”综合学科门类的工科大学，为抗战建国培育出了大批栋梁之才，创造了抗战时期我国高等工程教育的奇迹。

世事变幻，许多故事已经在故纸堆中泛黄。然而，70余载后的今天，当这些史料再次跃入眼帘，我们仍不由热血沸腾，百感交集。先辈们用平实的笔触记录了普通中国人的抗战岁月，用踏实的脚步走出了民族自由之路，抚今追昔，肃然起敬，心向往之。

是为序。

姜斯宪

上海交通大学党委书记

2015年8月

前　言

2015年是世界反法西斯战争胜利70周年，也是中国人民抗日战争胜利70周年。20世纪三四十年代，中国是世界反法西斯战争的主要战场之一，在国难殷忧、风雨如晦的岁月里，交通大学经受了巨大的损失和煎熬。

1937年7月7日，“卢沟桥事变”爆发，日本对中国发动全面侵略战争。8月13日，日军进攻上海。交通大学被迫离开办学四十余载的徐汇校园，避走法租界。随着日本侵略深入，租界生存环境日益恶化，为应对时局，1941年9月，学校对外改称“私立南洋大学”。1941年底，太平洋战争爆发，日本对英美宣战，日军侵入上海租界。1942年暑假，学校为汪伪政府辖管。租界中，强敌环伺，风雨如晦，交通大学租屋上课，地方窘迫，经费短绌，处境困难。然而，师生们忍辱负重，以坚忍不拔之精神，弦诵不辍，交通大学的血脉传统得以留存延续。

抗日战争进入相持阶段后，为了坚持长期抗战，国民政府开始着力经营后方，需要大量工程技术和管理人才。借此良机，交大校友热心奔走后方建校。1940年秋，交通大学分校在四川重庆小龙坎诞生。1942年10月，学校改为国立交通大学本部，迁往重庆九龙坡。重庆时期，学校秉承交大传统，重视招生质量，注重基础训练。更由于一批青年教师从国外学成归来，学校的教学质量、教材建设等方面都呈现出新的面貌，学校新办了航空系、造船系、电信研究所、航海科、轮机科等系科，为战后学校的进一步发展奠定了基础。

可以说，交通大学在民族危难之际，体谅时艰，自强不息，无论是在沪借地求存，还是在渝异地办学，都经受住了最艰难的考验和锻炼，继承并发扬了交通大学优良的教学传统。

诚如1939届校友傅景常所言："皮之不存，毛将焉附。个人的幸福依靠国家而存在，这是千真万确的。"金瓯破碎，平静的书桌再也安放不得了，十余届交大师生亲身经历了那个时代的颠沛流离，沧桑记忆在他们的笔端汩汩流淌，这是永不忘却的纪念。在纪念中国人民抗日战争暨世界反法西斯战争胜利70周年之际，我们从交大师生的《回忆录》《校友通讯》等刊物中，选出与抗战相关的文章66篇，计15万字，编辑成册。这些文章中，有在租界中求生存的艰辛与难堪，有辗转千里内地求学的执着信念，有重庆创校时的艰苦与欣喜，有复员上海校园的满怀希冀，更有投笔从戎抗战救国的慷慨情怀。

在民族危亡之秋，交通大学的师生们经受住血与火的考验，风雨兼程，弦诵不辍，抒写出爱国荣校的历史篇章，值得永为铭记！

目录 | CONTENTS

读书不忘救国

——战前救亡运动

内忧外患　共赴时艰*

交通大学 1936 届校友集体写作　周寰清执笔

我级是南洋大学从高小起 12 年一贯制的最后一届。在这个 12 年中，我们经历了“五卅”惨案、“北伐战争”、“四一二”大屠杀、“九一八”事变、“一・二八”淞沪抗战和轰轰烈烈的“一二・九”运动，我们不但在校勤奋学习，同时也接受社会锻炼。

1925 年的“五卅”惨案发生在我们上高小的时候。比我们高一级的陈虞钦烈士是童子军豹队队长、军号手。当天他随学校的游行队伍到南京路示威，惨遭英帝国主义分子野蛮枪击，肠穿七孔，壮烈牺牲，年仅 17 岁。这个血的事实使我们从少年时代起就直接接受了反帝爱国的教育。

1931 年“九一八”事变，我们已上预科三年级。为了呼吁政府出兵抗日，交大同学会同上海各高校学生，排除种种阻碍先后三次赴南京请愿。我级随高年级同学参加了 9 月 28 日的第一次请愿，少部分同学还参加了 11 月底第二次和 12 月的第三次请愿。我们的行动虽未取得积极的结果，但对提高我们的认识和鼓动社会上的抗日舆论，还是起了一定作用的。

1931 年 12 月 9 日，外地学生代表来沪宣讲军警镇压北方大学生南下请愿团情况时，特务绑架了一名代表。当天下午上海大中学学联决定发动全市学生包围枫林桥上海市政府。交大学生紧急集合，首先

---

* 原载:《交大校友(1987)》，第 79—90 页。原题:《饮水思源　毕生难忘——庆祝母校 90 周年校庆，纪念我级毕业 50 周年》。

到达枫林桥。这次斗争迫使当时的上海市市长张群接受了当场释放学生代表的严正要求，并交出了绑架学生的暴徒，随即由学联组成民众法庭对暴徒进行公审。我们的学生运动获得了胜利。

在大学四年级期间，正值日本帝国主义发动全面侵略战争的前夕，国难日益深重。当日本侵略的魔爪伸向华北时，唐山交大同学不得不迁来上海共读。为了反对日本帝国主义侵略，为了反对成立“冀察政务委员会”，1935 年 12 月 9 日，北平爱国学生，在市学联领导下举行了轰轰烈烈的示威游行，迅速掀起了全国性的抗日救亡行动。中国共产党在上海的组织，通过左联所属团体，立即号召各大、中学校学生迅速、勇敢地行动起来，揭开了上海抗日救亡行动的序幕。那时在我级的进步学生中，有 2 名属于由宋庆龄、何香凝、马相伯、李杜等组织领导的“中华民族武装自卫会”的成员，他们以“读书会”的名义进行活动。读书会的成员是当时交大学生响应这次运动的核心力量。

在毕业的前夕，我们接受了这样深刻的反帝爱国教育，对我们认清形势、选择何去何从是有积极意义的。有些同学毕业后不久就奔赴延安投身革命，为解放旧中国和后来建设新中国都做出了积极的贡献。

我们的大学生活，是在“九一八”“一・二八”以后，“七七”事变以前，是在祖国内忧外患日益深重的苦难岁月里度过的。毕业时正是进步电影《桃花劫》上映不久，它的主题歌《毕业歌》流行的时刻。虽然在毕业典礼上我们没有高唱这支《毕业歌》，但这支激动人心的歌曲确实反映了那个时代背景和我们的情绪，“同学们，大家起来，担负起天下的兴亡……我们今天是桃李芬芳，明天是社会的栋梁……”。一曲歌声道出了我们向往的前程，指出了我们要追求的目标，我们在心底里唱着它，离开可爱的母校踏上当时支离破碎的社会。50 年过去了，往事历历，记忆犹新，这意味着对母校的怀念和感激，绝不会随时间的流逝而消失。

饮水思源　话说沧桑*

姚诵尧　徐桂芳

1937 届是 30 年代在徐家汇母校完整地接受了 4 年教育的最后一届。当时进校的共 168 人，均来自全国有较高水平的高级中学，如浙省杭高、南洋模范、上海中学、苏州中学、扬州中学，等等。1937 年夏毕业的同学共 129 人，同时进校的同学中有因病或其他原因暂时辍学而推迟毕业的，也都列入 1937 届同学录。

离开母校将近 60 年，同学们时常缅怀曾经谆谆教导我们的老师，如化学系的徐名材和张怀义老师，数学系的胡敦复和武崇林老师，物理系的裘维裕老师和尚健在的赵富鑫老师，电机学院的钟兆琳老师，机械学院的陈石英、杜光祖老师，土木学院的李谦若老师，管理学院的汪仲良老师，等等，他们都是值得我们永远尊敬和怀念的。

4 年的学习过程，在母校“起点高、基础厚、要求严”的办学方针指导下，培养了我们扎实的自然科学和管理科学的基础，使我们对事物有深透的分析能力。在毕业后参加各项工作，亦能适应处理。在校时参加各种科学和工作实验和野外测量的训练，是理论联系实际的锻炼。1935 年夏，各院系组织了赴校外参观和现场实习活动。尤其使人难忘的是，1935 年冬响应北京“一二・九”学生运动。我们全校同学有过一次热血沸腾的寒夜行军经历，由徐家汇校区步行到当时市政府所在地江湾请愿，要求政府出兵抗日，可惜国民党政府仍然充耳

---

* 原载:《上海交通大学 1937 届级友通讯(1996. 1)——庆祝上海交通大学百年校庆特刊》,第 2 页。

不闻。

1937年春，各院系同学都参加了自沪经杭州、南昌、九江、汉口、北京、天津、南京回校的毕业旅行。我们参观了各地的工厂，游览了祖国大好河山和名胜古迹。这次旅行使我们增长了见识，扩大了视野，更激发了我们的爱国热情。

1937年我们刚刚毕业，日寇发动了“七七”事变和“八一三”事件，抗日战争全面爆发。不久上海沦陷，绝大部分级友纷纷撤退到后方。有的取道南京、溯江而上到汉口，有的沿浙赣绕至湘桂。当时国民党政府的“资源委员会”正在筹建“中央机器厂”和“中央电工器材厂”，先在湖南下设司，后又在昆明建厂。我级同学参加“中央机器厂”的有吴德楞、张忠康、朱广颐、袁国瑞等；参加“中央电工器材厂”的有沈家桢、吴祖垲、姚诵尧、俞炳元、杨锦山、蒋家镤等；参加四川南川空军机械学校的有王子仁、徐云瓛、吴麟祥、黄志千、管义怀、顾以任、张楷、梁颂銮、周广诚等。土木学院同学参加了西南铁路和公路的建设，奔波辛劳，历经艰险，为抗战时期非常重要的交通和运输做出了直接的贡献。管理学院同学大都为铁道管理和银行工作，如周仁于1939年获美国西北大学硕士学位后，便回国到民生公司任职。大家都为抗日战争出过力。

40年代初期，在川黔滇工作的同学，有的因家事或其他原因从大后方回到上海，和已在上海的个别同学一起，协助几位母校老师参加上海的工厂企业的技术管理工作。如瞿钰随陈石英老师到上海信义机器厂工作，庄标文随裘维裕老师到江南造纸厂工作，姚诵尧和沈炳中随杜光祖老师到华生电器厂工作。张忠康从昆明回到上海创办了大威电机厂，是我国首家生产电钻的工厂。惨淡经营多年，又发展了其他电动工具和微型电机等产品。

岁月催人老，80年代中期以来，1937届大多数同学都年已古稀，先后离开了工作岗位。退休后有的改任顾问和咨询工作，有的回家颐养天年。1995 年底初步统计，目前健在的同学约 72 人，还有几位情况不明。

《1937 届级友通讯》自 1988 年第 1 期刊行以来到 1995 年，共出版了 10 期。从第 7 期以后陆续刊登了自传性文章，如《七五忆往》《八秩忆旧》《我的一生》《我的传略》等，记载了各位同学的学历、经历、事业、成就和贡献。从第 9 期开始扩大了“鸿雁传情”的篇幅，使同学之间及时互相了解情况。因为我们年龄大、记忆力差，不能作为总结性汇报，拉杂写来，聊表我们对母校的饮水思源的感恩之心，以及对同窗友谊愈老弥坚的怀念之情。

历　　程*

杨锦山

青少年时期

我祖籍安徽，父亲从上海吴淞的一所铁路学堂毕业后，便终生在京奉铁路几个车站工作。我出生于山海关，在连山车站(现锦西)度过童年。当时常有建设葫芦岛港口的工程师在连山转车，我很羡慕他们，因而从小就想长大能当一名工程师。

1927 年，我在河北的昌黎汇文中学住校读初中，后转学到北京汇文中学读高中理科。该校数理化都用英文课本，这对后来考大学很有利。

“九一八”事变后，全家除父亲外全搬到北京避难，家庭经济很是拮据。我作为长子，深感必须发奋读书，以后才能分担家庭困难，并为国家效力。

经过两年的艰苦准备，我于 1933 年夏同时考取燕京大学的生物系，清华大学和上海交大的电机系。由于上海交大的前身南洋公学具有较高威望，乃决定进上海交大。

交大时期

1933 年秋进交大后，由于我不懂上海话，曾闹出不少笑话。记得

---

* 原载:《上海交通大学 1937 届级友通讯(1996. 1)——庆祝上海交通大学百年校庆特刊》，第 63 页。

有一次上张寰镜老师的制图课时，我曾举手站起来请他用普通话或英语授课。只听他对我“咕噜”了一声，接着仍旧用他的浦东方言讲，弄得全堂哄然大笑。课后有人告诉我，他是叫我“慢慢听”。此后我就只好请同学给我翻译了。

记得那时，为了要适应交大的学习生活，除了抓紧时间做题目、跑图书馆外，还要花不少时间和精力写各种实验报告，包括实验原理、实验过程、实验结果及分析意见。回想那几年写报告的训练，确实对培养科学人才的思想方法和工作方法，打下理论联系实际的基本功，起到了很重要的作用。也许这就是交大人工作比较认真扎实的一种基本训练吧！

二年级时，我和吴德楞、刘培德三人在西宿舍同住一个房间。那时自己可以支配的课余时间比一年级多一些，因而在下课后我们可参加较多的体育活动，有时还看看谈人生观的书，如《富兰克林自传》、艾思奇的《大众哲学》以及高尔基的作品等。

三、四年级时，我都是和吴德楞同住一个房间。他那坐在书桌旁专心攻读的情景，直到今天还仍然刻印在我的脑海中。

在三年级时，我们 1937 届积极参加了全校的级际体育对抗赛，包括足球、篮球、排球、棒球、网球、田径、游泳、越野等 8 个项目。在全级体育健将的奋力拼搏和同学们的支持下，我级获得了该年度级际比赛的第一名。

1935 年冬，北京的“一二・九”学生运动激发了全国抗日救亡的高潮，交大学生曾先后两次上街游行请愿，我级同学都参加了；部分同学还参加了议论时事的求知社和唱救亡歌曲的歌咏队。我那时还从《字林西报》《密勒氏评论》《救亡日报》等报刊中获得一些一般日报上没有的信息和知识。

四年级的课程较少，大家都关心着毕业后的工作。当时我想到电厂工作，曾和吴德楞等到电厂参观，并到 SPC（上海电力公司）接受面试，后来被录取了。

1937年春，钟兆琳老师曾带领电机学院十几位同学到镇江参观电厂、电话局和纱厂。电厂总师施洪熙校友曾请钟先生推荐同学毕业后到该电厂工作，钟先生当即要我作些考虑。

从1937年3月26日到4月10日，我级有80多位同学参加了毕业班旅行。先后经过杭州、南昌、汉口、北京、天津、南京等地，并按学院分别参观了电厂、电话局、广播社、机车厂、飞机厂、公路局、桥梁、火车站、轮渡和大学等处，使大家开拓了眼界。

抗日与解放战争时期

我们毕业不久，便发生了"七七"卢沟桥事变。"八一三"事变的上午，我与武希圣听到从闸北传来的枪声后，便想到附近看个究竟。当我们走过外白渡桥时，只见马路的西侧有成千上万的人群正扶老携幼迎面涌来，而在空荡荡的马路东侧，则有少数日本浪人拿着棍子在晃动。次日我和沈栋臣又到外滩观察，看到有一艘挂着日本国旗的"出云舰"正停泊在北京路以东的黄埔江心，这时正好有架中国飞机从南面飞来，"出云舰"的高射炮当即向上空发射，在这架飞机前面出现了一排排黑烟点。接着，这架飞机像是受了伤而改了方向，并扔下炸弹。不久，几辆救护车就从身边呼啸而过。

我于是打消了到SPC或镇江电厂工作的念头，准备到对抗战更能起作用的岗位上工作。8月20日左右，我带着学校的介绍信，和沈栋臣、周建南及级友潘继庆、顾以任等，在徐家汇南的小河里，雇了一只摇橹的小船离开了上海。摇了一天半才到苏州，再转乘火车去南京。

报到后，我和张崇垣分配到电厂的新街口配电所。我的工作是走街串巷，熟悉输配电线路和看工人如何埋杆放线。我干了一个多月，看到国民党政府所在地南京死气沉沉，没有一点全民抗战气氛，精神上感到非常压抑。这时听说武汉抗战气氛很浓，便于 10 月下旬去了武汉。

到武汉后，先住在姚诵尧、刘昉兄处。我看到武汉市民抗日情绪很高，于是想进电厂工作，但未能如愿。

12 月初，周建南和孙以惪，沈栋臣和她教书的姐姐，还有范远弼和孙俊人，都先后到了武汉。大家从过去几个月的经历中看到国民党当局还没有全面抗战的部署，便通过范长江的介绍，一起到十八集团军汉口办事处，表示愿去陕北参加抗日。叶剑英同志接见我们时要大家写个履历送去。等我们 7 人按通知第二次再去时，叶剑英同志当即同意写去陕北的介绍信。

遗憾的是，在大家准备北上用的棉衣时，我患了急性肺炎住院了。于是大家商定 4 人先去，栋臣姊妹则等我病好再去。但我出院后仍患气管炎，长期低烧不退。为了生活计，乃去贵州都匀教了一学期书，每周讲课 4 小时。在半年的康复时间里，我读了几本马列主义的书，从中接受了辩证唯物主义的世界观。

1938 年 6 月，我和沈栋臣结婚后，到贵阳找去陕北的关系未果。后乃通过交大同学会安排在汽车修理厂工作，厂长是交大汽车门教授陈毓麟。两年后，机构改组，资源委员会在贵阳成立了运务处，里面交大校友很多。我于是调到该处，先后在机务室、修理所、修理厂和炼油厂工作了 4 年。

在贵阳期间，曾按照周建南同学来信的意见，组织了青年科学技术人员协会的贵阳分会，后因“皖南”事变形势突变而停止了活动。

1944 年时，得知昆明电工器材厂已初具规模，为了回到与交大学的电机工程有关的工作岗位，乃经沈家桢、俞炳元等兄联系，调到昆明电工器材厂。次年到四厂的生产组，对电动机、变压器、开关的生产技术逐渐熟悉了起来。

1946年电工器材厂要派一批技术骨干到美国西屋电器公司实习制造电机电器的技术，我被派去实习冷作焊接车间的加工技术与管理。因此时日寇已投降，乃乘卡车直到上海办出国手续，并于1947年1月初乘轮赴美。到美后，我先学习了六个星期电焊技术，经考试合格后，又分别到各生产车间实习。1948年春，我又到摩根史密茨水轮机厂实习了两个月。1948年4月乘轮回沪。

到上海后，孙友余等同志要我留沪迎接解放。1949年3月我履行了参加中国共产党的手续。5月下旬，上海解放。

结　语

回想在我的一生中，能够亲眼看到哺育我成长的祖国从一个贫穷落后、受人宰割的境地，终于建成为蒸蒸日上、自立于世界之林的社会主义强国，而自己也曾在这个转变过程中，充当过一块砖瓦，亦可勉为告慰。值此母校百年大庆之际，饮水思源，深感我这块砖瓦，主要是在母校的熔炉中，经过4年焙烧而制成的，这就使我更加怀念以前在母校度过的日子，以及曾在一起生活过的老师和同学们。

南京大屠杀七天前在南京的我*

安绍萱

我们1937年届同学毕业时，正是全民抗日反法西斯战争开始的时候。“八一三”日寇在上海进行了疯狂的入侵，中国人民同仇敌忾，纷纷以各种形式参加到抗日的革命行列。那时同学们有的已经找到工作，分赴各地；有的仍留在上海等待铁道部分派工作，我也是留下来的一个，每天到学校打听消息，真令人心急火燎。9月初，张贡九（张廷金）院长介绍我去南京航空委员会无线电修造厂工作。这给了我以莫大的鼓舞，因为这样可以直接参加抗日斗争了。那时沪宁铁路已经不通了，须先乘火车到松江，在夜间步行过桥，再换乘另一辆火车，经嘉兴绕道苏州，两天后才能到达南京。火车时开时停，敌机来了就停车，疏散在铁路两边田野里。到达南京后，我住在国府路一家旅馆里，然后去飞机场找那家工厂办理就业手续。但还需找担保人，这也不是一件简单的事，奔走了许多天才算解决。在这段过程中我所住的旅馆被炸了，幸亏遇到张崇垣学长，他把我拉到五台山他家去住，那时他的父母等都已逃往内地。不幸的是现在张兄已先我而逝，不胜哀悼之至！我初到南京时，还有不少同学也在联系工作，有的等车船西上。由于战争形势日趋紧张，他们陆续都走了。

这家工厂在机场东边郊区，实际上是几个大草棚，领导我工作的是1934届的学长赵元良教授。他对我关心备至，在工作和生活上都

---

* 原载：《上海交通大学1937届级友通讯（1996.1）——庆祝上海交通大学百年校庆特刊》，第105页。

给我不少帮助，真像自己的老大哥。不久，王炳宇学兄也由学校介绍来这家厂工作。小哥儿俩生活和工作在一起，又有老学长指导，工资还比铁道部高，条件真太理想了。但好景不长，南京形势更坏了，工厂奉命内迁，我们就参加机床拆卸装箱等工作。就在这个时候，空军指挥部要工厂派人留守，不知怎样研究的，竟然看中了我。工厂设备和器材陆续搬上了火车，同事们都随车去武汉了。

我带着两名机械师（技工）和一名勤务兵，搬到光华门内离飞机场不远的地方住下，听命于一位留德的汪机械官。我是这个小组的负责人，工作任务是专管飞机用的蓄电池的充电事宜。当时有中国的飞机，也有苏联空军的飞机，品种和数量都很多。我们每天都要骑脚踏车去机场好几回，把需要充电的蓄电池拆下，再把已充足了电的电池换上去。这项工作对我来说还算能胜任，在校内学过这门课，二年级在天津铁路大厂实习时也弄过。但这是军事任务，天空有敌机骚扰，工作要求又快又好，贻误军机，罪责难逃。当时形势越发紧迫，南京街上一片混乱，交通瘫痪，连黄包车都没有了。拉车的怕拉夫，就把车子拆掉，自己逃往四乡去避难了。别看我官职不大，只是个技副二级的技术员，但我得管这四个人的生活呢。蓄电池离不开硫酸，我还得到六合永利厂去求援，幸亏那时我们这种技术文职官兵也得穿军装，这就方便多了。因为是抗日，老百姓肯帮忙。

战争一天天地接近南京，政府机关差不多都撤走了，唐生智是留守的卫戍司令，那时也不知在何处。只有管我们的汪机械官还常来看我们，但他住什么地方，我们也不知道。市上商店也寥寥无几，市民人心惶惶，商量如何逃难。听说挹江门边上摆渡船都不好找了，有的人抱根木头去过江。我们怎么办？连一身便服都没有，无法逃难，况且还有任务在身，只得硬着头皮挺过去。如果真走不了为国牺牲了，也算为抗战尽了力量。

记得那天是 1937 年 11 月 7 日，敌军已打到句容，离南京只有 50

里，已能听到“隆隆”的炮声了。上午还在飞机场听训话，到午夜 11 点那位汪机械官就带着卡车来接我们了。夜色苍茫中，看不出东南西北，路上行人已很少了，在江边的一片芦苇中穿过去，在那里停泊着一条大船，大概是给航空委员会最后一批撤退人员准备的。我们上船不久船就开了，第二天早晨 7 时过芜湖。据说两小时后芜湖就沦陷了，我们真险些作了俘虏。一星期后，1937 年 11 月 13 日，南京落入日寇手中，惨无人道的南京大屠杀开始了。我们四人能够幸免于难，这还得感谢那位汪机械官没有忘记我们，把我们一起撤出了南京，奔向新的工作岗位。

忆战时学习与工作*

靡若虚

我的求学时期国家多难，中学时发生了“九一八”事件（1931 年）和“一・二八”事件（1932 年），老师们经常以“国家兴亡，匹夫有责”教导我们，教我们要立志振兴中华。高中（江苏省立上海中学）毕业时，数学老师朱凤豪作升学指导，宣讲工业救国，建议我们报考大学工科。1935 年我考取了交大机械工程学院。入学不久的一个晚上，躺在校园大草坪上，望着星空，憧憬未来，深感任重而道远。

大学一年级同学住在新中院宿舍内，我与盛幼豫、许渊泽、李维桢三同学合住一室。李与我同专业，短小精悍，爱好英语，现侨居墨西哥。

1939 届同学在校四年正值日本军国主义加紧侵略我国。1935 年 12 月的一天晚饭后，忽然有同学在新中院楼道大呼“游行去!”原来是上海各大学学生举行大游行。我们出校门经大西路（现中山西路）与光华大学、大夏大学的学生汇合，浩浩荡荡，步行一夜，凌晨到达江湾市政府，要求市长接见。市长吴铁城被迫出来接见，学生提出抗日要求。这是我进大学后第一次参加爱国救亡运动。

1937 年暑期发生“七七”卢沟桥事变和“八一三”淞沪抗战，学校被迫迁往上海法租界爱麦虞限路（今绍兴路）中华学艺社，吕班路（今重庆南路）震旦大学（今第二医科大学）及辣斐德路（今复兴中路）中法工专（今上海理工大学）等处分散上课。许多同学因家乡沦陷，音讯不

---

* 原载：《同窗集——纪念上海交通大学 1939 届级友毕业 60 周年》，1999 年，第 255—257 页。

通，交通中断，未能及时到校而延误学习。此时，上海已成为孤岛，学校是在极为困难的条件下开课的，教室狭小，没有图书馆、实验室、体育馆和大操场。同学们站在中华学艺社楼顶，可以目睹凶恶的日军从闸北炮轰南市，炮弹从头顶呼啸而过，大家均为弱国挨打、国土受侵而义愤填膺。在这样的环境下，同学们仍满怀爱国热忱，奋发学习，期望早日学成，报效祖国。这一时代背景促使同学们毕业后纷纷奔向后方，以各种方式投入抗日救国活动，全国解放后又奔赴各地，积极参加新中国的建设。

我们庆幸在校时能聆听许多博学的教授讲课，如胡敦复、陈石英、徐名材、杜光祖、金肖宗、胡嵩嵒、曹凤山，等等。胡敦复先生讲授微积分，陈石英先生讲授热力学原理，都把理论讲得很透彻，给我们清晰的概念。陈先生常年穿中式长袍，登上讲台即从衣兜掏出粉笔讲课。曹凤山先生讲授电机工程，总是挟着一卷用红绿线画的挂图上讲台，把电机的绕线从这儿进那儿出讲得头头是道，给我们深刻印象。从三年级开始分专业上课，我与朱广颐、沈兆麟、吴畏、李昭灼、唐东生、宗九龄等同学一起在动力门学习。

1936 年暑期，上海各大学一年级学生集中到苏州接受军训两个月，有时上操，有时上课，这是当时政府迫于学生们的抗日救国要求而举行的。我与管理学院的马家驹同学编在一个分队，朝夕相处，成为莫逆之交。我对他的勤奋好学、中英文根底扎实很钦佩。集训后我们常以英文通信，相互切磋。

1939 年夏，交大老校友顾逢时来沪为昆明中央机器厂招工。我和赵佩之、王慈明两同学被录用。我们搭船经香港至越南海防，再由滇越铁路经河内于 9 月底到达昆明。后来 1939 届同学陆续到厂的还有袁国瑞、吴光大、郭志佩、贺霖、沈国璋、袁硕功、朱广颐、林文琏等。该厂位于昆明东北部的茨坝，是从湖南湘潭迁来，为抗战时期国民党政府资源委员会办的一个大型机器厂，以制造锅炉、汽轮机、内燃机、机床、工具、纺织机及军工产品为主。赵佩之、王慈明、朱广颐、沈国璋、袁硕功和我被分配在机床及工具组(后改为第五分厂)工作,分厂厂长是交大老校友贝季瑶先生。五分厂从组厂到抗战胜利曾制造过六英尺车床、八英尺车床及立式钻床各100余台,牛头刨床、精密铣床、专用车床各数十台,龙门刨床数台,还成批生产各种丝锥、螺纹铰板、齿轮铣刀、齿轮滚刀、分厘卡、三爪夹盘、钻夹头、皮带搭扣等刃具、量具及工具,为支援后方生产做出了贡献。1942—1943年日军轰炸昆明,由于我国无空防,日机肆无忌惮地低空轰炸,工厂的锅炉制造车间被炸。那时每逢听到空袭警报,全厂停工,职工上山入林躲避。后来为了减少损失,我们在厂区外隐蔽地点搭建了木板房,名为“疏散厂房”,迁入机床设备,冒着空袭生产。

1945年8月15日,日本宣布无条件投降,也就在这一天我被资源委员会派往美国实习,由昆明飞往印度加尔各答,搭船于9月底到达纽约,后转底特律几家机床厂实习。

弦歌断续

——租界里的坚守

回忆战时母校点滴*

田正平

校　舍

1937年"八一三"淞沪战争爆发，三个月后上海沦陷，交大校舍被日寇侵占，不得已迁入当时的法租界继续办学。然而因为找不到大容量的校舍，只得把学校分为两个部分：一、二年级借原吕班路震旦大学(今重庆南路上海第二医科大学校址)内上课，三、四年级则在原爱麦虞限路(今绍兴路)中华学艺社上课，包括进行物理等实验课，工厂实习借助于原中法工学院(今文化广场对面)。

难过的"考试关"

当时每周上课30余学时，除大考在期终停课进行外，小考不停课，也不占用上课时间，都排在星期天下午。因此，那时的学生认为星期天是每周最紧张、最吃苦的日子。交大的考试可用两个字来概括："多"与"繁"。以物理课为例，开学后不久就贴出一张小考日程表，这周考理论，下周考计算题，周而复始，直至大考。交大的考题一般都是时间与答题差不多相当，以化学考题最为典型，厚厚一本但明(Deming)化学，差不多每个角落都要考到。尽管用的是老题目，可是

---

* 原载：《交大校友》(1987)，西安交通大学出版社，1987年5月，第106—108页。

背老题目等于背书本，考试时就是比速度。交大学风踏实，极少有人作弊，而这种繁题如果想偷看一道，反而会失去了做二、三道题的时间，得不偿失。

从课堂看学风

平日上课，教室里很安静。当时学生有一个特点，教师偶而讲错了或写错了，下面毫无动静，绝大多数学生都能自动在笔记上改正。

当时虽在战时，交大仍有严密的教学制度和良好的教学秩序。举一件小事为例：有一次校工闹了一次"小罢工"，当天我们上大二物理课。上课无人摇铃，学生均准时进教室静坐等候，赵富鑫老师也准时挟了粉笔登上讲台，二话不说，开口就讲课，好像什么也没有发生，一切如常。

艰苦朴素　生动活泼

学校迁入号称"十里洋场"的租界，而交大学生仍保持了朴素的作风。从衣着看，几乎是长袍和学生装的"世界"。当时学生一般很穷，课余在外面担任家庭教师者很多。每逢开学，校内墙上到处贴着"让售翻版课本"或"出售 K. E 计算尺"的小条，同学间进行"自由贸易"，这些都是现在的大学生想象不到的。

生活虽然艰苦，但学生仍很活跃，校本部在中华学艺社，没有田径场地，乒乓队频繁活动。震旦校园里有球场，继承交大的光辉足球史，七人小型足球很风行。当年上海的足球名将如韩龙海、李尧等都是交大的学生。

前辈教育家的风范

老校长黎照寰先生坚持“校在人在”，在工作之余经常到各班级找学生交谈。后来，太平洋战争爆发，日本军占领了原来的租界，学校迫于形势把“国立交通大学”改名为“私立南洋大学”。前校长唐文治先生挺身而出，在每个星期天上午，亲自开设四书讲座。唐老眼睛看不见，由一位留着八字胡子的老师念一句，他老人家接着作详尽的讲解。每堂满座，历久不衰。前辈教育家爱护学校与乐育英才的高风亮节，使我们做学生的终生难忘啊！

寻梦步行　追忆往事*

仇启琴

当我们这一群来自海外和祖国四面八方的、在40年代毕业的老校友们，兴致勃勃地参加了在上海交大草坪上举行的母校建校90周年盛大的庆祝会之后，由在沪校友戴振声、雷有谋、于康庄、蔡祖宏等发起，相约于6月9日下午2时正一起到我们48年前负笈求学的一些"老地方"走走，定此项活动之名曰"寻梦步行"。

追忆当时在日本侵华战争"八一三"后，交大迁进当时的法租界继续办学。我们这些莘莘学子面临因战争可能失学的厄运，却万幸地考入了交大。当时交大的办学传统和师资队伍仍维持与战前相同的水平，使我们在艰苦条件下，于认真执教、严格要求的教师们教导之下，充实了基础科学理论知识，锻炼了实际工作的能力，毕业后均能胜任各项工作，为祖国建设事业贡献出一份力量。我们重游48年前的旧地，饮水思源，更加深了对母校的眷恋之情。那天，我们先在重庆南路（原吕班路）复兴公园门口集合，计到校友30余人，多数是1941、1942年的毕业生。其中有些校友毕业后一直未回来过，他们如今都是年逾花甲的老人了，想不到多年梦寐以求的事竟实现于母校90岁生日之际。我们相扶相携，说说笑笑，沿着一条电车路向南走去。现在这条路上走的是无轨电车，代替了当年噪音甚大的有轨电车。我们向马路两边看去，40多年前的面貌基本上没有大变化，只是已见不到当年的法文招牌和路名牌了。走过了原来的劳神父路（今合肥路），就到了我

---

* 原载：《交大校友》(1987)，西安交通大学出版社，1987年5月，第114—120页。

们此行的第一站——上海第二医科大学(原震旦大学的旧址)。该校有东、西两部分校舍,分别在路的两边。东部旧校舍中的化学实验室和电机实验室,我们曾借用来做实验。西部校舍有一个大礼堂、运动场和一幢当时新建的四层大厦。大厦连同地下室和顶楼共计六层,在那时这是幢比较新式的建筑,内部装潢讲究,设备良好。现在时隔近50年,房屋仍然完好。交大于1937年11月借用此大厦四层楼的全部教室供一、二年级学生上课,借用五层的顶楼作为图书馆的临时书库,借用地下室作为物理实验室、测量仪器室等。

我们走进这幢怀念已久的大厦,踏上嵌花的台阶,仿佛回到了我们的学生时代。那二楼的阅览室不就是我们朝朝夕夕温课作业与埋首读书的地方吗?记得那时的阅览室设备很好,有大大的阅览桌,桌上装着一排排有绿色灯罩的台灯。我们交大学生虽然处于"借用"地位,却也"当仁不让"地同震旦的学生一起享用这个条件优越的阅览室。可惜现在已见不到原来的设备了。再走上四楼,教室依然如故地在那里,我们走了进去,立即回忆起一些老师的音容笑貌和讲课时的神态。胡敦复(微积分),裘维裕、周铭和赵富鑫(物理),徐名材和周祖训(化学),金肖宗(水力学),沈三多(机械设计),张寰镜(制图)等老师的课程都是在这层楼的教室里讲授的。有时教室容不下听讲和旁听的学生,连走廊里也有人在听课;有些教室(如制图教室)在正常时间里课程排不完时,星期日也排上了课。但是,即使条件如此艰难,每堂课的秩序却极为良好,安静严肃,学生都紧张地记笔记和迎接频繁的考试(尤以物理课为甚)。机械系的校友对张寰镜老师的怀念尤深。他的讲课从一年级的图形几何开始,讲到二年级的机械制图、机械原理图和设计。两学年四学期的课程由他一人独立完成,每个学生的作业都是他亲自批改的。他这种认真负责、一丝不苟的精神,实在令人钦佩!

在四楼电梯门侧的小门有楼梯通向五层顶楼,当时那里作为交大图书馆部分藏书的临时书库。限于条件，书架甚少，许多书都堆放在地上。即使如此，我们还是乐于进入顶楼，因为从这里可以找到自己所需的、十分珍贵的精神食粮——自然科学的、工程技术的，以及社会科学的原版西书和期刊杂志，琳琅满目，美不胜收。那时允许读者进入书库自己找书，然后到楼下办公室办理借书手续。我就是一个经常进入书库热心于找书的人，到高年级因学有余力，开始博览群书。除专业参考书外，还读了不少社会科学方面的著作，其中铭记特深的就是读到了斯大林的英文本《列宁主义》和萧伯纳的社会主义著作。在当时日寇、汪伪势力包围下的“孤岛”，书市上早已看不到任何进步书刊的情况下，居然在这小小的书库里能找到这些名著，确实是十分难得的。今天我站在这个小小的顶楼里，不禁由衷地为交大图书馆数十年如一日地提供卓有成效的服务而感到高兴和钦佩！

走出大厦我们来到了操场上。这个场地比起徐家汇交大的操场当然小多了，然而在法租界弹丸之地有这一片铺满茵茵绿草的地方，供我们打球、跑步、练习自行车和训练汽车驾驶，确实很不容易。那时未设体育课，但有一门工科学生共同的必修课——测量实习，也在这个场地上进行。记得讲这门课的是康时清教授，还有邹敬任老师担任实习指导，所使用的经纬仪和水平仪都是德国蔡司厂的产品，一直保养得很好。

从大操场西侧后门出去就是当时的马斯南路（现思南路）。沿这条路南行不远，行经一条叫建德路的冷僻小道，就来到了较为热闹的金神父路（现端金二路）。出建德路口转角处有一幢颇为新式的房子，那是当年法国人办的巴斯德研究所。北行不远走到第一条朝西的马路，那就是爱麦虞限路（现绍兴路）。这条路上原来没有什么店铺，都是住宅。其中有一所特殊的三层建筑，原为中华学艺社社所，这就是抗日战争时期交通大学的校本部。整个建筑面积不大，房间却不少，二层楼上还有一个礼堂。当时除少量房间作为教务、行政办公用外，多数作为三、四年级的教室和某些专业实验室。礼堂改成了学生宿舍，供外地学生居住。学生的床铺和书桌一个紧挨一个，住得很挤，颇有点像北方的大车店。那时供宿不供膳，校内没有食堂，一日三餐都自行解决。校内宿舍容量有限，除本地学生全部走读外，有些住不进校内的外地学生只能租赁附近民房居住。我们来到这个所在，不胜感慨之至。这所颇有点历史意义的中华学艺社，创设于1916年，原名丙辰学会，1923年改名，是我国早期的一个学术团体。抗战八年交大借用其社址，为国家培养了成批的工程技术和管理人才，现在却变成了上海某出版社的一个仓库了！我们想既然来到此地，还是进去参观一下吧。这座建筑的外观依旧，里面却面目全非了。房间、走廊和原来的礼堂都堆满了纸张和出版物，唯有近大门西侧的一个大理石楼梯还依稀有点旧时模样，尚能引起我们对当时景象的回忆。走向后院看看，原来做过汽机实验室的几间平房已全被拆除，没有一点痕迹了。四十几年前，我们这些人曾在这里聆听过陈石英、钟兆琳、马就云、曹凤山、李泰云、黄叔培、胡嵩喦、钱廼桢、寿俊良、李谦若、浦竣德、梁士超、姜长英、马翼周、汤彦颐等教授的谆谆教导，我们还在这里举行过毕业联欢会，并和老师们一起合影留念。时间逝过了将近半个世纪，有些老师和同学已经去世，有些则远离家乡在异国生活，然而当时的情景，似乎犹在眼前，真是“物换星移几度秋”“一弹指顷去来今”。当年环境虽然险恶，生活虽然困苦，我们这群困守“孤岛”的青年学生，在母校优良作风的熏陶下，在教授们菁莪乐育、诲人不倦精神的感召下，切磋琢磨科学技术，毕竟成了国家有用的人才。

老交大传统一向重视实验、实习，即使局处“孤岛”，仍尽力创造条件开出各门课程的实验和安排必要的实习。那时上述两处校舍还不能容纳全部学生的实习和安排全部实验，学校就另辟新的场所，如机械系一、二年级的铸锻实习（由蒋汝舟老师教）和金工实习（由李泰云老师教）分别安排到辣斐德路中法工学院（现为复兴中路上海机专校址)的实习工厂和威海卫路的一家工厂去实习,只有木模制造的实习还安排在校本部的临时房子里。这些作为从事机械工程工作者必需的基本工种技能训练,都作为必修课程,还要考试和评分,抓得很紧。学生都要穿上工作服从事生产劳动,要求十分严格,到高年级还有专业实习。例如,我是学汽车工程的,除了在校内学习汽车驾驶和修理技术外,还在暑假里去当时较大的公共汽车公司和云飞汽车公司的修理厂实习了一个多月。我每天同工人一起干活,按时上下班,虽然弄得满身油污,但收获不少,得益匪浅。

这次"寻梦步行"我们也去了复兴路中法工学院旧址的工场参观,并到学校对面1194号汽车间旧址探视一番。这个双开间门面的汽车间当时作为交大机械系自动车工程试验室之用,是黄叔培先生负责的。交大原有一些贵重设备如测力机、CFR引擎、高速示功器等,以及一些飞机引擎、汽车引擎都存放在这里,我们不少人以前都在这里做过试验和研究。现在这两间临街的房屋已改成商店,完全看不到原来的面貌了。

那天信步重游昔日负笈旧地,两鬓如霜的老校友们一路谈笑风生,两个多小时的步行,毫无倦意。当踏上接我们返回徐家汇的上海交大校车时,已是夕阳偏西了。这次饶有意义的"寻梦步行"活动是我们参加纪念母校建校90周年盛典的一个小插曲,时短情长,我相信将长久地留在全体参加者的萦念之中。

你怎样认识我的*

师　引

1940 年上半年，中华学艺社（现绍兴路 8 号）四楼宿舍。

某晚自修时间，某室门被推开，走进一位长者，圆面孔，戴着一副深色圆框近视眼镜。室中四位同学愕然！

突然其中一位起身离座，向来人行了 3 个鞠躬礼，恭敬地叫了声："校长"！长者微笑着答应了，但马上问："你怎么认识我的？"

这一问有道理。原来来人正是校长黎照寰先生。学校迁入租界后，他一直未露面，所以同学们大都不认识他。而这位金宪祖同学（1941 级财务管理专业）原是 1939 级的，在徐家汇上过二年学。那时，在每周一的纪念周会上总能见到校长。据在徐家汇上过学的校友追忆，那时的周一例会全校分两次举行，学生都有固定座位必须参加，有人专门记录无人座次，会后追查缺席原因（周会都由黎校长亲自主持并经常邀请海内外专家学者到会演讲——编者附注）。其时校长虽未开口，但那副"一块两毛"（大圆上方两个小圆）的面孔和从容不迫的举止，一看就能判定。

黎校长原本可在铁道部工作，但他选择了交大，不做官而育人。他平时和同学接触极少，但多年暌违，一旦重见，同学们敬仰之情，油然而生。当晚，宿舍中各室同学纷纷赶来，校长问长问短，不久，带着"保密"的意思，离去了。

---

* 原载：《交大校友》（1991），中国铁道出版社，1992 年 2 月，第 58—59 页。

往事琐忆*

张植荣

（一）

“八一三”事变以后，到 1937 年 11 月，上海的租界四周已全陷敌手。学校分别借用震旦大学部分教室（一、二年级）和中华学艺社（三、四年级）上课。到 1938 年底，国民政府已迁都重庆，汪伪政权也已在南京鸣锣开张。北大、清华等校也已在昆明成立西南联大，交大的唐院、平院也在贵州平越上课。此时租界形势日趋紧张，敌特横行，四周乌烟瘴气，同学们如何还能安心学习？于是掀起了一场迁校运动，纷纷签名上书黎照寰校长，要求学校内迁。

1939 年初春的一天，黎校长在中华学艺社召集各班班长谈话。我不是班长，也挤了进去。黎校长先发表讲话，大意是说内地缺少必要的办学条件，很难保持交大的优良传统。同学们纷纷举手发言，或陈述无法安心在这种环境下读书，或举西南联大等校为例，说明内地照样可以办学。黎校长再次讲话，他表示决心坚守阵地，要在这片土地上为中国保留一块独立自由的学术园地。我当时年少气盛，起立痛斥汪精卫已沦为十足的汉奸走狗，日本人如进了租界，汪伪政权决无力，也不可能让学校独立存在。由于我的发言激烈，未被允许再次讲话。

事情果然不出所料，1941 年 12 月太平洋战争爆发，汪伪政权“胜

---

* 原载：《同窗集——纪念上海交通大学 1939 届级友毕业 60 周年》，第 16—19 页。

利地”“收复了”租界，并积极筹备在交大原址复校。它如何能容忍你这个正牌交大的存在？学校只有停办。传说汪伪政权曾要求黎校长出任校长或汪伪政府其他要职，均遭严词拒绝。为了维持生计，黎校长每周到圣约翰大学上几节课，收入微薄。几年下来，穷得裤子都打了补丁，表现了一个老知识分子可贵的民族气节。

1945 年 11 月的一天，我在汉口路中央商场看到黎校长坐在那儿让人擦皮鞋，我赶忙上前行弟子礼。黎校长当然不会认识我，但却能断定我是交大校友。他谈了一些如何发扬光荣传统的话，便安步当车地走了。解放后他被安排为上海市政协副主席直至寿终，这大概是人民政府对他的安抚和鼓励吧。

（二）

1935 年秋季开学典礼上，黎照寰校长骄傲地宣称：今年又收到 4 个 16 岁的一年级新生。机械学院的胡声求兄即为其中之一。胡兄的闯劲实在是令人佩服，他 20 岁毕业后，利用暑假在某工厂工作了两个月，又得到黎校长和个别教授的一点资助，仅仅筹备了 400 美金便只身乘三等舱赴美留学去了。他父亲是个塾师，闻讯特地从扬州赶到上海劝阻，胡兄却已先一日登轮东去，他父亲只能望洋兴叹而已。

太平洋战争爆发后，美国各大报纸纷纷以头条标题写出“China Alone Has Fought for Three Years”，一时中国人在美国的地位大为提高。不久蒋夫人宋美龄访美，胡兄乘机上书蒋夫人，得到她的帮助，又冲破美国的种种限制，很快在华侨中集资创办了中国飞机制造厂，一时如日中天，声誉鹊起。

由于和蒋夫人的这段渊源，他对新中国一直存有疑惧。90 年代初，他曾返回过祖国和家乡，并先期将个人简历和证明分送有关方面。

他在扬州受到了市长的接见和宴请；在北京，丁关根和程思远又分别在人民大会堂和钓鱼台设宴款待他，胡兄此行可谓衣锦荣归了。

我与他在扬州会面时，他应为 72 岁，但眼不花，耳不聋，仍像青年人一样精神十足。如今他在加州和台北仍有事业，常往来于两地。

不平静的回忆*

高彧文

我是1935年夏考入交通大学北平铁道管理学院（以下简称“交大平院”或“平院”）的。当时日本帝国主义在占领我东北大片国土以后，正逐步向华北进逼，经常制造事端寻衅滋扰，北平局势十分险峻，但各学校尚能维持正常上课。迨至1937年7月7日，日军发动“卢沟桥事变”后，大举入侵，爆发了全面抗日战争。北平、天津相继沦陷，交大平院被迫停课，顿时使我陷入国难当头、家乡沦陷、学业中断的困境而惶惶不安。是年中秋节后，忽接交大校部通知说，母校于淞沪战役之后已迁入上海法租界，在中华学艺社并借用震旦大学的部分校舍安排上课，平院、唐院（交通大学唐山工学院的简称）的同学也可以到上海按原专业、原级别继续学业等语。看了通知，既惊喜又深为感动。正准备启程时，张兆英同学由北平到天津相约同行，尤为振奋，遂结伴乘船来沪。到校后方知来母校管理学院铁道管理系插班学习的平院同学尚有李佩文、彭邦桢，连同张兆英和我共四人（其他专业另计）。

在祖国处境危难，暂时寄居法租界的特殊环境下，依靠母校的关怀爱护和钟伟成院长、沈奏廷教授等师长的循循善诱、谆谆教导，以及同学间共体时艰、相互帮助的深厚同窗情谊，我安心学习，终于读完了三、四年级的课程，如期于1939年顺利毕业，实值庆幸。但不无遗憾的，也是受当时环境限制，我从未能跨进过那悬挂着“国立交通大学”

* 原载：《同窗集——纪念上海交通大学1939届级友毕业60周年》，1998年9月，第43—44页。

金字招牌、古色古香的校园大门，而只能站在租界边缘眺望，心向往之。那种殷殷憧憬之情，至今仍留在脑海中。

从学校毕业后，我决心服从国家分配。等到校方转来交通部分配实习的通知后，即据以办妥必要手续，动身去重庆交通部财务司报到，开始实习和工作。从此直到以后将近 50 年的社会经历中，我的工作虽迭有变动，但均尚能敬业、专业，发挥所学，认真、踏实地做好本职工作。饮水思源，母校抚育之恩，终身难忘！

滇缅公路功果桥抢修回忆录*

陆文发

我们1939届级友，一、二年级上学是在上海徐家汇本部，那时中日之间局势已相当紧张。1937年"八一三"事件后，日军向我上海守军发动全面进攻。学校在徐家汇本部无法上课，于是全部迁入法租界，一、二年级借用震旦大学，三、四年级借用爱麦虞限路中华学艺社继续上课。国家处在危难关头，上课时有时尚能听到"隆隆"炮声，我们对日军的肆意侵略深感痛恨。1939年我们毕业时，抗战已进行了两年，上海地区英法租界保持中立，四周则早已为日军占领，上海沦为孤岛。

为了支援抗战，毕业后我希望去内地工作。我班同学董铁宝、胡忠麒和我被分配在昆明交通部桥梁设计处实习，我们从上海乘船经海防到昆明报到。进入内地，生活在自由中国，大家感到特别兴奋。不久，董、胡二兄被派往云南与缅甸边境，参加修建垒畹公路和南畹河大桥（K型钢桁架），我则留在昆明设计室实习。设计室有套培训制度，对写字要求很严格：首先要求按照假设的跨度和荷载设计一座公路钢桁架桥，完成技术设计图；然后大概要花一个月的时间用墨水钢笔练习中英文字和数码字，要求书写清楚、整齐、悦目，直到满意为止；最后才分配做其他设计工作，如描图、绘图、计算书和设计图纸的校核等。当时桥梁设计处处长是钱昌淦，副处长是唐文悌。

那时桥梁设计处的主要任务是为滇缅公路设计和建造澜沧江功果桥。在抗战时期，滇缅公路是我国通向海外和从海外输入军用和其

---

* 原载：《同窗集——纪念上海交通大学1939届级友毕业60周年》，1998年9月，第72—74页。

他物资的主要国际通道。滇缅公路自昆明至腊戌，全长 1 200 公里，地处西南高原，海拔约 1 400—3 000 米，路线跨越澜沧江、怒江等大河。在澜沧江上建有功果桥，跨径 88.55 米；在怒江上建有惠通桥，跨径 87.23 米，两桥均为单跨加劲木桁架悬索桥，仅能通行轻型卡车。在抗战对期，由于交通运输繁重，需要在功果桥上游数百米处，另建新桥，要求能通行重型卡车。桥型选用钢塔单跨加劲钢桁架悬索桥，跨径为 135 米，由桥梁设计处刘曾达、王序森设计，在香港加工制造，然后运至功果工地进行安装。工地施工由桥工队管理，队长为赵燧章，我于 1940 年由昆明去功果参加工地工作。那时全桥安装工作进展顺利，不久桁架的吊装工作在桥跨中央合拢，大桥工程即将全部完成，准备正式通车。看到满载物资的十轮大卡车在桥上源源不断平稳通过（这些物资将可送往前线支援抗战），大家欢欣鼓舞，无比高兴。

可是不久后，日机前来功果侦察并轰炸。第一次来袭，日机找错了目标；第二次来袭，功果桥便被炸毁；第三次又来袭，日机轮番轰炸，功果新桥锚碇前部的缆索被炸断开，导致大桥全部塌落。通车仅一个多月，功果新桥就此被炸毁，使滇缅公路交通运输全线中断，抗战大受影响，我们深感忿恨。为了恢复交通，于是组织力量进行抢修，先在河上加强渡轮运输，以维持两岸临时性的交通。在抢修中，白天要躲避日机空袭，只能在每天早晚进行。悬索桥上的配件主要是在昆明中央机器厂加工制造的，那时董铁宝也自畹町来功果参加抢修。当时我们住的房子，不少已被炸毁，有几个晚上我和董铁宝睡在炸毁的屋子里。那时的生活条件及工作环境虽然很差，但一点不觉得苦和累，有说有笑，都很乐观，工作积极。经过两个多月的抢修，大桥终于得到修复。

在功果桥建桥过程中，处长钱昌淦 1940 年因公自重庆回昆明途中遇日机截击，不幸在昆明机场遇难。为纪念他的功绩和为此桥而殉职，在抗战胜利前夕，功果桥改名为昌淦桥。桥梁设计处处长一职，后来由茅以升担任。

饮水思源　追忆校风　缅怀良师*

般向午

“起点高，基础厚，要求严，重实践”是百年来老交大的传统优良校风，我在 1936 年秋踏进交通大学校门以前就早已有所耳闻。“起点高”显示在交大的入学考试特别严格。当时录取率仅 5%，亦即每 20 人中择优录取 1 人。深知老交大的门槛特别高，要跨进这个门槛，实属不易。当时实行四年制，我在徐家汇校址，仅就读一年。1937 年抗战开始，“八一三”日寇侵华烈火烧到上海，交大被迫迁入当时的法租界，借震旦大学和中华学艺社房屋上课和住宿，学习条件就差远了。但在艰苦条件下，受到老交大优良校风的熏陶和许多一流教授循循善诱、殚精竭虑的悉心教导，交大学子无不夙兴夜寐，刻苦钻研。

大厦之昂然屹立，全凭扎实的基础。当时基础课的师资十分雄厚：执教大学物理的有裘维裕先生，周铭先生，赵富鑫先生；微积分有胡敦复先生；大学化学有张怀义先生；机械有张寰镜先生；英文有邝耀坤先生。特别是科学院（那时不称理学院）院长裘维裕先生亲自执教一年级物理，可见何等重视基础课的设置。执教专业课的老师有：交直流电机和电路的马就云先生和钟兆琳先生；电力设备的寿俊良先生；热力工程的陈石英先生。他们都是当时知名度极高的名教授。共同的特点是：教学严谨、分析精辟、和蔼可亲、平易近人，教学中形成了尊师爱生，其乐融融的气氛；讲课时，深入浅出、抓住重点、深化概念，令人有豁然开朗之感。

---

* 原载：《师生永契——庆祝母校成立一百周年纪念册》，交通大学 1942 级电机工程系毕业校友编印赠，第 15—16 页。

事隔五六十年，迄今记忆犹新。物理课的习题特别多，测验和考试也特别多，一开始十分紧张，深以为苦。每学期除期终考试外，期间有六次测验，其中三次 Lecture 测验，三次 Problem 测验。测验时，不占课内时间而是在晚餐以后的课外时间举行。所以两年大学物理课读下来，要顺利通过许多测验和考试，真似身经百战，好像自己是从枪林弹雨中钻过来的。当时貌似艰苦，但虽苦而有兴趣。有了兴趣，即形成良性循环，最终就以苦为乐了。今天看来，这是一种对学生素质的锻炼和磨炼，从而也培养了我早年就有穷根究底的习惯和较强的事业心及责任感。我认为只有“严要求”才能达到“基础厚”，也深切体会到老交大传统学风的可贵。这种传统学风是通过对每一个学生实行严进严出而获得贯彻始终的。

我至今仍能清晰记忆的还有钟兆琳老师。他在课堂上不止一次地鼓励学生毕业后从事电器制造工业。三四十年代电机专业毕业生，把投身于电力运行作为首选出路。因那时电器电力设备大多依赖进口，仰给于国外。钟老师认为当时国内制造工业规模太小，振兴制造工业，应为国家当务之急，所以他一再鼓励毕业生投身制造工业。这完全符合当今自力更生、科教兴国和设备国产化原则的。钟老师有先见之明，是一位实实在在的爱国主义者，堪称一代师表。是他引导了我投身电器制造工业五十多年，并对祖国做出了一点应有的贡献。

在上海交大徐家汇的校园中和西安交大校门外，均矗立有雕刻了书本、铁锤、铁墩、齿轮和“饮水思源”字样的校徽，也体现了手脑并用、学用结合的传统作风。本人虽已年届耄耋，每次返回母校，途径“饮水思源”校徽，常驻足凝神深思，心潮起伏，缅怀往事。愿这优良传统校风，代代相传，发扬光大，为祖国现代化造就更多的栋梁之才。值此百年校庆之际，谨以此文献给母校和母校全体老师。

1995 年 8 月于西安

抗战二三事*

高如山

1937年,"八一三"上海抗战爆发,报载有徐家汇徐汇中学内招募学生军赴前线的消息。我那时血气方刚,又刚受过军训,同仇敌忾,赶去报名。可他们竟说我年龄太小、个子太矮,不接受。我抗日心切,乃穿上童子军服参加了上海市童子军战地服务团。先被派到设置在赫德路(现常德路)培明女中的第十三伤兵医院服务,后调到大世界难民收容所照料难民。也算是命大福大,如果先到大世界则我恐怕早已不在人世了。8月14日中午,大世界门前轰然一声巨响,飞机上掉下一颗600磅炸弹,死伤几百人。次日报载是:中国空军前去轰炸泊在黄浦江的日军"出云号"旗舰,飞机被高射炮击伤,两名驾驶员一伤一死,重伤驾驶员回防时见下面是跑马厅草场,拟放下炸弹减轻飞机负担,不料偏了一点。以后中国空军几乎每天晚上来轰炸这艘泊在虹口区黄浦江上的军舰,高射炮声不绝,在租界内清晰可闻。据说后来"出云号"在遭受重创之后,于夜间驶出吴淞口试图返回日本修理时沉没于外海。

租界内第二次飞机炸弹爆炸在南京路和浙江路交叉处的日升楼。传闻是日方获得中方在先施公司楼上的东亚酒楼召开军事会议,有高级将领云集的情报,于是派飞机来轰炸,也是偏了一点。我当时住在大光明电影院后面的白克路(现凤阳路),距离很近,赶去看热闹,见断

---

* 原载:《逝波集——交通大学机械工程系1943级同学回忆录》,1999年9月,第27—31页。原题:《往事几十年　弹指一挥间》。

肢残肱，惨不忍睹。日升楼在五叉路口，路中心有高架岗亭，已被炸得粉碎，印度巡捕一条黑白相间的头巾残片还挂在电线上。

中国军队撤退后，租界被包围。居民粮食紧张，主要依靠"户口米"度日。家家户户派人隔夜在米店门口排队，等候米店开门挤买"户口米"。有一次我为家里值夜排队，清晨米店开门，队伍一拥而上把我挤出来了，我当时就拼命往原位置上挤。不料一个中国巡捕上来抓住我衣领，说我捣乱，把我抓到警车上，送进新闸路巡捕房，与小偷扒手关在一起。一个英籍三道头（警官）来查监，我对他说："I am not guilty"。他看了我一眼说："not guilty?"我说："Yes!"他"哼"一声就走了。原来是我不谙英语习惯，应该说"No"，答了"Yes"，是认罪了。当天下午，舅父多方打听后来巡捕房把我保了出去。

日寇进驻租界后，实行防空灯火管制。玻璃窗要上下左右交叉贴狭纸条，入夜挂外黑里红的窗帘，电灯用黑灯罩。家家户户要值"自警团"岗，但可以出钱雇人代值。有一晚正值农历月半，一轮皓月当空。伪保长带领自警团多人查夜，说我家东窗未挂窗帘，舅父争辩说已拉上了黑窗帘，因为月光照在玻璃上的反光像是里面的电灯。伪保长不容解释，吩咐自警团把我和舅父抓到新闸路巡捕房。日籍警官打了舅父一耳光，说户主反抗灯火管制，把我们关了一夜，第二天才由邻居托人把我们保了出来。瞧，我这一辈子坐过两次牢了，不过是殖民势力下的牢而已。

与交大的渊源和回忆*

康继隆

年纪大了有许多回忆，我的回忆中各处都直接或间接与交大有关，下面就写一些有关的回忆。我一向记忆力不好，现在更往事如烟云，细节模糊了。

我是浦东人，先祖追溯到北宋的康保裔将军，南宋时由洛阳避戎难南迁来浦东已十几世。祖父虽是商人，思想还较先进，后辈都进新式学校。这样先父就到上海进了南洋中学，毕业后升送邮传部高等实业学校，这都是交大的前身。在这两校直到1911年毕业，他都是高材生。其时交大校长是唐文治，总务长是太仓人陆起先生，原是唐文治的同窗。他们就要为这位高材生做媒，结果陆先生就成了我的外伯祖父，家慈是他的侄女。先父1918年留英返国，同年结婚后即去江西萍乡煤矿工作，三年后我就出生于江西安源，不久江西工人革命蜂涌而起。记得有一张著名的青年毛主席画像，手里拿把雨伞，据说这就是当年在安源地区活动时的画像。煤矿受了影响，我们就全家东返，随后先父就回到母校任教。

幼年的校园生活

我家回到上海，我就进了培真小学，在海格路近霞飞路口，这小学

---

* 原载:《逝波集——交通大学机械工程系1943级同学回忆录》，1999年9月，第96—101页。

也许以前与交大有关系，不太详细了。起初我们住在校园里的教员宿舍，就是现在教师活动中心再往里一些的一片房子里，以后搬到校门对面弄堂里的志庆坊，1933 年左右才搬到广元路的四维村，但总在交大校园附近。初中以前年纪小，活动范围也小，所记得的是在老图书馆后面的一个小土山，上面也有些树木，我们就在其上爬来爬去，十分热闹。小学毕业了想进南（洋）模（范）中学，可是也得参加入学考试。记得也有相当竞争，英语考试问了一些英文缩写短字，回答得不太好，为此还担心了一阵。一生不知考了多少次，此其始也。南模前身就是交大的附属中学，后来分开了，但其位置还是完全在交大校园以内。进了交大大门三五十米后的左面一大片就是南模的校园，有铁丝篱相隔。篱里面就是南模的一大片操场，那里的主要运动是踢小皮球，我踢足球的训练也就在这培养的。学生实行住读，严禁随意出校门。我当然是走读，活动性大多了，可在交大校园里各处逛。这里的级友不少是后来的交大同学，初一开始有唐庚、唐敦孟，以后有金邦年、唐镜文、奚正修，初三时来了李天和。黄子春虽是南模的，但原比我们低一级，他以同等学力考进交大，颇为不易。我在初一到高一这段时期，回忆起来，无忧无虑，是生平很快乐的一个时期。我有一个大我三岁的哥哥，经常随着他在交大校园里各处游逛，尤其是暑期里。我们爱好运动，那时体育馆在容闳堂隔壁，我们和管理员协商，也可以借到各项器材，如铁球、铁饼、标枪，等等。名为福开森田径场的新运动场就在后面，我们哥儿俩，再加一位邻居朋友金锡嘏，有跑有跳地各处玩。记得运动场中有一座高桥，那是约三英尺宽离地约三四十英尺的独板桥，两端有梯级上下，因为没有扶手，走过时要有些胆力。也不知道一般使用时下面设安全网否，反正年轻时三不怕，我至少走了一次。希望哪天能找到一位当时在校的老学长，问问当时情形。那时的运动英雄是足球健将周贤言、周铁门等。这段时期后好景不长，哥哥染上了肺病，住院一个时期，此后在家休养，最后还是不治，夭于 1939 年初。

除此以外，时事大局也全然不同了，高一结束后我们都去了近郊漕河泾受军训。我和李天和因为身材小，都分在幼年队，同属一个中队、区队、分队，我们交往从此更密。算来这是60年前的事了。“八一三”事件后，军训匆匆结束。随着交大和南模都迁避到租界里，我幼年的交大校园生活也就此结束了。

震旦和学艺社

高二、高三功课较重，匆匆过去。1939年考进了交大，可是却脱离了交大校园。震旦离徐家汇也有一段路，那时我用自行车来往，也还方便。可是，在校里逗留的时间就有限，这样比起住在学艺社的同学，就少了不少“同窗”的时间。我们是丧失了大学校园的不幸的一代。一、二年级功课较重，不但有大批的物理习题，而且国文课还要写作，颇为头痛。震旦的学校生活，对我来说，颇为简单。除了上课，课外活动就要看有没有功课，如有功课尚未做完或者有不懂的地方，就向其他同学请教。刘百川给我留下了特别深刻的印象，他不但功课好，还有和蔼可亲的好态度。很高兴知道他牺牲的消息不确，也希望有机会与他聚晤。关于踢足球，许多同学对此都有美好的回忆。李天和守门，我常当左右翼，大将有严希孟、陆子敬、诸成福，此外还有路寿南，可惜他已经去世，而诸成福又信息全无。1993年五十周年返校纪念时，我和陆子敬特意同上震旦大楼楼上凭窗向着足球场忆旧览望，向下拍了一张照片，景色依旧，但那时看看感觉似乎小了一些。操场现已不存，变成高架路了。

从上海转移到了九龙坡

三年级后，学校被敌伪接收了。我家素乏积蓄，生活全赖先父执教为生。也没有想过日后生活如何解决，先父作了决定，不继续教职，从此我们家开始了一个很困难的时期。我找了些家庭教师职务，但也是杯水车薪。同时先父又病了，精神不振，几乎不能行动，中西医都未见效。及至1943年底，去内地的计划渐有头绪，我们用住房顶出一笔路费。1944年3月初，终于全家成行。取道杭州，沪杭车上即遭不利，身份证都被没收了。到杭州后匿迹不敢露面，次晨搭卡车去富阳，沿途风景虽然秀丽，但只觉得各处隐藏险境。到了富阳后，大大松了一口气，次晨搭船经富春江溯新安江而上到屯溪，即现在的黄山市。这一段船程，给了我们极好的回忆。终于脱离了上海困境到了自由区，心情欢畅。那时正是暮春三月再好不过的时候，风景秀丽，我们还仰望了严子陵钓台。因赖拉纤，船行甚慢，我们可以上岸随舟步行。更高兴的是，先父离沪时尚行走困难，上岸走走，竟逐渐行动自如，若无其事。看来一年来的疾病是忧郁所致，并无基本疾病。我们由屯溪搭了“黄牛”卡车，到了衡阳。在那里车站上出乎意料地碰到多年不见的南模交大老同学唐镜文。他念铁道管理，转入了平越唐山交大，毕业后派在湘桂线上随车实习。这样他乡相逢，好不高兴，畅叙了一晚，以后他随车陪送我们直到桂林。我们经柳州、独山、贵阳等地，1944年秋，终于又返回了九龙坡的交大。我还是机械系，念些制造课程。那时我在校住读，膳宿都与同学一起，三只叠床，六人一间，八人一桌，站着吃，这是我仅有的短短一年的亲切校园生活。

国内的第一份工作

抗战后期的九龙坡,没有什么空袭,生活安定。一年很快过去,我终于在交大毕业了。去哪里工作呢?找万定国,他已在重庆化龙桥的第十兵工厂工作。经他介绍,我和另外一位同班同学陈椿年都去了第十厂,这是我生平第一份工作。厂里供应茶水,记得上班第一件事是发给了一个茶杯,大约是国内办公的惯例。不到三个月,时局迅速发展,抗战胜利,我被派去参加东北接收工作。这是一份前途不稳定的工作,只有初出茅庐、无有牵挂的才会参加。年底回到上海,暂与天和同住,和他及范海洲相叙甚欢。开了年即去东北,但因铁路不通,折回北京,暂时安顿在当地的第九十兵工厂办事处。这是我初次到北京,住西单圣庙附近,倒也安逸,并趁机参加了留学考试。秋时去了沈阳,所谓"接收",是把著名的沈阳兵工厂部分复工。因为苏俄来了,该厂遭到严重破坏,重要的机器都被搬走了。这样我们供应一些手榴弹、枪弹等轻武器。原来进兵工厂是为了抗战,在东北却是为了内战,可叹。

在美国念书

1947年春,我辞了职回到上海,积极准备出国的事。那时我家人也已回上海,仍住教师活动中心后面的宿舍里,这样我又再度回到交大校园。申请美国入学的事,我不熟悉,幸与严希孟联系向他请教,就随他请准了伊利诺伊大学。自费留学,我家哪能供应,这还得感谢国家栽培,准了便宜许多的官价外汇,这样终于在1947年9月初到了美国。那时严希孟、刘长庚都已先到了伊大，我到后与希孟同住一房，屋里都是中国学生。为了省钱，我参加了“饭团”，也就是在地下室里十几个人轮流烧饭。后来参加“饭团”的还有黄子春、董金沂、严棣。后来我回伊大去了一次，和许多年未见的希孟畅叙，回忆一些当年的事。他说我当年赴美时，还从上海带了东西给他。原来是千里慈母心，托带了江南特产虾子酱油，我未辱命带到了，可是这件事已完全忘记了。希孟不参加饭团，他吃西餐，虾子酱也可能用上。他究竟如何享用，我不知道。当年我在伊大一年就读完了硕士，没有兴趣继续。在一位中大同学冯焕的鼓励和指点下，我就改行转入了电机系。当然得补些课，但系里的课程还能跟得上，这样三年后也读完了学位。

回忆抗战胜利前后上海交大见闻*

金忠谋

(一)

1941年9月开学,我正在交通大学机械工程系三年级攻读,学校蛰伏在当时法租界的一隅,处境愈见险恶,困难重重。汪伪汉奸政府在南京粉墨登场已有一年多了,它的魔爪伸向租界各处,租界已不再是世外桃源。海关、税务、法院等机构都被攫夺接管,同时也觊觎着文教单位。我记得在10月的某天,学校注册组通知我们说"国立交通大学"现改为"私立南洋大学",由唐文治先生担任校长,另成立校董会,校董有黎照寰、张廷金、孙铁生诸先生。唐老仅是名誉,实际上仍由黎照寰先生主持校务,重庆方面暗中给予教育经费,继续办学,一切计划措施均没有变动。此时在校学生心理上稍为宽慰,因改为私立后,不比国立名义时,汪伪方面意图接管的借口要少一些。那时抗战已进入第五年,通货膨胀,物价飞涨,教职工和学生的生活日见困难。校工有一次罢工要求增加工资,教师在外兼课和兼职的甚多。租界以外的地区如南市、沪西等处,赌场、烟馆林立,日伪特工、流氓恶霸横行不法,被称为"歹土"。外地来沪同学有的住在爱麦虞限路(今绍兴路)中华学艺社二楼的大礼堂内(称为"统舱"),有的数人合租私房小室居住,生活日见窘迫,但学习仍不放松。

---

* 原载:《逝波集——交通大学机械工程系1943级同学回忆录》,1999年9月,第102—110页。

交通大学原有学生自治会的组织，各班选派代表若干名，组成学生代表大会，由该大会选出执行委员会，主要负责同学们的一些社会福利事务，如膳宿、买书、印讲义、体育运动、文娱等。每年五、六月间学生代表大会进行改选。我记得1941年这一届学生代表大会主席是甘其绶学长（土木四），执行委员会主席是杨天一学长（机械四）。1941年的改选会是在六月初举行的。6月初的某天下午在中华学艺社的一间教室里，有学生代表近40人开会选举。甘其绶首先说："本来这个会应在5月底召开，因法租界巡捕房不准学生在5月份开会（由于历史上的五月份是多事的一月），故推迟至今天。今天这会主要是改选，请大家不要谈其他的事。"接着，训导廖方训先生在室外问："巡捕房里的人来了没有？"甘答："没有。"其实这次会议法租界巡捕房并未派人来列席监视。这次代表大会的改选结果，由唐庆千学长（电机三）担任学生代表大会主席，董复学长（电机三）担任执行委员会主席。我被选为执行委员，负责自印讲义，主要办理登记同学向书局预订购书，集体可得优惠。当时四年级毕业班同学的学期提前结束，便可早日启程赴内地，投奔抗战工作。

在学期中间，我机三班的刘百川（辛人）同学悄悄离开了上海，去苏北参加革命。其他还有土木系的沈铮（伟良）同学也早离校他去。

1941年12月8日，日寇海空军偷袭美国夏威夷珍珠港，太平洋战争爆发了。次日同学们到校，心情都很激动，感到日寇穷兵黩武，将来必自取灭亡，我国抗战胜利之日有望了。但日本侵略军的铁蹄即刻跨入了租界，到处见到荷枪实弹的日兵和听到"笃笃"的日军马队声音。戒严、宵禁、封锁、搜查逮捕，屡见不鲜，市民生活更加困难，处处受到欺压打击。学校虽照常上课，但同学们心绪不宁，学习大受影响。一天，日本宪兵耀武扬威地来到学艺社某班教室，指明要逮捕某同学，说他是抗日活动分子。刚巧那天他不在校，事后同学通风报信，他知道后就悄悄离开了上海。延至12月底，这学期的各门课程就匆匆结束，没有举行大考，以平时成绩作学期总成绩，就放寒假了。

1942 年 1 月初，同学们关心着今后自己的学业，部分同学打算离沪赴内地读书。那时学生会主席唐庆千学长隐秘地联系各班学生代表，一天下午在学艺社最里面的一间教室里秘密开了一次学生代表会议。他表示我们大学生在此存亡危急之秋，要以民族气节为重，宁可牺牲学业，决不卑躬屈膝，委曲求全，谄事敌伪。我记得当时唐学长领导大家举起右手宣誓，语音沉着，气氛庄严肃穆。会后我们学生代表均签名盖章写了一封信给黎校长，表示我们的态度，切盼今后南洋大学仍在重庆方面的领导下。该信由唐学长固封后亲自送校长室秘书林继昌先生。过了三四天，训导处通知我们，说定在某日上午，有两位校董要找学生代表谈话。大概是在 1942 年 1 月中旬的一个上午，也是在中华学艺社最里面的一间教室里，黎照寰先生和张廷金先生召集学生代表作了一次谈话，训导处的廖方训先生和注册处罗君蔚先生也在场。我进交大读书将近三年，这是首次见到黎校长。他首先声明："你们现在是私立南洋大学的学生，校长是唐文治先生，他今天是以校董的身份和学生代表谈话。"接着从衣服内拿出我们写的信，板着脸说："假使我现在做学生，我根本不会写这种信，如果此信万一给'人家'拿到，真是非同小可！"接着黎校长从伦理学的观点大谈"为人之道"，做学生应该用功勤读。他说自己从青年时立志，就一贯矢志勿渝，谈了些他个人的经历观感，又介绍了交大校友在国内外的优异业绩。黎校长讲的是广东官话，夹杂着英语，十分娓娓动听。最后他说："你们如不放心，可转学到内地去，重庆现有交大分校，由徐名材先生主持，上海可发给成绩单和转学证书。下学期上海私立南洋大学照常上课，每人加收学费 60 元。"(原学费为 20 元)学生代表们要求今后是否可多加联系，黎校长说："不行，我现在自己行动也不自由。"四年级同学听到这一措施后较为宽心，学校能延长至暑期，毕业就不成问题。那时我们三年级同学仍感到苦闷，为时较长，功亏一篑，对前途颇忧。

1942年2月初，学校勉强继续上课，同学们的心情总是动荡不安，抱着上一天课算一天的打算，各级课程虽按原教学计划进行，但效率颇低。4月初的一个晚上，我正在写电机试验报告，突然一阵咳嗽，咳出了几口血来，身体感到十分疲乏。次日去红十字会医院摄片检查，得知我的右上半肺有弥散性的结核病灶，午后有低热，因此就请假在家卧床休养。此后，同学们来探望我，告知学校里的一些情况。约到5月中旬，学校经费枯竭，人心涣散，再难坚持下去，没有大考，学期就草草结束，开始放假。

听说学校里那时的情况相当混乱，部分同学各自领了转学证书和成绩单，准备去内地学校继续学业。起初听到校方有投向汪伪政府的传闻，渐渐至7月间被证实了。那时南京汪伪政府里，周佛海是伪行政院副院长兼财政部长，他的内弟杨惺华是交大土木系的，当时是伪财政部的司长。据闻，杨表示愿给经费把学校办下去。约在7月间，听到学校当局由张廷金、胡敦复、范会国三位先生去南京接洽谈判。范会国是数学系的教授，留法数学博士，广东人，听说曾在陈璧君家里当过家庭教师，故渊源较深，门径熟悉。三人联袂去南京，请求拨款接办，私立南洋大学就变为汪伪政府的国立交通大学了。后来我曾经听到私立南洋大学的校董会曾对此事开会讨论，申请书上各位校董均签了名，只有唐文治老先生坚决拒绝。唐老先生的坚贞劲节，令人尊敬。此时老教授愤而辞职离校的有：裘维裕、陈石英、周铭、康时清、黄叔培、钟兆琳、钟伟成、胡嵩喦、李泰云、沈三多诸先生，他们有的去内地，有的改任其他工作。

我的病情经过了三个多月的治疗和休养后，渐见好转。8月中旬，我忽接到校方送来的一份印刷品，里面是一张学校的通知书和一份日寇侵略军宣传机关发的召集上海文化和宗教界人士开办什么“大东亚共荣问题座谈会”的日程表，地点是在忆定盘路（今江苏中路）的中西大学（今市三女中），日期为三天。通知书是校方派我作为学生代表之一去参加这次会议，同级康继隆兄和庄炳文兄也收到同样的通知书，估计交大的学生代表约有七八人光景。那时日寇和汪伪已宣布对美英宣战，叫嚷着要把美英的势力从亚洲驱逐出去，标榜着“亚洲人之亚洲”和“大亚洲主义”，成为所谓“大东亚共荣圈”。日本在上海设立了“兴亚院”，内阁中成立了“大东亚省”。我们较接近的几个同学通过暗地联系，坚决拒绝参加这种附逆会议。他们第一天开会，其他学校都有代表出席，仅交大学生没有一人。当天午后，张廷金先生又来信催促去出席，信上言辞婉转，说“希望你们顾到学校目前的困难处境，委曲求全，勉为其难，前去出席”等意。我们决定仍不理睬。我本人因肺结核病，写了退学申请书送至校内，今后在家作长期休养。后来知道交大只有一位学生代表，碍于张老先生的情面，勉为其难去参加了一次。事后，康继隆兄曾告我，这次“大东亚共荣问题座谈会”，日本军方故作姿态，笼络人心，对与会人士特别宽容，允许大家自由发言讨论。有人谴责日本皇军的侵略残暴行动等，事后也相安无事，这是日寇网开一面的另一种羁縻策略。

1942 年暑假前，我们机械系三年级共有同学 50 余人，经武汉，沿江上溯。即赴重庆交大继续学业的约有 12 人，为万定国、许国志、贾观熙、金邦年、陈庆臻、毛家驯、过昂千、瞿赳、张泽天、范喆、刘近义、唐敦孟；后续去的有：刘长庚、康继隆、严希孟、程学俭、孟庆华、罗祖道等；休学的有：程心一、庄申、高如山、金忠谋、胡家麟、范海洲、黄子春、赵炳森、李天和、王树良、黄庆余、张遐圻等，都是到 1945 年 8 月抗战胜利后复学，至 1946 年 7 月毕业的。

（二）

1942 年的招生工作延迟至八、九月间才办理，只在沪宁一带招收新生。9月间开学，吕班路(今重庆南路)震旦大学红楼四楼的校舍不再租用，一、二年级的教室均并至中华学艺社的两幢大楼里。张廷金先生担任校长兼工学院院长，范会国先生任理学院院长。各系课程仍按原来的教学计划，基本上没有变动。任课教授有些更动，如大一物理由姚启钧先生执教，机三热力工程由朱瑞节先生执教，电三直流电机由薛绍清先生执教，交流电机由简柏敦先生执教。教育行政管理方面，汪伪政府没有派人来监督控制，学校当局还能以办好工程技术教育培养人才为宗旨。1943、1944、1945这三届上海的毕业生后来均能以自己所学到的工程技术知识和技能，贡献国家社会，成绩优异者也颇不乏人。

1942年的下半年，我为已赴重庆的同学补领成绩单之事，曾去中华学艺社注册处二三次，看到学校很平静，教学上课如常日。我在家休养时，平日尽量多阅读报刊图书。健康好转时，做些家庭补习教师的工作，为中小学生补习数理、英文等。有时也常去法国公园(今复兴公园)散步小坐。

1944年这一年，我的病情尚称稳定，平日经常关心世界局势。那时欧洲战场上苏德间的战争，自斯大林格勒会战后，苏联已扭转了退却防守的局势，美国实施租借法案多方支援，使苏取得了反攻主动的地位。那时苏联在上海有时代出版社，出版《时代》杂志和英文版《消息报》，以及东欧、北非等处的地图，从地图上可以清楚地看到苏军的进展:先是盟军在北非登陆，德军罗美尔的军队节节败退，终被全部驱逐出去，北非德寇遂被肃清;后来盟军在诺曼底登陆，开辟了欧洲的第二战场，展开反攻，势如破竹;接着是意大利的投降，墨索里尼被处决。纳粹希魔已处于四面楚歌，末日将临。在太平洋上，自中途岛海战后，美国海空军扭转了战局，掌握了主动权。所罗门群岛日本海军联合舰队司令山本五十六被击毙等消息，日方《新申报》的报道虽然躲躲闪闪，想掩盖败绩，但终究隐瞒不过去。日寇海空军已失去了驾驭控制能力，处于被动挨打的地位，时时失利。美军的跳岛战术十分成功，占领了塞班岛，接着是东条英机内阁的倒台，消息传来，大家心中暗自欢庆。

回顾1944、1945年间，上海市民的生活愈见困难，粮食供应十分紧张，米珠薪桂，“户口米”全是糙米、碎米、包米，掺杂着草子、石子和泥沙。百姓的行动愈见不自由，处处荆棘，但大家心绪高亢，曙光在望，预见胜利的日子就将来临。我养病在家，托父兄姊弟的庇荫，还能温饱无虞，虽生活拮据，也只是知足常乐了。

（三）

1945年5月，盟军与苏军攻克柏林，希特勒身亡，德国无条件投降，欧洲战争结束，盟国取得最后胜利。日寇也濒临崩溃前夕，太平洋上的日本海空军处处败北，交通线被切断，菲吕宋岛、硫磺岛、冲绳岛等地日寇全军覆没。日空军以所谓“神风攻击队”的自杀飞机，做着要与美舰相撞同归于尽的如意打算，无耻地宣扬日本战士的英勇。上海地区美空军B29型飞机的轰炸愈来愈烈，大家怀着“一则以喜，一则以惧”的矛盾心理，不知如何是好。物价的飞腾、物资的匮乏，日甚一日。在1945年7月下旬，母亲和我由弟弟陪同搭乘民间小船，经苏州回到故乡（湖州南浔镇）。在小船内匍匐了三天三夜，沿途所谓“清乡”检查站的关卡林立，那些汉奸小丑扰民欺诈，无孔不入。回到了阔别八年的故乡，上了岸，眼前是一片瓦砾场，辨不清东西南北。我家里房屋虽在，但此时被伪和平军的一个连长占据，母亲和我只好借居亲戚家里。乡里亲友都是衣衫破旧，瘦弱憔悴，面有忧色。苛捐杂税，摊派勒索应接不暇。农村方面的情况更是不堪设想，伪军汉奸整天勒索要钱，大吃大喝，过着淫乐的生活。农民的家里已是十室十空，伪乡政府的差役对农家榨不出钱来就毁床拆屋，农民莫不处于水深火热之中。

8月初，苏联对日宣战，出兵东三省，同时美空军在日本本土长崎和广岛投下了原子弹。在乡间到8月16日始得知日寇已在14日向盟军无条件投降的消息。镇上人民鼓舞欢欣，说不出的喜悦。大家深深地喘过一口气来，希望从此可以过上太平日子了。一天下午，我看到人们成群结队拿着旗帜，燃放爆竹，兴高采烈地去欢迎躲藏在僻乡的国民党吴兴县政府官吏，当做自己的亲人，准备倾吐这八年来所受的痛苦。孰料没隔数天，县府官吏狐假虎威向商店居民等开出了条款，要大家捐献出钱；接着是借惩办汉奸之名，行敲诈勒索之实。人们大失所望，又垂头丧气起来。民间流传着："念中央，盼中央，中央一来反遭殃"的歌谣。

9月间，我见到上海的报纸登载交大徐家汇的校舍已自同文书院手中收回，当时去交涉办理手续的是裘维裕、陈石英诸先生。想当时百废待举，恢复整顿，任务甚为艰巨。

（四）

11月初我接到上海王树良兄来信说："重庆交大的四年级全体同学和造船系三年级同学已自渝乘船到沪，现定于11月11日在徐家汇原址复课。"我就回到上海办理复学手续，到校那天有的课程刚开始。那时教务长李熙谋先生先到上海主持校务，因他同时是上海市教育局副局长（局长是顾毓琇先生），上午在容闳堂办公。我的复学申请书交他审批后，即至注册处办理注册手续。我们机械系四年级1943年休学后来复学的有程心一、庄申、李天和、黄子春等十余人。机械专业分机车、汽车和工业动力3组，3组中选读汽车组的人数最多。我选读工业动力组，复学的同学中还有王树良和戚增伟。该组重庆同学有3人，上海同学也3人，在3个组中学生人数最少。

战时交大校舍被日寇同文书院侵占，房屋设备和一切设施被搞得支离破碎，百孔千疮。复校伊始，仅整顿出了容闳堂作办公厅，中院和上院作教室（旧上院内有礼堂，两院同时有部分房间作寝室），还有东边的几幢住宅房屋作宿舍。那时工程馆、体育馆，执信西斋、南院等均驻扎着国民党军队，可见到有些重武器置放在校园内，树上拴着军马。收回的房屋内均已被装修成日本居室的形式，窗格、移动门、榻榻米等。还能看到校园里直立着几块日本侵略者的记功碑，什么“××先生靖亚表绍之塔”等。一个月后，这些东西全被拆除移去，国民党军队也撤走开往东北。

国民党政府一来，中华学艺社的上海交大因几年来接受汪伪政府的经费，是他们所统率，就被称为“伪交大”，教师和学生也同样被加上这一“伪”字，对学生的学籍不予承认。当局办了一个“临时大学补习班”，由暨南大学的李寿雍任主任，要他们先进班受训。据云，有军训、总理遗教、总裁言论、中国通史、伦理学等课程，然后再进行甄审。同学们纷纷提出抗议，喊着“学生无伪”，上街游行，向当局请愿，闹得颇激烈，博得社会上的同情。11 月间，教育部长朱家骅来上海，学生们游行，前去请愿，没有结果。1946 年 2 月中，同学们知道蒋介石来上海，住在贾尔业爱路（今东平路）的公馆内，于是集合了队伍向那里出发，却遭到国民党军警的阻拦，还出动警车威逼学生后退，相对持了一个通宵。学生们高呼口号，蒋避不露面。听说后来蒋介石唤交大吴保丰校长去他住所，拍案叫骂，大肆训斥，说他无能。在第一学期，我们四年级开始上课时，学艺社来的同学名义上作为临大旁听生，但往后逐渐淡化。到第二学期后半，学籍问题也就默认下来，再也听不到交大和临大之分了。

（五）

第一学期我们机械四工业组共开设了 6 门课程，试验和实习均未安排。上了十多周课，就举行大考，学期结束。

寒假期间，校舍房屋经过修建整顿安排，工程馆、体育馆、西斋、南院等房屋在第二学期开学时均已可供使用。此时三年级同学也从重庆复员到了上海。大约 1946 年 2 月间的一个下午，我初次见到吴保丰校长与工作人员在校园巡视。我久闻吴校长平易近人，和蔼可亲，处处关心爱护学生，同学们也拥戴尊敬；而李教务长平日高傲，官僚习气重，有时盛气凌人，与同学们常呈对立情绪。

三、四月间，重庆的一、二年级同学分批复员到达上海，1946 年 5 月重庆交大总校宣布结束。此时上海交大仍设三个学院：理学院、工学院和管理学院。理学院仍有数学、物理和化学三个系；工学院除原有的电机、机械和土木三系外，增设了航空、造船、水利、纺织、化工、轮机、工业管理等系；管理学院有运输管理、财务管理、电信管理、航运管理几个系。学校除三个学院之外还有电讯研究所。

1946 年的春季，气候常阴雨连绵，雾重潮湿，少见阳光，听说川渝的飞机经常失事。国民党政府战后刚复员伊始的局面，支离破碎、疮痍满目。内地出来的官吏，如恶虎豺狼，只顾搜刮自肥，不关心民生疾苦。那时通货膨胀，物价很不稳定，币值混乱，什么 CNC、关金券，票面都是千、万、十万等的数字，人民得不到苏息康复。国共两党虽进行和谈，美方从中斡旋，成立了军调部、三人小组，但依然战云密布。当时几个大城市中工人、学生的反饥饿、反内战的高潮风起云涌。交大在第二学期先是校工罢工，接着教师罢教，因而开学较迟，差不多延期到了 3 月底 4 月初光景。我们机四工业组上的课程仍是上学期几门课的延续，上课教室改在工程馆内，试验、实习仍来不及安排。四年级学生住宿在执信西斋，两人一室，较为宽敞。当时我因气候潮湿，学习负担较重，体力不济，健康又走向下坡。5 月间请假在家休息了一段时期，卧床自学。后来总算能参加 6 月底的毕业考试，各门课程仅取得中上成绩。东抄西凑地完成了一篇毕业论文，也补考了三民主义和体育(当时不得已请人庖代),得以毕业。但正式的毕业证书始终没有拿到,注册处的人员说因报上去,国民党教育部说还缺中国通史、伦理学等课程的成绩。

7月间的一个晚上,我们机械系全体毕业同学近90人,济济一堂,欢宴师长,感谢其多年的栽培,同时也结束了大学的学习生涯。

同学们高高兴兴地走上了各自的工作岗位,有的还一面静待着参加国民党政府公费、自费留学生考试结果的揭晓。我觉得自己的体躯很是虚弱,原拟向机械工程系系主任陈大燮先生申请留校当助教,陈老要我把身体修养好再说。我也感到健康事应放在首位,故又于9月间返回故乡安心休养。

逝者如斯夫*

瞿　赳

我于 1918 年 7 月 22 日生于江苏靖江县城(今靖江市)一个破落的封建家庭。祖上于明朝由常熟迁靖。清兵打到江南,一祖先绝食殉节。幼时每年清明都随长辈到关帝庙院内墓地祭扫,县里也去祭奠。父亲是独子兼祧,亲祖父是个秀才,民国后任文、武庙董事,每年主持春秋祭孔,必带我去观礼。我名赳,字武哉,是祖父据《诗经·周南》中"赳赳武夫,公侯干城",为我取的。1923 年我进小学启蒙,祖父带我到孔庙拜了孔子。嗣祖父是拥有七爿当铺的剥削阶级,清末去世后,"管事"中饱,当铺倒闭。父亲自幼娇生惯养,终成败家子。家道中落,生活艰难,常靠典当和至亲资助度日。母亲温厚贤惠,虽不识几个字,但能背诵《大学》《中庸》给我听,这些都在我思想品德上打下封建孔孟之道的烙印。大哥就读于南京河海工程大学时,由于闹学潮被开除。1926 年春,由宜兴彭城中学老师侯绍裘(时任中共江苏省委书记、国民党江苏省党部委员,南洋公学 1922 届校友)介绍加入国共合作的国民党,旋即在军阀统治下的家乡秘密宣传"三民主义""三大政策",张贴"打倒军阀"标语,演出"文明戏"。由于我家是活动点,所以都看在眼里。1927 年"四一二"清党前,侯绍裘被蒋介石逮捕戳死,尸体和黄石一起装入麻袋投入长江。大哥对老师极其敬佩,闻讯痛哭不已,从此失去一位引路人,这件事使我童年的心灵上萌发了对共产党的敬

---

* 原载:《逝波集——交通大学机械工程系 1943 级同学回忆录》,1999 年 9 月,第 117—122 页。

仰。大哥的思想和刚直不阿的品格对我的影响颇深。他常鼓励我用功学习，将来报考交大，钻研工程技术，为国家多做贡献。

自我上小学起，国家即处于内忧外患的时代，国内军阀混战，国外还有日本帝国主义不断侵略。战争耽误了学业，也从反面教育了我。1931 年春，我从镇江实验小学毕业，考进省苏中初中部。“九一八”事变后，初中部主任在讲台上演讲，痛哭流涕，使我深受感动。我参加了罢课和示威游行，抗议日本帝国主义侵占东三省，反对国民党不抵抗。还参加了支援抗日义勇军马占山等的募捐活动；跟高年同学查日货，烧日货。学生被称为“丘九”，商人也没奈何。1932 年“一·二八”事变，十九路军淞沪抗日，不久撤至苏州，贴出反蒋标语，反对丧权辱国的淞沪协定。后来在体育场开大会，我们学校都参加了，我就站在戴戟后面。会上还有世界弱小民族代表，印度代表发言赞扬十九路军抗日，寄厚望于我国。我心中深感十九路军是我们的民族英雄。1933 年，生活比较平静，童子军到苏州虎丘、无锡惠山和杭州西湖露营，野外自炊，爬山涉水，乐趣无穷。

1934 年我考入苏高中，一年级时参加了在镇江卅六标的第一届军训。半年军事生活，对体质还是有些好处的。

高三时，对交大心向往之。那时想考交大，还得自习 Lonley 三角、Daming 化学、丁爕林大学普通物理，以及《论语》《孟子》。勤奋拼搏，每天只睡五六小时。可惜毕业考试前，得了伤寒，没能参加毕业会考。随后“七七”事变，我目睹几十架日军飞机俯冲轰炸江阴炮台。不久我家附近被炸，看到遇难者血肉横飞的惨状，不胜悲愤。12 月 28 日，县城沦陷，我们便开始过逃难生活。沦陷区人民处于水深火热之中，深受土匪、部分国民党游击队、日军三害之苦，尤其是日寇奸淫掳掠杀，禽兽不如。这些苦我算都亲历过了：土匪将我吊成“老鸦飞”，逼着要钱；国民党游击队，把我背绑起来，想敲诈勒索；特别是日军抓住我，几乎使我送掉性命。

1938年，我们家从泰州乡下迁回家乡一个市镇。秋季的一天，日伪军从几十里外的驻地突然来到这个镇上。他们闯进我家翻箱倒笼，搜到我在苏中的草绿色制服和林语堂的《三民主义》英文读本。当即把我五花大绑起来，连同被抓的一个店员和两位据说是国民党游击队收税的带到日伪军驻地，在汉奸的维持会审讯。那店员被保释放。我和另两人被押到日寇警备队。一位带黑边眼镜的军官，看样子像个中学教员，问我会英语吗，随即用英语和我问答。我着重解释了我原是一个中学生，那制服是苏中的校服，纽扣上还有"苏中二字"，等等。他听后，说我没事了。另两位于是要我帮他们说说。我念同胞之情，就说他们是商人，是良民等。但那军官却说一会儿要把他们"刺啦刺啦"。果不一会儿，日本兵把我们三人都拉了出去。正在这千钧一发之际，那军官来了，拨出刺刀把一头各系着一人的绳子砍断，把我拉了进去。不久，我听到两声枪声，心想又两个同胞死在敌人的枪下了。翌日，我被带到维持会释放。一些汉奸说我真算幸运，抓进警备队的十之八九都被枪毙的。奇怪的是，我始终很镇静，心想既成阶下囚，也只有听敌人摆布了。只希望不要杀头，枪毙就枪毙吧。因为曾听说日本鬼子在城里杀人，有时一刀头还砍不下来，我想这可能是够痛苦的。

1939年春，我到上海苏中补读了半年，旋即报考了交大。不过那时心里也有点打鼓，逃难荒疏了两年学业，能不能考取？

进交大前，和两位绍兴朋友一起，租住成都路浦行别墅。考取交大后，因路远，乃和胡家麟、范广中、王伯伦、杨文霖在震旦大学南侧大陆坊一号租住了一间前楼。大家一起在隔壁一家天津小馆吃饭。

二年级时我得以住进爱麦虞限路中华学艺社二楼大礼堂，上百人济济一堂。我们班的还有程心一、章复、胡家麟、范广中、陈莱盛。对着楼梯两排面对面的书桌是我们班的，顶头一张面向楼梯的是程心一，他和孟庆华几人打起桥牌来真热闹。他的嗓门最高，讲话急而快，一口常州话，其情其景犹历历在目。但他一停下来，即潜心学习，人家再吵闹，都置若罔闻。真是一动一静，专心致志。我还跟他学过打太极拳。

大二时，每个星期天上午，老校长唐文治在震旦教室讲古文，座无虚席。老校长虽双目失明，犹鹤发童颜，气貌堂堂。我常去听讲，有一次讲《伯夷列传》，我印象尤深。他讲完，还用一唱三叹法朗诵，声如洪钟，感人肺腑。

课余，我常和胡家麟、章复、朱保如去看夏衍领导的中华剧艺社演出巴金的《家》《春》，还有曹禺的《北京人》和《蜕变》，丁西林的《妙峰山》等，也看唐槐秋领导的中国旅行剧团演出曹禺的《日出》《雷雨》等。我们还去黄金大戏院看过周信芳主演的《明末遗恨》等。有时散场太晚，只好走回学艺社，大家边走边高谈阔论。有时我也一人到霞飞路一家小电影院看苏联电影。

1941 年 12 月 9 日，天还没亮，便听到炮声"隆隆"，飞机声、轰炸声。我和床靠床的王伯伦谈开，猜想日本特使莱西和英美谈判未成，现在打起来了。早晨走读同学带来号外，果真昨晚日本偷袭了珍珠港，和英美不宣而战。我赶紧到公共租界一位同乡家取钱。到四大马路时，看到日军耀武扬威地列队分路进入公共租界。这一学期读完就放寒假了，总算又读完三年级下学期。放暑假前，听说日军同法国巡捕秘密搜查过学艺社，使人感到学校也不安全了。记得沈三多先生上最后一堂"机械设计"时，曾沉痛地说："这可能是最后一课了。你们有路子就帮我介绍点工作。"我听后凄然，不禁回忆中学英语课本中的《The Last Lesson》，感慨万端。

大学还剩一年怎么办？正好我一个表弟从重庆回到上海，告诉我去重庆的路子。朱保如约我同行。我于 1942 年 8 月 10 日依依不舍地离开了家，14 日和保如三兄弟乘"常山丸"离沪去汉口。一上船就看到范喆、刘近义也在船上。15 日凌晨船过家乡八圩港，我在甲板上凭栏远眺，晨光熹微中，笼罩在云烟深处的树林房舍，那里有我的慈母和亲人。不禁沉吟，"独自莫凭栏，无限江山。别时容易见时难"，思绪万千。8 月 17 日过南京，24 日到汉口，住进租界的一家旅馆。经打听，有两条路可走。我和保如三兄弟决定经新堤到三斗坪，范喆他们去湖南常德。8 月 29 日乘船离汉口去新堤。到新堤一上岸，日伪军搜查甚严，翻箱倒笼。幸好我的证件已由我表弟寄重庆上海医学院他的表妹处，他们什么也没查到而放行了。新堤旅馆旅客满满的，大都是来来往往跑单帮的。旅馆管住管吃，八人一桌，大鱼大肉。过封锁线是雇的小船，带点烟和罐头，到时船老大拿上岸“孝敬”日伪军。日伪军到船上装模作样地看看，也就放行了。经过一段三不管的地带，到了洪湖。过湖上岸，才有国民党的部队。一路经监利、石首，由新厂渡长江到藕池口。在这里意外地遇到许国志，他像是上岸跟船活动活动筋骨的。大家行程匆匆，略事交谈，即各奔前程。再经闸口、公安、松滋、枝城到三斗坪。行程不下 350 公里，一路山清水秀。江山如此多娇，也无心欣赏。保如一人乘滑杆，我们步行。“鸡鸣早看天，未晚先投宿”，9 月 24 日我们到达三斗坪，住湘西旅社。在那里又遇国志一行，包括贾观熙、金邦年、毛家驯、过昂千，乃同船去重庆。在甲板上摊开铺盖，晚上睡觉，白天席地而坐，谈东说西，饱览三峡风光。三峡波涛汹涌怒吼，两岸群山峭拔。有块“对我来”石碑，船逆水上行，到此必对“对我来”，眼看快撞上石碑，一个波涛却把船拨正航道，真是惊险奇妙。大概是过巴东，轮船上不去，就挂球与岸上过载行谈价，岸上甩下牵绳拉牵，牵夫助轮船一臂之力，也是奇事。船经西陵峡、巫峡、瞿塘峡，过万县。自此一路常看到被国民党拉的壮丁陈卧在两岸烈日之下，瘦骨嶙峋，奄奄待毙，不禁感愤。

10 月初船抵重庆朝天门，住松鹤旅馆暂歇。由于保如弟弟急于报考大学，随即去歌乐山取证件。6 日我们迁住小龙坎交大，当晚和国志在甜食店一下就吃了五、六样甜食。

交大在重庆还没四年级，打算借读中大。不日又有十位同学到达，机械系主任柴志明先生立即筹办四年级，揽聘了一些名师，如张德庆、柯元恒、杨仁杰、马明德诸先生。10 月 16 日，迁入九龙坡新址，11 月 2 日开课。已到的 16 位同学分住两间宿舍。宿舍是篱笆墙抹白灰，床是双层。晚上看书是豆油灯，一下雨道路便成黄泥浆。吃饭不用花钱，八人一桌，盛饭的大木桶有半人高。国志和定国、邦年和泽田、重阳和观熙、家驯和我分别是同室上下铺。近义、范喆、庆臻、昂千、燮和、友洪、肇鎏、学礼住一间。不久长庚、敦孟赶到，住另一排宿舍。我们一间八人，号称“八大山人”，加上常到我们房间的长庚、敦孟，言结芝兰“十兄弟”。

1942 年，有时还有日本飞机“光临”，我们跑到学校后面丘陵地带，在树荫下聊天躲警报。课余，常到附近田野散步，有时顺手牵羊摘点蚕豆到学校对面山东小铺炒一下，就些大饼，来一杯白干；有时在野地上搭个灶，烹调我拿手的红烧肉，买些山东大饼，十兄弟干一杯；也有时花一元钱买一百个柑橘，边吃边聊，颇有滋味。这些都是校园生活之乐趣。还有一件趣事，我们晚上到教室看书，家驯常暗暗给爱妻写家书，关山阻隔，自多情话。长庚有一绝技，能由家驯笔头的横竖撇捺的动作说出家驯的秘密。因此，家驯只得以左手遮盖笔头的动作，我们名之曰“护姆牢妥(ü)”。我们常到柴师家坐坐聊聊，喝点茶，有时吃顿饭。我们常谈到班上的“状元”程心一。有时还到吴保丰校长家小坐，吃点茶点；张德庆先生也邀过到他家作客。九龙坡的这段生活，虽颇艰苦，师生融洽，倒也其乐融融，颇值回忆留念。

毕业前，王学礼脸颊上起了个疙瘩，以为是蚊子叮的，大家也没在意。后来他自己可能有什么不好的感觉，一人到市里医院去看，医院没收留；又一人去歌乐山找了我在上医的朋友，得以住进中央医院。遗憾的是不日病故，是疔疮血中毒。学校安排班长国志和我几人去办后事。学礼不幸早逝，我们甚为惋惜悲悼。

1943 年毕业，同学都选定了去向，领着学校借给的路费(不要还的)，依依惜别九龙坡，各奔前程。

六十年如烟似梦*

黄子春

我们 1943 届机械系的同学在 1993 年毕业 50 周年之际返校重聚。1996 年交通大学百年校庆时我级同学又再团聚，那时同学们决定在 1999 年举行我们自 1939 年秋季相识 60 年的聚会，同时出版 1943 届机械系同学 60 年回忆录。回首往事，历历在目，思绪万千，略述如下。

我初中时期，当时一般青年择业对高薪制的海关、邮局或洋行心向往之。但是上海海关由英国人设立，邮局由法国人管理，洋行大多由外国人经营。由于鸦片战争后签订的不平等条约，中国割地赔款、五口通商，英国在中国五个通商城市设立海关，征收进出口关税，上海海关称“江海关”。虽我不知海关详情，但这令我感到很不可思议。邮局由法国人管理，我至今不知底细。因此，我那时对海关、邮局和洋行都不感兴趣，打算进交通大学读书，为此我选择南洋模范中学读高中。

当时的南洋模范中学在交大校园内。1937 年夏季，我曾两进交大校门：第一次进交大到南洋模范中学报名；第二次进交大校门参加南洋模范中学高中入学考试。9 月份开学后，我进入南模读高中。当时日本人已占领了交大校园，南模在交大附近借用英国海关税务司司长的私人住宅作为中学校舍。一个英国人的住宅可以容纳初中和高

---

* 原载：《逝波集——交通大学机械工程系 1943 级同学回忆录》，1999 年 9 月，第 205—207 页。

中六个年级的教室，还有校长与教员的办公室，学生宿舍和食堂等，可见该住宅的规模是何等阔气。这让我耿耿于怀，终生难忘。住宅旁还有一排平房，用作南洋模范小学六个年级的教室及教员办公室。住宅和平房后面还有一片很大的草地。

1939 年暑假，我读完高中二年级。我的同桌杨善照劝我买解析几何的书一起做习题。我们俩人做了半本书的习题，由于感到乏味，没有再做下去。后来他又约我去报考交大，我俩以同等学历的身份报了名。记得数学试卷一共 6 道题。前 3 道三角和代数题目很容易，3 道解析几何也答完 2 题，第 3 题连题目都看不懂。但是我们都通过了交大的入学考试。当时因为我中学未毕业，基础差，我不想立即进交大读书，仍在南模读高三。杨善照同学已经不读南模，有一天他突然来见我说："你今年考取了，你不去，明年你考不取怎么办?"说完后就扬长而去。经他这一吓唬，第二天我就到交大报到了，同时他去了内地重庆交大。

1939 年秋抗日战争第三年，我进入交通大学机械系读书(第三年级第二学期，我级分门，我选择了航空门)。大学前三年的学习与生活很顺利，同学们学习努力，相处融洽。至今我尚记得我班某些同学的称呼及别名：程心一是"状元公"，罗祖道别名"江笑笑"，金忠谋二年级起是班长，我班唯一的女同学吴仲仪别名"fifty six"等。大学一、二年级我们在震旦大学上课，三、四年级在学艺社上课。

我们的老师讲课各有特色和风趣，我至今仍能回忆起很多细节。例如材料力学金肖宗老师经常在课堂上念叨："书勿读，题目做勿出"；投影几何老师看到有的同学将 N 反写成 И 时常说："你们在霞飞路上走得太多了。"因为当时在霞飞路及两旁支路上有俄国人开的店，俄文字母 И 易与英文字母 N 混淆。给我印象最深的是教工程经济的严励平老师，他上课从不讲课本内容，而是谈天说地，讽刺社会。他也常给我们讲人生哲学及工业界成功的经验。例如他讲在中国，荣家经营纱厂最成功。荣家的办法是先开一家工厂，成功后用该厂作抵押向银行贷款开第二家工厂等，采用滚雪球的方法增加工厂数量，扩大公司产业与经营规模。他的讲课比书本知识更生动。有一次他上课时讲“工厂的厂长每月应有 1 000 元工资”，逗得我们“哈哈”大笑。因为当时普通职工每月只有十余元工资，总统名义上也只有 600 元左右。他实际上是在讽刺社会上贪污腐败的不良现象，提倡“高薪养廉”的主张。他的许多观点是很有见解的，尽管我现在对工业经济的内容及如何考试毫无印象，但他讲的许多观点都记忆深刻。

1942 年 7 月，汪伪政府接收了交通大学。我级同学去向大致分为三种情况：一部分同学留上海原址就读；一部分同学去重庆交大；另一部分同学暂时辍学。我想去重庆交大读书，但几次未成功。最后一次与诸成福商定，从浙江南部通过日军封锁线绕道去重庆。但他一人先走了，没有通知我，我又没有去成。在上海停学的三年中，我暂时帮助友人经营银行。在此期间结识了一位银行的律师，他年轻聪敏，精明能干，后来成为我的好朋友，并多次帮我摆脱困境。

1945 年抗战胜利，国民政府不承认留在上海各大学读书的学生的毕业文凭。为此，学生们在蒋介石视察上海时拦路请愿并递交请愿书，最后终于获得总统准许，补发了正式毕业文凭。

我们辍学的学生申请复学，以完成因战乱而中断的学业。可是交大教务长李熙谋以通常条件下制定的校规处理战乱期间发生的特殊事件，不准我们复学。我的律师朋友告诫我不要与教务长当面顶撞，只能耐心说理，请教授或其亲友帮忙疏通。最后教务长作了让步，他说“你们可以复学，但不得享受交大学生免费食宿的权利”。负责交大学生会的同学却立即给我们办理了食宿手续。我们终于又成了交通大学的学生。1946 年我完成了交大的全部学业，获得了工学学士学位。战乱中的毕业文凭真是来之不易啊！

回首往事*

王树良

20世纪是一个激烈变动的时代，我有幸生在这个时代，虽然经历了不少坎坷，但目睹了祖国由衰弱转为强盛的过程，也算不虚此生。回首往事，想起那些曾与我在同一时代生活的人们，特别是那些先我而去的朋友，不由深深怀念。

1936年夏，我从震旦初中毕业后，父亲建议我考公立学校，因为我有八个弟妹，公立学校不收学费，可减轻负担。所以我就考了省立上海中学，该校设理科、工科、商科，理科面向升学用，工科、商科面向就业，我选工科是因为我对家里的经济情况不乐观，担心等不到升学便得就业。考取后第一年在沪闵路吴家巷住读，那里校址宽广，校舍整洁，我们过着很有规律的生活。因为学的是工科，所以上午安排在课堂内上基础课，下午则进行制图、工厂实习和军训。这一年我实习了铸工、锻工和钳工3个工种(后来我在交大由于当时条件所限，只实习了少量机加工)。刚入学时曾遇到过一件棘手的事，有些课如三角采用的英文课本，这对我是一个很大的挑战，但只能硬着头皮去啃，后来也就习惯了。那时我在班上负责办壁报，同时因为班里有棋友，也就爱上了象棋和围棋。

1937年8月13日，日军入侵上海，后来战事西移，上海沦为孤岛，省立上海中学改名为“沪新中学”，迁到法租界菜市路上海美专内。我

---

* 原载：《逝波集——交通大学机械工程系1943级同学回忆录》，1999年9月，第335—338页。

就在那里上的高中二年级。此后工科单独迁到绍兴路一所小楼内，我在那里上完高中。

在毕业前夕，慈母不幸因病去世，这对我是个重大的打击。这年夏天，我投考国立交通大学，由于基础课没有像省立上海中学理科那样学得扎实，分数比录取标准略微差一点，未能正式录取，按规定批准为旁听生。这样我就在交大电机系读一年级，地点是在当时交大借用的震旦大学新厦。

第二年我又参加了一次统一考试，这次我被交大正式录取了，从电机系转到机械系读二年级，此后两年都是在绍兴路中华学艺社上的课。我还记得有不少同学拥挤地住在学艺社大礼堂内的情况。在这两年中我比较活跃，喜欢参加课外活动，除了每天早晨的武术班、星期日选读的德文班以外，我还参加了土木系李积善、邓伟才两位同学创办的南洋剧社，搞过一些美术工作如设计海报等。那时南洋剧社上演过曹禺的《蜕变》，由管理系的徐庸言同学演梁专员，很受观众称道。这次我来上海参加交大校庆一百周年纪念活动，本拟与庸言重叙旧情，可惜他已仙逝。那时我还参加过管理系王嘉祥同学等组织的交大基督教青年会，虽然我是无神论者，并不是基督教徒，但在那时的环境下，我觉得不妨用教会名义干些同学之间的联谊工作。我在该会办过《事功园地》油印刊物，所谓“事功”就是“工作”。我自己在暑假里办过粤语班和国语班，前者请王文镇同学主讲，后者请陈莱盛同学主讲。那时我家住在绍兴路瑞金二路口，离中华学艺社很近。我还曾利用这个地理优势，与土木系顾译南同学合伙，由他向中国科学图书仪器公司批印报告纸及实验报告封面，在我家发售，两人借此挣些零花钱。

1941 年冬，日本发动了太平洋战争，侵入上海租界。在汪伪政权胁迫下，当时我班同学有三种去向：一种是设法去内地交大上学，一种是就在南洋大学上学，还有一种就是辍学。我和金忠谋同学都选择了暂时辍学。辍学期间，我除追随父亲做些工作，例如审查客户账目等之外，业余还参加两个方面的活动：一个是八仙桥上海基督教青年会徐乘黄干事组织的活动，该会办有讲座，内容包括造纸机械、橡胶工业、发酵工业、药物化学及报关知识等，由各知名人士主讲，还组织参观工厂，我几乎都参加；另一个是王天一、宋名适、闵淑芬等同学发起的工余联谊社所组织的活动，内容包括工业讲座、工程界杂志、参观、旅游、交谊等，后来我就主要投入了这个社的活动，并担任了社报的编辑和油印。

1945年8月，日本投降，抗战取得胜利。重庆交大在11月迁沪复课，当时就读的同学包括三部分：一部分是重庆来的，另一部分是南洋大学（那时称“上海临大”）来的，还有一部分是辍学后复学的。当时机械系设有三个门：一个是黄叔培教授主讲的汽车门，读的人最多；另一个是柴志明教授主讲的铁道门，人数次之；再有一个是周修齐教授、胡嵩嵒教授主讲的制造门（含动力），读的人最少。我和金忠谋都是读的制造门，此外还有辍学复学的戚增玮和重庆来的汪孟乐。当时在徐家汇校本部上课，我是走读生，同学间的接触比以前少了。

抗战胜利后，工余联谊社改组为中国技术协会（简称“技协”），会员人数急剧增加，活动范围也不断扩大，如举办展览会，建立会所，开办消费合作社等，成为当时上海青年技术人员团结的中心。我在1946、1947、1948年这三届都被推选为理事。在1946年曾担任过技协《会报》的编辑和油印（后来该刊物改为铅印的《技协通讯》，由蒋宏成、沈惠龙、顾同高等同志接办，我因其他事没有再参加），还曾担任过《工程界杂志》的编辑和美术设计。对于会里一些重大的活动，如1946年在上海宁波同乡会举办的上海工业品展览会，1947年在上海交大图书馆举办的第二届工业展览会，1948年技协派代表参加的中国工程师学会在台北召开的年会，以及到南京卸甲甸永利硫酸铵厂的参观等，我都参加过。技协的会徽也是我设计的。

抗战中的交大往事*

任家聪

国立交通大学在抗战爆发后，为了躲避战乱，被迫迁入法租界。当时租界条件是不错的，国民政府一研究机构在租界内的实验室（瑞金医院附近）还并入交大理学院。然而好景不长，到了1941年的下半年，太平洋战争爆发了，日军攻占了租界，交大又一次落入了日本人之手，而我就在这段水深火热的日子里开始了我的大学学业。

1942年上半年，学校的管理颇为混乱。首先是为了不让日本人控制这所学校，校方做了两手准备：一方面是被迫改为南洋大学；一方面让大批学生奔赴重庆。当时国民党政府已在重庆建立了交通大学，又为每位学生出具了一张成绩证明单，以便去内地办理入学手续，同时赴内地的还有许多老师。由于目睹国民党政府的腐败已露端倪，有几位教授及讲师也意识到这一点，大家决意留在"孤岛"，开始一种类似隐居的生活。抱着同样的看法，我与几位同学也留了下来。当时交大学生去内地的非常多，一百多人的铁道管理学院，留下的不足二十余人。

由于大部分师资与学生流向内地，学校的教学质量受到了很大的影响，往往许多时间都是整日的空闲。我有时就去中学兼课，挣些钱来贴补生活费用。当时，清晰地记得1942年上半阶段任课老师中，有一位姓徐的中年讲师讲授"股票与投资"（stock and banking）这门课。

---

* 原载：《同窗回忆录——交通大学1944、1945届毕业同学纪念册》，2003年4月，第162—163页。

他颇有一些家资，又不愿去重庆。时值动乱，课又不多，便投资股票做起了新亚制药厂的股东。还有一位讲授“公文程式”的黄先生，这门课实际是校长办公室的秘书兼任的。虽说课程本身较为枯燥乏味，但他讲得颇有吸引力，语言十分幽默诙谐。有一次，上课过程中，他讲起了清末曾国藩镇压太平天国运动初期屡屡受挫，为逃避咸丰帝的责罚，把“屡战屡败”改为“屡败屡战”的典故，并借此说明公文中字序不同所产生的微妙效果。他幽默的授课风格给我们留下了很深的印象。

总之，1942 年上半年学校秩序较为混乱，但暑假后情况便有了变化。汪伪政府接收了学校。有趣的是，他们并没有派政府官员来，而是把校内原来的“国立交通大学”木牌撤了，并更换了管理学院的院长。日本人为了显示把南洋大学办下去的决心，增派了两名日本教授（陈均尧，小石光瞿），加强学校因战争所损耗的师资力量。为了不做与汪伪政府同流合污的汉奸，许多先生都离开了学校，其中也包括上面提起的徐、黄两位先生。

至 1942 年底，交大（南洋大学）彻底为汪伪政府所控制。

忆我入交大求学*

任祖簪

1937 年,“八一三”日寇侵华战争爆发。我当时刚在江苏省立常州中学读完高二,不得不东奔西走借读高三。腐败的国民党军队总是败退,省内没有一所学校能安定办学,最后我参加了江苏省会考,9 月底才取得毕业证书。由于大学招考期已过,我只好来上海省立扬州中学旁听高三课程,1939 年参加教育部全国国立大学统一招考,我的志愿是国立交通大学。

考完后我回乡候信,后来喜出望外地接到堂兄来信,他在重庆教育部看到我已被录取到国立交通大学。我赶紧从沦陷区长途跋涉,雇了一辆独轮车,经过游击老区黄桥和江口一带的日军封锁线乘船来到上海。

刚入校办手续,就见到校内好多同乡会欢迎新同学的板报,我的同乡们也毫不例外地欢迎我,热情地帮我办手续,使我感到特别踏实,有着一股说不出的感激心情。他们给我介绍交大的好传统、好风气,以及电机系里各位教授授课的特点,甚至还送我一些老“脚本”便于我参考。交大的这种传统和风气,一届一届传下来,培养了一批批年轻的学生,无愧是全国的一所名牌大学。

理工系的课程很紧,无论是课本、习题、报告和教授们的讲授都采用英文,这无形中培养了我的外语水平和听写能力。这种教学方法对

---

* 原载:《同窗回忆录——交通大学 1944、1945 届毕业同学纪念册》,2003 年 4 月,第 220—221 页。

学生毕业后出国深造大有裨益。

教授们的讲授方法，可以归纳成三种：一种是从理论上进行讲授，例如我最爱听胡敦复教授讲微积分和裘维裕教授的物理课，他们引导学生们课堂上专心思考；一种是笔记式的讲授，教授边讲边写，学生们边听边抄，忙个不停，课后，看笔记内容全是书中精华，像马就云教授的直流电机课，张怀义教授的化学课；还有一种是说笑式授课，上课很轻松，基本不用抄写，像严励平的锅炉学，曹凤山的工程数学，说笑中讲授书中精华，不过课后一定要细看书。总之在交大理工科学习，总感到时间不够用。

1941 年 12 月 8 日，太平洋战争爆发，日军侵入上海租界，学校被迫改名为南洋大学，学校宿舍又遭军警搜查，我不得不休学两年，回乡当教师。

两年后，汪伪政府接管下的交大通知我复学，否则要除名，我不得不来复学。相比之下，教学的管理制度比以前松了。我毕业后，正是抗战胜利、祖国建设需要人才的时候，承史钟奇教授的介绍，进入交通部国际电台工作，解放后仍在原单位工作直至退休。于今离校五十六年了，回忆我的成长自立过程是和母校各位老师热心抚育分不开的，我爱我的母校交大，也怀念我的老师们。

初进交大时的一点回忆*

汤树屏

我是1941年下半年考入上海的交大管理学院铁道管理系的。学校当时称“国立交通大学”，校长是黎照寰，管理学院院长是钟伟成，铁道管理系主任是沈奏廷。因徐家汇校舍已被日寇的同文书院所占，我们上课的地方，一、二年级在卢家湾震旦大学新楼四楼，三、四年级在爱麦虞限路（今绍兴路）中华学艺社的楼内。开始几个月还比较正常，老师要我们用功读书，不要管别的事情。我们主要是学国文、英文、数学、经济学、社会学、会计学，等等，铁道管理的专业课学得不多。几个月后，国内国际局势越来越紧张：一是德国法西斯军队突然袭击苏联后，连连得手，苏联奋起自卫，打得十分艰苦；二是日寇加紧进攻我抗日根据地，国民党军队连连溃败。当时上海成了“孤岛”，有许多谣言，这就使我们无法安下心来读书。随后学校的校名改名为“私立南洋大学”，虽没有向同学们解释原因，我们自己估计，大概是为了应对日益严峻的局势，“私立”总比“国立”好办些。

我当时寄居在辣斐德路（今复兴中路）平济利路口的一个小米店的阁楼上。1941年12月8日早晨起床后，即听到米店里的伙计在议论，说“日军昨晚已开进租界，停泊在黄浦江里的一艘较大的美国兵舰和一艘较小的英国兵舰已向日军投降，一艘很大的意大利邮轮康德浮提号已经凿沉在江内，法租界内的法国兵也已向日军投降”。我步行

* 原载：《校友通讯——交通大学1946届》，交通大学1946届同学会编，1996年12月，第一期，第12页。

至学校上课，见到许多同学都在教室内议论、诉说听来的种种消息，说“日军突然袭击珍珠港，日本已向英、美宣战”。上课时间已到，也不见老师到教室里来。一两天后，校方即通知大家，“学校无限期停课，这个学期的大考不再举行，而以平时成绩作为学期的成绩。何时复课，等候通知”。

我于是回到了崇明乡下。两三个月后，校方来了通知，说学校复学，但校名竟恢复了原来的“国立交通大学”。我立即写信给上海的同学，查问真相。同学告诉我“交大已被汪伪政府接收，黎照寰校长和钟伟成院长、沈奏廷主任已离沪去内地，理学院院长裘维裕也已去内地，现在的校长是原工学院院长张廷金”。我听到这消息很气愤，就写了封信给学校注册组，要求请病假，等病愈后再上学。

在乡下我非常无聊，只在一所小学里教教书，有时与一些老同学通通信。从同学的来信中获悉，学校虽说是汪伪政府管的，但实际上仍然是老样子，没有什么变化。虽有一些教授去了内地，但大部分教授仍留在上海继续授课。日本人没有到学校来过，也没有进行奴化教育的迹象。我感到大家总在家里呆着也不是一个办法，于是停学一年后，到上海继续入学。这样本来一起入学的同班同学，现在比我高了一级。我应该是 1945 年毕业的，变为 1946 年毕业了。

我是怎样进交大的*

王彩芬

我是一个出生在农村的姑娘，家乡在风景秀丽的水乡青浦。那里的居民安于家业，命定论是他们的普遍观念。我小学毕业后，考入松江省立女中。这里精神面貌完全不同，这是一所爱国主义教育非常激烈的学校。校长江学珠全身心地投入教育事业，激励学生成材。"百年树人"是当时的口号，学生大都住校，生活规律化，既接受知识，又受到爱国主义精神的激励。每个学生都奋发向上，树立一心为国的志气，懂得"国家兴亡，匹夫有责"的道理。

随着"九一八"事变、"一·二八"事变爆发，日军开始侵略中国，人民呼喊抗日救国。接着"八一三"事变爆发，日军大举直入，从金山卫登陆直接扑向我老家，就这样把我从农村推到了上海租界。这时我刚初中毕业，我立志做一个有用的人、一个有技术的人、为国家做点事，起一个螺丝钉作用的人。

我在上海读完高中，面临考大学。国立大学不收学费，私立大学学费昂贵，没有能力进去。因此，我的目标就是几所国立大学。因为暨南与交大同一天招考，我选择了暨大，因为我怕交大考不进去，反倒失去了进大学的机会。结果暨大录取了，我入了文学院。半年后日军进驻租界，学校南迁福建。校方尽力相助同学南去，但我父母不同意，只能再做打算。半年后交大及其他学校相继招生，我去投考交大。当

---

* 原载：《校友通讯——交通大学 1946 届》，交通大学 1946 届同学会编，1997 年 12 月，第三期，第 12 页。

时交大在人眼中加了个“伪”字，我当时想“我是去学校学技术的，学到技术谁也拿不走，我为什么不去投考？”我被交大录取后在爱麦虞限路(今绍兴路)上课，老师都是原交大的老师长。由于物价上涨，老师工资都很微薄，但老师们还是很严格认真地教导我们。会计老师安绍云教导我们很严格，每次上课都得先测验而后再上新课，成绩不好，安老师要发脾气，这是他要我们学有进步。

交大是一所海内外闻名的大学，是一所高水准的学校，从交大毕业后我考入了中纺公司，还有后来的华东纺织管理局，干了几十年的财务工作，一直到退休。非常感谢母校的培育之恩。

艰苦的四年大学生活*

余卜华

我是1942年夏考入交大的。当时的交大本部在爱麦虞限路(今绍兴路)的中华学艺社内(即现在的上海文艺出版社),面积大概只相当于现在徐家汇交大老图书馆,可能还要小一些。试想这样小的房子,要容纳三个学院十几个系逾千名师生,其拥挤情况可想而知。在我记忆中,似乎没有图书馆,理工学院的试验场所设在一个小工厂(文华笔厂)内。在这样困难的条件下,居然还培养出数以千计的大学毕业生,有的还卓有成就,真是一大奇迹。

就我个人而言,四年的大学生活,最困难的还是食宿两大问题。我家逃难来上海,原住在重庆路新村一间灶披间,十平方米大小,要住五个人。1941年冬,日军侵入租界后,限我们一周搬走。我父亲没法,只好临时借住在一朋友家中。他们家也很拥挤,我们进去后,只好每天睡地铺。我考入交大后,全家很高兴,但是当时的学校,食宿两个问题,根本无法解决。不久,我父母回乡,留下我和姐姐两人在上海读书。那时,读书的环境可谓恶劣至极。我住的地方是一层楼,用木板隔开几间,彼此都无隔音,声音嘈杂得又无法读书和入睡。实在无法,只得买一张公园月票,每天躲到公园里温习功课。就这样,度过了大学一、二年级的生活。

到1944年,我姐姐实在坚持不下去,辍学回乡下去了,只剩下我

---

* 原载:《校友通讯——交通大学1946届》,交通大学1946届同学会编,1997年12月,第三期,第18页。

一个人在上海，父亲朋友家中又住不下去了。彷徨逡巡，仰天长叹。幸亏一个在沪江大学读书的同学救了我。他在九江路一幢大楼内有一间房子，他找了沪江大学两个同学和我四人一起住，雇了一个保姆烧饭，总算解决了食宿两大问题。这时，我虽然每天仍要长途跋涉从河南路乘 10 路有轨电车到卢家湾上课，但生活总算安定一些，能够有一席之地，安下心来读书写字了。当然，生活仍是非常艰苦，常常吃不饱。特别是抗战快胜利前的一段日子，因晚上没有电灯，只好点上蜡烛看书，我的近视眼越来越深，也是那时种下的恶果。

1945 年夏，日本投降，举国欢庆。我从乡下赶到上海，心中无比兴奋和愉快，以为八年的困苦艰难可一扫而光了。出人意料的是“伪学生”的帽子突然戴到头上，但和我常往常来的圣约翰、沪江、复旦、大同等校的同学，因为他们上的是私立大学，就不算“伪学生”，无不兴高采烈。而上海交大、上海医学院、上海商学院等所谓“国立大学”的学生，一样读书，就必须甄别，真令人百思不得其解。当时，真是上天无路，入地无门。经过一个同学介绍，我在离交大很近的徐汇中学做了一学期的代课教师并住进该校，以解决我的食宿问题。不久，所谓“临时大学”开学，经过斗争，总算让我住进了徐家汇交大的学生宿舍。也就是说，在整个四年大学生活的最后一个学期，我才真正地过了一段大学校园生活。

最近，重返徐家汇上海交大校园，看到到处绿树成荫，弦歌不辍，高楼大厦拔地而起。对照我们过去的大学生活，真是天上人间，恍若隔世。我作为一个交大校友，是多么羡慕今日的读书环境，希望今日在校就读的同学们，珍惜大好时机，努力学习，为把自己培养成为一个国家需要的栋梁之才而努力奋斗。

难忘大学岁月*

吴仲仪

1942年11月7日，我由仇启琴同志介绍参加中国共产党上海地下党组织。

我在中小学时期就接受了爱国主义教育。我12岁进务本女中附属小学读书，务本女中有爱国教育的好传统。1931年“九一八”事件，日寇侵占我国东北三省后，语文老师给我们讲解一篇文章《最后一课》，写的是德法战争时，被德国占领地方的小学生以后不能再读法文了，老师给他们上最后一课。语文老师联系课文讲解日本对我国的侵略野心，现在占领了东北三省，以后还要如何如何。我们这些小学生听着听着，都扒到课桌上痛哭起来。读高中时，音乐老师教我们唱《满江红》，校园内学生们都唱救亡歌曲。我们班的同学们在课间休息时唱《义勇军进行曲》《大刀歌》《松花江上》《毕业歌》等。在同学中传阅斯诺写的《西行漫记》和一些进步书籍，知道了共产党是坚决抗日的，蒋介石抱的是不抵抗主义。1936年“西安事变”，张学良逼蒋介石抗日。语文老师又在我们班上组织了一次辩论会，讨论“安内与攘外”，大多数同学赞同大敌当前，应当一致对外，反对国民党的剿共政策，会上还高唱“枪口对外，齐步向前，不杀老百姓，不打自己人……”。

我在家中接触过共产党人，翻阅过共产党的书籍。我有好几个舅舅、表阿姨是大革命时期的共产党员。他们都是江西南昌人，和我父

---

* 原载：《同窗回忆录——交通大学1944、1945届毕业同学纪念册》，2003年4月，第10—14页。

母一样都在日本留学。记得我幼年时，母亲还未去世，几个舅舅逃到我家中躲藏起来，说是国民党要抓他们。从父母的谈话中知道，“五一”节共产党人飞行集会，组织游行，国民党和法租界巡捕房勾结起来要逮捕他们。他们有一箱书放在我睡的房间内，我因为好奇曾经翻阅过几本，是讲共产主义的。舅舅们是有学问的人，都是大学教授，他们为国为民参加中国共产党，从小孩子的角度看，他们是好人。所以我对共产党不是完全一无所知，当然也是知之甚浅。

1941 年下半年，闵淑芬约我参加一个读书会。闵淑芬为人正直，待人诚恳，有抗日爱国思想，读进步书籍，和我志同道合。现在我们是几十年的好朋友、老朋友。当时淑芬住在亲戚家。读书会是这家的儿子任成诠（淑芬后来的妹夫）组织的，一共 6 人，主要读两本书，一本是薛暮桥的《新经济学讲话》，一本是艾思奇的《大众哲学》。这是我第一次系统地学习理论，大家都很认真，会前个人准备，会上集体讨论。任成诠可能当时参加了进步组织，他是学习小组长，常常讲解苏德战争和抗日战争的形势。1941 年 12 月太平洋战争爆发后，学习小组解散。任的阁楼上藏有很多进步书籍，他要处理掉。我那时政治上还很幼稚，胆子也大，挑选了好几本带回家中藏起来，慢慢阅读。

1942 年放暑假时，交通大学的几个同学组织了一个读书会，他们是仇启琴、葛一飞（女，1943 届管理系）、宋名适、闵淑芬、吴仲仪、汪华芳（女，1943 届化学系，和闵同班）。我们几个女同学都是校内歌咏组成员，大家很熟悉。汪华芳当时住在姨母家，姨夫是画家，无子女，居住条件好，姨夫经常不在家，我们觉得那里安全，就每周一次在她家客厅内学习讨论。学习的内容主要是社会科学基础知识，有讨论提纲，在自学的基础上集体讨论。大家都很认真，会前根据提纲准备发言，会上讲自己的理解和提出问题。仇启琴准备得最充分，常是他系统地发言，每次他还讲解当时的国内外形势。我听得很入神，很佩服他懂得那么多。有时会上言犹未尽，会后我和仇还继续讨论。经过两个月的学习，我的思想认识有了飞跃，认识到社会的发展规律，在有剥削的社会之前是原始共产主义社会，今后的发展也必然进入到消灭剥削、消灭压迫的共产主义社会。抗日战争就是民族斗争，它的实质是阶级斗争。妇女解放必须与无产阶级解放相结合才能得到真正的解放。有一天，仇启琴约我到复兴公园，他说，他想参加共产党的组织，最近他的一个好朋友表示可以介绍他参加，问我是否愿意和他一起去参加。我当时想仇启琴可能已是共产党员了。我对他说，“假如你现在已是共产党员，我相信你，我参加；假如你不是，对于你的朋友我信不过，以后我到解放区去参加（因为我曾经翻阅过共产党的书，知道共产党还有托派，我怕上当）”。仇启琴听了后就说，“你考虑得对，我也不马上参加”。过了几天，仇启琴再约我到复兴公园，郑重地对我说，他已向组织汇报，可以告诉我，“他已是中共正式党员”，我立刻回答，“我愿意参加”。以后仇启琴对我进行了党章党纲教育，阐明党的性质、宗旨，介绍党的最低纲领是“新民主主义革命”，最高纲领是“实现共产主义”，特别强调了“党的纪律是铁的纪律”和关于党的秘密工作，并对我的家庭情况、社会关系、个人历史，我对党的认识、思想状况等，作了进一步了解。后来仇启琴正式通知我，我已被批准为中共正式党员，入党日期是 1942 年 11 月 7 日。从此，我确定了一生的政治道路，我宣誓为共产主义事业奋斗终身。

岁 月 如 歌*

徐修成

1940 年,我考入交通大学机械学院。当年,上中是考入交大学生最多的学校。交大入学考试,化学题目就是三大张,限时 3 小时,即使奋笔疾书,不用思考,也做不完。数学题也是大题套小题,题目三大张,很难做完。记得进交大的第一堂数学课,由助教莫叶老师上课,他说你们入学考试数学满分是很难的。他举了一道入学考题,在黑板上解给我们看,要求将每个引用的"定理"都要进行"证明",否则就要扣分。一道题写了满满三黑板才做完,花了一堂课 50 分钟时间。这样做法,入学考试 10 道题,3 小时只能做完 3 道题,可得 30 分。

大学四年(1940—1944)正当敌伪时期,交大徐家汇校舍,被日本人强占,学校只好借震旦大学、中华学艺社等教室上课期间,我们从未踏进徐家汇母校大门。所幸当时上海交大教授原封未动,都是国内著名教授,如数学胡敦复,物理周铭、裘维裕,化学徐名材、赵富鑫,热力工程陈石英,机械力学蔡有常,机械设计沈三多等。他们都自编教材,并全部用英语讲课,流利清楚、口若悬河、博引旁征,用几个简图,用简单的语言,将容易混淆的概念讲得一清二楚,使人口服心服。这种本领,只有对本学科的全部知识,有彻底深入理解与演绎功力的教授,才能做到。同学上课必须思想高度集中,非常紧张,常常笔记也来不及记,下课后互相补充,整理笔记,还要涉猎本科参考书,完成大量作业

---

* 原载:《同窗回忆录——交通大学 1944、1945 届毕业同学纪念册》,2003 年 4 月,第 45—47 页。

题目。交大考试频繁，题目多而难，拿到试卷，就须不加思索，奋笔疾书，才能做完。因此，平时须有扎实的理论基础，掌握分析题目的能力，胸有成竹、头脑敏捷，才能应对。

记得交大周铭教授有一次上物理课，在说到大自然的有序并按照一定规律运动时，说了一句“How beautiful is the order of the great nature!”同学陶德昌当时说：“这个词 beautiful 用得多好啊！”科学与美联系在一起，使大家领略到大自然的有序美好，促使大家深入到科学的殿堂，感受做学问的快乐。

交大四年是培养基本工作能力的时期，归纳如下：

(1) 科学基本原理及科技知识的掌握：精通基本原理并融会贯通、概念清晰，是解决一切科技问题的基础。交大数理化及各种技术课程的教学，为同学打下了扎实的基础。

(2) 科学思想方法的训练：交大培养学生科学的头脑，学习收集整理有关材料，并用科学的方法，分析处理各种复杂问题的能力。

(3) 专心工作并力求做得最好的习惯：教授们以自己的工作作风及品德，为同学树立榜样，任何工作必须认真专注，并在当时条件下力求做得最好，这种习惯使我们终生得益匪浅。

(4) 集体间和谐相处，团队精神的培养：人类已进入一个复杂的有机社会，任何工作、任何产品，都是一个复杂的系统工程，必须发挥集体的智慧与力量，分工合作，协调工作，才能取得成功。认识到自己个人只能完成整个工程的一小部分，即使当上领导，亦仍然是整个工程中的一只螺丝钉，必须平易近人、谦虚谨慎。交大这种训练，对学生后来的工作有极大的帮助。饮水思源，令人终身难忘。

1943—1944 年，时值抗战时期，上海在敌伪控制下，我们虽读的是理工科，在爱国主义思想驱使下，认为需要学习一些社会科学方面的知识。我与有相同愿望的同学十余人，一起组织读书会，规定每人选读一本社会科学方面的书，每星期天开会一次，地点在我家的阁楼上。每人轮流将所读的书，在会上宣讲，介绍书的内容及读后心得。当时读的都是进步书籍：《资本论》《反杜林论》《共产党宣言》《哲学史大纲》《社会学大纲》《自然辩证法》等，这些当时都是“禁书”，我们从“远方”借来，偷偷阅读的。大家兴趣很高，辩论很热烈。读书会进行了一年多，从交大毕业后，大家有了工作，参加的人就少了。通过读书会，使我认识到人类社会在曲折斗争中成长，远未臻完善，要达到理想社会，还有很长的路要走。

我从小爱好音乐与唱歌。在上中读初中时，音乐老师王允功先生曾教我弹钢琴。那时上中只有一架钢琴供学生练琴，放在大礼堂前面的小房间内，每星期每人只有一次练琴的机会，教材是 *Beyer*。我初步学会了识五线谱，为后来学习小提琴打好了基础。记得有一天，王老师带我们 8 个同学去上海百代唱片公司录制《天伦歌》唱片的童声伴唱，主唱是郎毓秀，当时她是上海音乐学院声乐系的学生，歌声优美动听。“老吾老以及人之老，幼吾幼以及人之幼”的歌声，60 年来，经常在我心中回荡。

在交大时，很多同学都爱好音乐，我们常组织唱片音乐会，选择西洋古典名曲，如贝多芬第三、五、六交响曲、*William Tell Overture* 等，并请沪上音乐家杨嘉仁等来讲解。有一次在明复图书馆的小花园内开唱片音乐会，正当夕阳西下，绿草坪上围了一圈少年知音，讲解员绘声绘色，听音乐的如醉如迷，大家一起度过了一个愉快的傍晚，完全忘记租界外边的枪炮声。

大二时期，我与葛天惠参加青年会的基督教唱诗班(Choir)。每个星期日上午，我们穿上白色礼服，在台上唱赞美诗。选唱的歌，临时通知在练唱室先练一下，即上台了。当时指挥是上海音乐学院作曲家邓尔敬。我们每星期练唱一次专为开音乐会准备的国内外艺术歌曲。有一次圣诞音乐会，我们演唱了 *Handel*：*Hallelujah Chorus*，就是使英国国王站起来听的那首歌。乐曲雄伟宏大，动人心腑，经常在耳际动荡。

我与天惠、张国维喜欢拉小提琴，吴仲仪会弹钢琴，我们四人常一起练琴。曲集是 *Master Pieces of Violin*，选曲有 *Trumari*，*AveMlaria*，*Humaraski*，《春之歌》《小步舞曲》《小夜曲》《摇篮曲》等。我们自拉自听，其乐融融。经常在吴的家中，练一会儿琴，吃一些点心，互相谈笑，欢度一个个下午，留下了美好的回忆。

大学九年及日寇罪行*

赵国南

1939 年夏，我从乐群中学毕业，作为 1943 届学生考进交通大学。可是，美丽的徐家汇校园当时已遭日寇霸占，师生不得不在法租界中华学艺社等分散各处的机构继续进行教学，而学生宿舍只有学艺社四楼的一个大厅可以拥挤。是年秋，我在浦东乡下得到开学通知，因疟疾方愈，到校较晚，便只能借寓亲戚在沪堆货的库房里放个铺，在街上买饭充饥，而且要跑较远的路到震旦大学校区上课。正因食宿条件不便，十多天后疟疾复发，高烧不止，不得不请长假一年保留学籍并回家将息。当健康略有恢复时，父母嘱我还是随同 1943 届听课，所以下一个学期仍在课堂后排旁听。

1940 年秋，我又随同 1944 届念一年级，而且上数理化大课时仍坐后排听讲。裘维裕老师和张怀义老师都是用英语分别讲授物理和化学课的，我在后排得用心听，这样的教学使我较差的英语有所改进。胡敦复老师耐心的讲解更促进了我对数学的兴趣，理化实验等课上老师们严格的要求也促使我认真学习。我也认识到在日寇侵占的上海学习的重要责任。随同抗日战场的转移，何日国土重光，常在心头焦急。

1941 年秋起便念二年级。赵富鑫老师给我班讲授电机专业首课“电工大意”。他也用英语教授，对同学又很关怀，点名时总对着学生

---

* 原载：《同窗回忆录——交通大学 1944、1945 届毕业同学纪念册》，2003 年 4 月，第 81—84 页。

看看。1942年春，在中华学艺社赵老师给我们讲授“电工大意”的一堂课上，突然闯进来了不少法巡捕房的包探，伴同几个日寇武弁，押着一位已遭铁铐的中年同胞进来。他看来已遭严刑逼供，驼着背，一边默默地注视每个同学，一边艰难地在教室里被推着走了一圈。最后他说“没有看到”。同时法探和日寇又抓起赵老师讲台上的点名薄检查了一遍，证实他们要抓捕的冯召异同学没有来上课，才悻悻退出。

此情此景，赵老师和同学们大家当时都义愤填膺，但格于局势，必须冷静处理。在日寇和帮凶们退出课堂后，同学间迅速交换情况。知道蒙难同胞是省上中某老师后，赵老师便准备继续讲课。学校要师生一同上好每一堂课，即使最后一堂课。师生一致理解，在日寇突袭太平洋“珍珠港事件”后出现的这一幕，说明抗日形势更复杂了，这无异告知我们应多思考。从此纷纷相互计议，学校前途崎岖，单单改名“私立南洋大学”实难逃脱敌伪魔掌，这样我也决心离沪。至于冯召异同学，当时确难继续留沪上学。直至解放后，有一次，在上海举行的电力线对电讯线干扰的学术会议上我与他不期相遇。见到他后我急忙说“你那天幸亏未到校”，又问“现在何处工作”。他微笑后，便说“现在淮北煤矿设计院工作”。接着学会继续活动，便结束了这次宝贵的相遇。

似在“珍珠港事件”后不久，陈华伟同学就去内地续学。他原和吴镇、周焕校、张景万、梅之红共5位同学同住马斯南路顺风茶园的那个亭子间中，我得知后就商请补入，这里离震旦和学艺社很近。可是当时物价飞涨，茶园老板虽想增加房租，却总赶不上物价，对这些穷学生又不能逼得太凶，于是干脆不加修理，任凭风吹雨打，玻璃窗碎落，窗户洞开。室外狂风暴雨，室内也风雨飘摇。好在窗外就有一辆法巡捕房的铁甲车驻守，一个白人武弁荷枪实弹日夜站岗，除非狂风暴雨，确不愁洞开。只是伙食可怜，月初五人向饭店付的饭金，到下半月已不值一半，这样半个生萝卜切丝伴盐便成经常大菜。好在米饭即使粗粝尚不致减半，因此有点剩余，也可就地利用楼下老虎灶的沸水一同灌进保温瓶内，明晨便成稀饭享用。只是长期营养不良，5 人中 4 人日后都患结核病。

当完成繁重的作业及温课之余，5 人便往往计议如何去内地续学。一次，梅同学便托我设法获得一张良民证，我想这可在浦东乡间作为我父母小店中的一个学徒身份办理，并定暑期后同行。不料 1942 年暑期中，仅梅一人在沪留守，他经不起老板催逼，故来信告诉我他不得不只身先行。这样待取得梅证后只能秋天开学时到校计议。

1942 年 9 月中旬，似未过中秋，我带了行李、书籍和一些讲义，乘坐从乡下开往上海市区的小轮。当小轮驶进黄浦江王家码头封锁线时，不料日寇竟勒令所有乘客空身上岸，日寇却下船搜检。他们发现行李中有书籍等，于是提着行李问是谁的，我应声回答。于是他们便挥手示意其余人可随轮离去，押着我关进了岸上仓库。我抬头一看竟是沪南宪兵司令部招牌，那时我深悔太无警惕心，已知命在旦夕。在狱中被关了整整一星期，审问了三次，每次总是严刑折磨，胡乱逼供，尤其是第一次。但实据已落寇手，梅证、梅信、书籍、讲义，我承认准备去内地续学，也不否认受的是抗日教育。据同囚者言，7 天后将送虹口判决。

不料第 7 天竟令我提着其余衣物搭乘正自漕泾开往十六铺的民船放行。民船要求船上搭客均须协助手携鸡蛋十个过封锁线，可是同船乘客咸谓“此年轻人已眼皮浮肿，步履蹒跚，不要为难他了”。我庆幸死里逃生，同胞关怀，十分激动，但仍疑虑日寇究竟是何用心。

到沪后见到亲戚同学，均嘱暂先休养治疗，边可适当上课，边视情况发展。于是仍随 1944 届一同上学，但就改寓姊姊家中。学期结束前，热机工程学朱瑞节老师嘱有关同学各译用书约十余页，我如期完成后便返浦东乡下将息。

1943 年春节后到沪上学，自觉身体虚弱，至 4 月间竟大咯血，经华山路红十字会医院检查已有大空洞，从此休学养病，并注射空气针治疗。此时才回想到被囚期间日寇有时给同囚者吞服一颗“保健药丸”，同室宁波人含着装作已经吞下，尔后乘机吐掉，并告知我应该警惕。1945 年秋，抗日战争已近胜利，各方消息逐渐传来，才知我被囚前三个月（1942 年 6 月）太平洋中途岛海战时，日寇四艘航母全被击沉，败象毕露。无疑日寇中枢改变策略，用心更阴险。解放后，日寇 731 部队以我同胞活体培养病菌并散发各地加工制作等阴险手法被揭发，同室难胞要我警惕实属真情关怀。

1946 年春，到沪申请复学，不料那位教务领导说我多年休学，学业势已荒芜，故未允所请。直到 1946 年夏有一次甄别考试，我才与原 1943 届同学张伯安等一同应试，方得复学。因为大战后专业课程不少已经刷新，需要补全，于是需从三年级第一学期重新读起，至 1948 年才从交通大学电讯工程系毕业，前后持续共 9 年。

1948 年毕业后留母校任教。8 年后，1956 年院系调整，母校电讯工程系会同华南工学院、南京工学院的电讯工程系内迁四川，建立成都电讯工程学院。我在交通大学求学及工作前后共 17 年，期间深厚感情，情深如海。愿母校不断繁荣壮大，各地母校相互支持、相互竞赛，情同手足，遵照党中央的教导，深入教学和科研，培育人才，会同全国高校，为祖国伟大建设和人类和平，做出更大、更多的贡献。

忆朱瑞节老师*

徐日训

我们1944届学生的“热机学”课程，当时是由朱瑞节老师讲授的。

朱瑞节老师的身材比较瘦小，不留长发，衣着很随便，照现在人们的说法是没有“派头”，但是却富有精神。

过去大学教授的讲授方式各有一套，有的以口讲或背念为主，有的以写黑板为主。虽然学生们都有书本或者讲义，一般是供学生自己阅读的。既然由自己阅读，那么精读或是粗读，也就凭学生们自己了。

朱瑞节老师的讲授方式有些特点：①他按照书本的编排按序进行，既口述也写黑板；②他写的字并不漂亮，带点挤轧，不易看清，有时他也自谦地说声“写得不好”；③从书本的第一页到末页都要求学生们学完；④不仅是书本的正文，连每课后面所附的练习题也要求我们门门都做。

他的讲话态度很随便，一点没有像某些大学教授道貌岸然的风度，甚至有时连粗俗的语言也不避忌，脱口而出。对此，我们学生中背后或有揶揄不敬之辞，现在回想起来，真是不应该啊！

他领导我们学生做实验时也严格得很，要求我们穿上工装，放下书生架子来操作。他自己也是跳上跳下，不辞辛劳，认真之极。

记得某次要临到大考了，朱老师对我们学生说：“我出的考题是难的，难的！”他的用意是要我们好好准备，真是用心良苦。不知我的同

---

* 原载：《同窗回忆录——交通大学1944、1945届毕业同学纪念册》，2003年4月，第84—85页。

班同学们还有此印象否？

在那个时期正是祖国处在抗日战争最困难、艰苦的时刻。物价在不断上涨，严重地威胁着人们的生活。大学教授的薪水真要接近这“薪”“水”两个字的含义了。交大母校的老师们，虽然经济情况各人有所不同，但大多数是属于穷教师之类。但他们还是那样孜孜备课，认真教书育人。现在回想起来，不禁感慨系之，朱瑞节老师便是其中的一位吧！

顺便提起一件往事：当我1944届毕业时，朱瑞节老师曾率领我们参观杨树浦发电厂。那时因在敌伪时期，厂门口有日本警卫站岗。当我们进电厂大门时，那个门卫见朱老师的体貌，误以为他也是日本人，开始曾以日语接谈，使朱老师一时尴尬不已，我们学生也不禁暗暗发笑。不知同学们还记得此情景否？聊记此事，一笑。

回忆先父钟兆琳先生的若干片段*

钟万劢

先父献身于我国教育事业60余年，其业绩已收入《中国现代科学家传记》等书刊。值此交通大学一百周年校庆纪念之际，再写上我的一些回忆。

先父选择教师作为终身职业受到他的老师教导的影响。先父在美国康乃尔大学学习时，有一位比他年级高的美国学生在学习数学时发生困难，得到先父的辅导，结果很有成效。先父的导师 V. Karapetoff 教授对此大为赏识。在1927年先父回国前，他专门写信给先父说："You are a teacher by nature, and ultimately will have to teach to find your self-expression."。这封信对我先父的影响很大，对他回国后选择教师作为终身职业起着重大作用。先父在世时曾多次对我提起过这封信。在他逝世后，我又在他的照相册中找到了他珍藏几十年已发了黄的这封信的照片，并在抽屉中找到了打印件。

"七七"事变以后，全国抗日情绪高涨。当时我们家住在交大校内图书馆旁的一幢宿舍楼内。先父专门去买了一些爱国歌曲唱片，如《大路歌》《毕业歌》《开路先锋》等，用手摇留声机放音学唱，家中还不断有学生来听着一起唱。当时我还只是一个八岁的小孩。这些激动人心的爱国歌曲，激励着每一个人。我也听得会唱了，并且受到了教育。几十年来，先父一直爱唱这些爱国歌曲，并曾多次在欢送毕业生或联欢会上演唱《毕业歌》。

---

* 原载：庆祝母校成立一百周年纪念册《师生永契》，1996年1月，第17—19页。

“八一三”日军侵入上海，三个月后上海沦陷。交通大学校门在华山路西侧，校门的路对面即为法租界。先父为了保存好电机实验室的设备，把设备迁至法租界内的学校临时新址。由于搬迁工作量大，时间紧，先父是最后一个离开实验室的。在先父离校时，日军已进入校内，法租界也已封闭。幸好父亲会讲一点法语，法军才将他放入租界内，并得以脱险。

先父与他的学生之间的关系是非常密切的，相互关心和相互帮助。1937年底交大已迁入租界，先父与他的一些学生失去了联系。其中有一位1932年毕业的丁舜年先生（中科院院士），曾是先父的助教，后经先父介绍去华生电机厂工作。该厂也遭到战火的摧残，先父与丁先生失去了联系，非常着急。于是在报纸上登载了寻人启事。这则寻人启事去年在先父的遗物剪报簿中被发现。这本剪报簿在去年西安交大电机实验室被命名为“钟兆琳电机工程实验室”的典礼时被展出。丁先生的长子，现在我校（西安交通大学）电气学院任教的丁梵林教授才得知有这么一回事。丁梵林教授回北京家问起过他父亲，丁先生说确有其事，并谈了他与先父师生之间的密切关系等情况。

叶杭先生现为北方交大教授，几十年来一直从事铁路信号工作。先父去世后曾到过我家，并说起当年与先父的师生之情。叶先生原在交大土木系学习，1935年毕业，因慕先父之名重入电机系学习。1937年从电机系毕业，听从先父希望他去搞铁路信号工作的意见，他放弃了大公司每月数百元高工资的聘请，投奔铁路部门。那时正值上海沦陷，叶先生跟着铁路部门转移去内地，行至浙江省金华市时，行李全部丢失。但他不畏艰难，终身从事祖国的铁路信号建设事业，并做出了成绩。先父经常对他的子女和学生讲“国家兴亡，匹夫有责”，而且以身作则。我想，他的学生也是接受了这种思想才能在工作中做出成绩。

先父与他的学生之间的关系是十分融洽的。他关心和爱护他的学生。学生也愿听他的，甚至有不少学生的婚姻也是由先父介绍的。先父逝世后，许多学生怀念他。我从“钟兆琳奖学基金会”的劝募工作以及其他工作中是深有体会的。有不少学生为基金会捐款，而且其中有不少先父并没有直接教过课。

回忆唐文治先生和唐庆诒先生*

刘其昶

唐文治先生(1865—1954),号蔚芝,江苏太仓人,清光绪进士,是一位教育家和国学家。他曾于1907—1920年间任交通大学之前身邮传部上海高等实业学堂,南洋大学堂和交通部上海工业专门学校监督和校长之职,确立了学校专业设置以工为主,工管结合;教学上工文并重,学以致用;并倡导求实务实为学风。1920年又创办无锡国学专修学校,以"保存祖国文化和培养国学人才"为宗旨。三四十年代交大颇负盛名的国文教授陈柱尊先生即毕业于该校。

我1938年进交大读书时,唐文治先生早已不是交大校长。但他对交大仍有深厚的感情,经常在星期日上午到交大来讲授国学,因此仍有幸能见到这位老先生的风采和体会到他的治学精神。当时交通大学的徐家汇校舍已被日军侵占,交大被迫迁入旧法租界内震旦大学(现上海第二医科大学)和中华学艺社两处继续上课。这一国学讲座就设在震旦大学一个可容百来人的大教室内进行,有本校学生、教工和慕名而来的外单位人员参加。我对第一次去参加听唐先生的讲学至今还有深刻的印象。上课铃响了,听众立刻全都肃静就座。只见一位50来岁的引路人用盲杖牵引着一位满头白发、双目失明的老者进了教室,这使我大吃一惊。原来这位老人就是久仰其名的唐文治先生。我真不知道他将如何进行讲课。唐先生坐定后,那位引路人,据说也是唐先生的一位学生,先将这一课的题目和大意简单介绍了一

---

* 原载:庆祝母校成立一百周年纪念册《师生永契》,1996年1月,第23—24页。

下。我记得那天所讲的是唐代文学家韩愈的《原道》。接着，唐先生就全文大声朗诵一遍。但实际上他是在背诵。我国古文，素重朗读。唐先生的朗读，声音洪亮而苍劲有力，抑扬顿挫而字字铿锵。在座者均为之精神一振，于我更是大出意外。若不是亲眼目睹，根本不可能想象这是一位双目失明的古稀老人在朗读。单凭这一点，就可以深深感到唐先生对国学功力的深湛和治学的严谨。接着，唐先生就对全文作分段介绍，对于文中关键之处则更作重点讲解。我国古文的特点是既为文学作品而又常结合道德教育。《原道》就是这样的一篇典型文章。唐先生的讲解就充分兼顾了这两方面的阐述，使听众都受益匪浅。讲解完后，大家可以提出些问题进行讨论。最后，唐先生又将全文再大声背诵一遍而结束。我后来又参加过几次他的国学讲座，大概因为要面向学生和各方面的来宾，所讲的大多是较通俗的唐宋八大家的文章，如《原毁》《师说》《泷冈阡表》等。近 60 年过去了。我和唐先生只有几面之缘，但他的这种不顾年高和失明的困难，不为名利，诲人不倦和弘扬国学的惊人毅力，仍历历在目。

唐庆诒先生是唐文治先生的长公子，从 20 世纪 30 年代起到 80 年代，一直是交通大学英文教授。我们班二年级的英文是他讲授的。当时他年约 40 岁，可能因为家庭遗传影响，双目亦失明，上课非常困难。他的上课方式与唐老先生颇有相似之处，也由一位引路人牵引进教室。他开始先简单复习一下上次讲课的内容，然后进行新课。他先叫一位同学读一段新课文，他听后就凭他的记忆进行课文讲解和必要的句型分析以及修辞学分析等；然后又叫另一位同学朗读下一段课文，再进行讲解，课堂中也可以互相提问和讨论；最后由他总结一下本节课的内容而结束。我们在二年级的英文课是带有社会科学性质的应用文。据说唐庆诒先生在失明前曾当过外交官，发音十分标准，记忆力过人，知识面宽广，讲解别具风格。同学们上课时特别肃静认真，英文水平得到较大的提高。

唐文治和唐庆诒两位先生，父子相承献身祖国教育事业，在交大百年历史中，前后执教达七八十年。身虽残而志更坚，这种精神是我们交大优良传统的重要组成部分，永远值得我们大家怀念和学习。

我与交通大学的因缘际会*

胡声求

梦想成真

1927年，我9岁。某天的破晓，屋里仍一片昏暗，我被“滴答”“滴答”“滴答”的声音吵醒。爬下床来一看，奇怪，家里的人全都穿好衣服，又好像昨夜根本没有睡。几个邻居也在，一个个愁眉苦脸，神色不安，空气里充满恐怖。爸在天井里没目标地走来走去踱方步，妈在说：“好像近点了……啊……好像声音远点了……”渐渐，我开始了解到，那些“滴答”“滴答”是机关枪与步枪的声音，是北伐革命军攻打孙传芳在扬州联军驻兵的枪声。

我正在默默地数着渐渐稀少的枪声，忽然外面一片喧闹，满街人潮。大家都在说：“好了！好了！革命军的空军犹如天兵天将到来，联军兵败如山倒，全退了！”

好一个“犹如天兵天将”的空军！我记得，只是一架单座、双翼的帆布小飞机，在遥远的天空，“嗡嗡”作响，掠空而过，总共不超过几分钟。飞行员丢出了一颗几磅重的炸弹，在扬州城外大运河旁的旷地上，轰然一声，炸出了一个井口大小的小窟窿。这个象征天兵天将的一架小飞机、一颗小炸弹和轰然一声，居然大败联军。继而，我们看到了满城海浪般的北伐军军旗和万人空巷、锣鼓喧天、欢呼热闹的场面。满城鞭炮、万家灯彩，共庆北伐革命军空前的大胜利。

---

* 原载：《思源湖》，朱隆泉主编，上海交通大学出版社，2006年3月，第98—106页。

但是，这架小飞机留给了我“海天飞翔、万里云霄”永不磨灭的爱慕和幻想。这一个幻想，在12年后(1939年)幻化成了我在上海交通大学航空系的进修；再过5年(1944年)，幻化成了我在美国旧金山创办的中国飞机制造厂；又过19年(1963年)，更幻化成了我在美国亨次维尔火箭城组织的全美太空科学学会月球火箭专区行动委员会，也幻化成了我主导的阿波罗登陆月球电子导航研发中心。

值兹母校百年校庆，联想起我和上海交通大学航空系前前后后几十年的因缘际会，片段回忆，真是感想万千。

交通大学航空系

当时中央政府正指定交通大学为中国筹备创办“航空工程”学科5所大学的首选。1935年夏天，我在江苏省立扬州中学毕业，一口气同时考取了全国最知名的几所大学：交通大学、清华大学、浙江大学、中央大学、武汉大学，以及上海“天厨”10个名额之一的大学全费奖金。我选择了交通大学，因为上海靠近家乡扬州，而且交通大学在工程方面是顶尖的。尤其是当时中央政府正指定交通大学为中国筹备创办“航空工程”学科的5所大学的首选。

果然不久后，便由刚回国两年的留美专攻“航空科学”的马翼周教授和中央航空学校的姜长英教授，在交大联手创办了全中国第一个正规大学的航空系。而我，便成为1939年交通大学航空系的第三届毕业生。这已是57年前的事了。

当时的交通大学，虽名满海内外，远及美国的麻省理工学院，校长与中央政府正级部长同等，但是学生并不多，只有六七百人，分机械、电机、土木、科学、管理5个学院。机械工程学院自动机械系下又分汽车与航空2个系。我在交通大学毕业的那年夏天，日本军队已侵占华北、华东、华中各省，上海的租界区犹如孤岛，远离中国政府势力范围四五个省份。我们航空系同学 13 人，在法租界爱麦虞限路(今绍兴路)一座四层大楼上课兼住宿。毕业后，大家一起到大后方四川，参加航空委员会工作，以空军少尉军阶服务抗战。

更上一层楼

可是，我自从幼年便喜欢天马行空，希望能出国留学，更上一层楼，向留学美国的黄叔培和马翼周教授看齐。那时，航空工业算是尖端工程科学，而美国是这个尖端科学的最尖端所在地，叫我向往不已！

我找黄叔培教授商量，他非常同意我的想法，把我的成绩单寄到他的母校美国纽约任西里亚大学，取得了一张免学费的奖学金入学许可书。真是吉人天相，八字有了一撇。但是路费、生活费怎么办？家父从事初级小学事业，收入有限。我在交通大学念书，学、膳、宿、杂全部费用，全由“天厨”全费奖学金供给，4 年总额不满国币(法币)1 000 元。要留学，至少要这个数额的 10 倍以上。钱，哪里来？

一般人谈到留学，那是非囊有万金不可。而我囊中空空，谈留学，几乎是一个非常夸张的狂想。

为追求这一个狂想，我异想天开，想法筹款。在那年初夏从交通大学毕业的最后一周，我在上海各大小报刊登广告：“交通大学应届毕业高材生招收中、英、数、理、化补习班学生，试教十日，可以退费。”可能因为“试教十日，可以退费”几个字发生了作用，再加上交通大学海内外知名的名气，广告效果立竿见影。每星期 7 天，全日全夜，排满了每班一小时的班级。我一个月的收入，抵得过好多个大学毕业生的月薪总和！其实，所筹款额，与出国留学费用相比，几乎是微不足道，但是至少向目标近了一小步。

好景不长，没到两个月，交通大学训导处把我叫去。潘主任对我说："你好大胆，简直胡作非为。现在上海租界，龙潜虎伏，到处血腥，人人朝不保夕。我们交通大学连一个名牌尚且不敢挂出，而你竟明目张胆，用交通大学名字和地址，招收补习学生？趁早在尚没有出乱子以前，限 24 小时以内，一切即刻停止！"

结果当然收场大吉，幸好手上多出了 600 元法币。当时因全面抗战，通货膨胀，这几百元法币，只合美金 20 元左右。这区区 20 多块美元，连半张最便宜的到美国的船票都不够。想出国，第一要路费，要一张船票，如何是好？

一张船票

路费？船票？那时没有越洋航空线，只有越洋船运。要横渡太平洋到美国，当时最低的船票票价是加拿大"皇后号"舱尾通舱 4 等船票 80 美元。我手上只有 20 美元，如何是好？在"如何是好"的彷徨中，我突然想起好像见到过报上有"王伯元奖学金启事"的广告。王伯元先生是上海垦业银行的董事长，在打听到他的地址以后，我便在某一天的上午见到了他。单刀直入，我向他说希望他资助我买一张最低价的到美国的船票。我记得当时，踏入了他银行大楼顶楼办公室，那是一间好大好大轩敞漂亮的办公室，毛茸茸的绿色地毯，轻纱落地窗帘。王董事长中等身材，50 开外，一身笔挺的西装，精神奕奕。他听了我的要求，又仔细看了我的奖学金入学证书及其他文件后，对我笑笑说："那个广告王伯元奖学金，只是法币 1 000 元，合时价美金只是大约 3 元。离开你要的船票补助费，还差一大截，而且是好大好大的一大截。知道吗？"便站起来，打量我一身穷兮兮的装扮，微笑地摇摇头，然后，静静思考了一下，点点头，慢吞吞地说："也好，这个星期天，你到我家来一趟，我们再谈谈。”就这样，我走出了王董事长办公室。我那牵肠挂肚而只有两个星期便开船的船票，仍然是一片茫然！

那个星期天，我准时到达王公馆。好气派，是一座好大的3层楼花园洋房。在大门前，花木扶疏，宽广而蜿蜒的柏油马路甬道旁边，停了两部崭新的豪华黑色汽车。王先生那天是中装打扮，酱紫纱绸长袍，外罩黑纱短背心，一副典型的绅士模样。他郑重其事地介绍了他的几个儿子，年龄和我差不多少。但我一心一意盘算我的船票，也没细谈，只觉得他们是富家公子，气度非凡。王先生对我说：“你的事，我已经打了几个电话，下星期三到我行里再来一次，再谈谈。”

啊，我的天，这一张80美元的船票，仍是镜花水月。船期紧迫，寝食不安！经过了“度日如年”的3天，在一个大晴天的上午，我又准时出现在王董事长办公室，见到了王伯元先生。他开门见山地说：“你手上筹到的钱，不够买半张船票。但是，你明天上午可以把这些钱全部交出来，交给楼下的业务经理。”这几句话，弄得我“丈二和尚摸不着头脑”，只有点头的份儿。他又说：“在开船的前一两天，我想法子叫他交给你船票。”第二天，我便囊空如洗，换得了一句话：“想法子叫他交给你船票”。

如此这般，在加拿大皇后号万吨级越洋轮船开航的前一天，我拿到了几个月来神梦为劳的船票。

黎照寰校长约见

在没办法中想办法出国留学的最后几天，发生了一件非常重大的事，就是当我向相熟的几位教授，包括陈石英教授、沈三多教授、张寰镜教授，请求指教协助的时候，校长室送来一张便条，说是3天后黎校长约我谈话。

黎照寰校长，在那时只是我印象中的大人物。在我进入交通大学时，听说他是国父哲嗣孙科的广东同乡知交，同时任交通大学校长兼铁道部长，在上海与南京同时办公，是在京沪线上穿梭的中央政府大员。在交通大学一、二年级国父纪念周会上，远远看到过他：白净的方脸，乌黑的头发，天庭饱满，架着宽黑边眼镜；用广东乡音国语发言，声音洪亮，略带转折的鼻音，而有坚硬性；中等身材，西装笔挺，意气风发。这是我当时所知的黎校长。此外，有人说他是中央级大员群中仅有的未婚高官，年轻英俊，周身帅气，是上海十里洋场众多闺秀群芳的偶像。现在，这个遥不可及的偶像，在我为一张船票弄得焦头烂额的紧要关头，突然约我 3 天后谈话。这，又是我想入非非的 3 天！

那是 7 月 31 日星期一上午，我准时到达交通大学二楼会客室。窗前阳光普照，满室通明，黎校长已在场。这是我在交通大学四年中第一次在咫尺之内见到黎照寰校长。他一身笔挺的浅色夏季西装，配戴着那副宽黑框眼镜，更显出他洁白而方正饱满的面容。在工友端上两杯清茶的同时，他满面春风地和我握手后便自我开场，用那我熟悉而久未听到的广东乡音国语亲热地说："黄叔培主任告诉我，他已替你在美国母校拿到奖学金。训导处潘主任说过，你曾试图招收补习学生筹款。上海基督教青年会方子卫总干事说，王伯元先生在帮你买船票。现在离船期只有几天了，我认识王董事长，他一言九鼎，船票大概没问题。但是，到了美国上岸以后，你的食宿旅行及其他费用怎么办?"到此，他的话停了。透过他那宽厚的黑框眼镜，似有笑意地看着我，一片寂静。但是，我没被他问倒。看他似有笑意，可能有袖里乾坤。我鼓足了勇气，摊开双手说："到美国上岸以后，我几乎是身无分文。但是，我相信'穷则变，变则通'，道路和方法是人打通想通的。见机行事，走一步算一步……"我没说完，校长打断我的话头，替我接着说："是啊，在上海英法租界以外，赤地千里，全是日本兵和各派系游击部队，弥天战祸，已经弥漫到黄河上游的潼关。据我所知，除了你胡声求以外，本届毕业生，没有听到有别人计划出国留学；其他各大学，情形也大致如此。”停了一会，他又说：“黄叔培教授说，你在全班最年轻，身量也最小；但是很有蛮劲和胆量。你的胆子不小，人家是‘公费’留学，‘自费’留学，你是‘没费’留学！”他摇头微笑，又说了一遍“‘没费’留学！”，话停了，又是一片寂静。然后慢吞吞地接着说：“黄主任示意我对你从旁协助。但是，我是两袖清风，只好来一个‘秀才人情纸半张’，如何？”校长是在郑重其事地说，而我确是感到茫然，不知所措。怎一个“秀才人情纸半张”？我默然在想。忽然间，听到嘶嘶然撕纸的声音，校长用预先准备好的一个大型牛皮纸公文封套，信封上款是毛笔黑色楷书大字“胡声求同学收存”，下款是红色印体大字“国立交通大学校长室缄”，旁边一个毛笔黑色行书大字“黎”。正在我聚精会神地看那个威武跳眼大信封的同时，黎校长抽出了信封中的文件，是一封打字的正式介绍公函——交通大学证明书：“为证明事……如荷海外侨胞予以协助至为感幸，此证。”由校长具名用印，并加盖“交通大学之印”斗方朱红官印。黎校长让我看过后，笑容可掬地看我一眼，说：“不要小看这一个秀才人情，对你到美国上岸以后，可能大有帮助。”

原来，这一位广东籍的黎校长，是美国留学生，对于那时几乎清一色的美国大城市唐人街，即所谓“华埠”，非常了解。唐人街是广东宗亲社会的延伸，到了美国，只要找到华侨社团宗亲会馆，自然有人热诚协助。

果然，在我到了美国上岸以后，虽然身无分文，但是这一封威武跳眼的介绍信，发生了光环般的作用。好像神话小说里的点金神符，我取得了不可言喻的种种便利。是它帮助我从国立交通大学航空系毕业后 2 年 9 个月之内，完成了任西里亚硕士及麻省理工博士学程；也是这一封介绍信的衍生效果，帮助我在到了美国 4 年之后，在旧金山创办了上千人的中国飞机制造厂。该厂在第二次世界大战末期，生产 A26 型战斗、轰炸两用轻型军用飞机机身，每年达 1 800 多架。

离开上海交通大学

1939年8月7日清晨动身，我携带随身换洗衣服和几本交通大学的笔记本，总共两只手提包，不足20磅重。这些，便是我飘洋出国留学的行李！

上船的那天一大早，我叫了一辆人力车，提上那两只半新不旧的小手提包，离开上海法租界爱麦虞限路的交通大学宿舍楼，向见到的同学说，“大家珍重，我到美国去了”。大概我的行装、我的衣着和我的经济背景，等等，叫人没有一丝一毫“赴美留学”的联想，所以好几个同学以为我在开玩笑，有的干脆说“神经病！”。就这样，我离开了交通大学，一别50多年。

航空顺延到太空

在开办飞机制造厂的13年后，美国航空工业，因为受到1957年苏联的SPUTNIK人造卫星的冲击与刺激，卷起了太空狂热的冲霄波涛。我组织了美国太空科学学会的东南9州月球火箭专区行动委员会，并且在亚拉巴马的东南9州月球火箭城亨次维尔市主持上千人的电子导航研发中心，直到1968年月球火箭绕月航行与1969年阿波罗登陆为止。饮水思源，这些由航空顺延到太空的挑战场面，也可以说是我从交通大学航空系所衍生的虹彩光环与余波。

上海交大的学生社团活动*

陈星岩

1941年秋，我考入交大电机系，到中华学艺社报到时，看到门厅墙壁上贴满各种告示，有的是高年级同学转让读过的书本、绘图用的仪器和计算尺等，有的是介绍校内的各种团契和学生团体，号召同学参加活动，真可谓琳琅满目，不易抉择。

恰巧交大南模同学会赶先召开迎新大会，比我先一年进入交大的李翊芹同学在会上介绍了交大的情况，并告诉我们交大学生会有校方背景，参加学生会的活动要慎重。他向我们推荐参加交大青年会的活动，说交大青年会比较活跃。经过他的介绍，我选择参加交大青年会，记得当时负责交大青年会活动的有1943届的葛一飞，1944届的李翊芹、胡法光等。

1941年10月，胡法光叫我代表交大到静安寺路慕尔鸣路(今南京西路茂名北路)基督教女青年会去参加一个全市各大学发动劝募难民寒衣的会议。会后，我向胡法光作了汇报，“经研究，这项工作在交大不易开展，就此算了”。过后不久，校方贴出布告，说非基督徒不得参加青年会。我因对青年会的活动感兴趣，考虑是否要成为基督教徒。我将这一想法和一位在圣约翰大学读书的南模同学谈起，他就诘问我是否真诚信教，他说为了参加青年会的活动而去信基督教，似乎本末倒置。不久，日寇进入租界，交大校园内一片混乱，各种学生社团也就

---

* 原载:《同窗回忆录——交通大学1944、1945届毕业同学纪念册》，2003年4月，第228—231页。

停止活动了。

交大电机系有个“系会”组织，由在校的四班同学参加。主持系会工作的一般是寒假开学后的三年级级长。我入学时，系会工作由1942届毛钧业负责，寒假后由1943届庄炳文负责。庄炳文升入四年级时，由1944届毛钧焘负责。毛钧焘升入四年级后，系会工作落到我和彭风鸣的头上。记得在交接工作时，毛兄交给我们一个大封套，其中有几张历届系会的全体同学照片。1945年春，我们将毕业离校，系会工作由1946届的顾德仁、王福祥接手。当时，1947届的陈警众也已参加系会的工作。

系会工作一般不多，每年秋季开学后召开一次迎新大会，欢迎一年级同学参加系会，介绍系会情况；每年春季召开一次欢送大会，欢送四年级同学毕业离校，互道离别之情。系会活动虽然不多，但有着它的联系作用，它使我们上下几个年级的同学互相熟悉，鼓励同学保持电机系的良好学风。由于系会的工作，我认识了多位1942届至1948届的电机系同学。

1941年进入交大时，交大已有中共的地下党支部，限于当时的环境，地下党员不能以党员身份公开活动，同学们也不知道他们的真实身份。现在知道，我们那一届入校时中共党员极少，仅有蒋淡安和沈惠龙二人，而且都在电机系。他们和同学打成一片，用功读书，广交朋友，通过代买课本、教材等，尽力为同学们服务。他们的一言一行，在同学中有相当的影响，深得同学们的好感。读完一年级，蒋淡安转至机械系，是组织上要他去打开局面的，但不久他就病休了。

1941年12月，太平洋战争爆发，日寇进入租界，交大不得已改为私立南洋大学。1942年春夏之间，汪伪政府要来接管交大，校内人心动荡，同学中有的酝酿赴内地续学，有人感到离家远走，在感情上和经济条件上都不能接受，因而处在犹豫彷徨之中。就在这一时刻，我们召开了一次班会，让大家展开讨论。经一番争论之后，发动大家去访问一些教授和学校负责人，如果学校能照老样子办下去，不读日文，那就继续在上海读下去。同学们分头访问几位教授，教授们都说他们一家老小要靠他们的微薄工资度日，不教书难以生存。在这种情况下，学校秋季开学时，大约有近二分之一的在沪同学前去注册报到。除了少数教师外，大部分教师也来校开课。

记得在1943年夏，有同学在张家花园（今南京西路泰兴路）光明小学内办了一个暑期补习班，专门为高中学生复习数理化等课程。我们这一届同学也有多人参加。我应邀担任物理课的复习教员，课后就在光明小学内开个小会，交流一些情况。

1942年秋季开学后，汪伪政府在学校筹组青少年团，同学们都不予理睬。记得负责青少年团工作的是一个1943届的同学，他未毕业就在训育处工作。他的办公桌靠着阳台的窗口，我们在课间休息时，就在窗前的平台上从侧面窥看他桌上的东西。有一次看到他编的青少年团名单，但这份名单从未公开过。后来知道，只有1946届2个中共地下党员受组织的派遣打入青少年团并参加集训，目的就是为了掌握汪伪青少年团的情况。

我们毕业后不久，抗日战争取得最后胜利。这时重庆政府派员到沪接收敌伪企业。由于各行各业都需要补充大量人员，我们的就业问题都很快解决了。但工作几个月后，国民党教育部突然宣布我们在沪学生为“伪学生”，要1943、1944及1945年毕业的学生通过“甄别考试”，才承认学历资格。

当时，1946至1948届的在校学生纷纷上街游行，打出“政府有伪，学生无伪”的口号，呼吁社会同情及支持在校学生取得正式学籍的要求。我们这三届已毕业的同学都已进入社会工作，根本不愿意，也没有时间和精力去参加什么“甄别考试”。于是，大家就联合起来，推举代表，向社会呼吁，与校方及教育主管部门进行交涉。记得三届同学推举庄炳文、闵淑芬、奚正修等多位1943届同学为代表，与吴保丰校长进行谈判，并争取赵曾珏、顾毓琇等老校友为我们仗义执言。经过一番交涉，最后争取到不提甄别考试，只要每人将经本人圈读过的《中国之命运》《三民主义》《建国大纲》等三本书交给教育部的有关部门，就算甄审合格。“伪学生”的风波虽然告一段落，而国民党政府也在我们的心目中威信扫地了。

在我毕业后还曾接触过一次学生社团活动。大约在1947年冬，中国技术协会借交大图书馆举办了一次技术展览会。当时我在上海电话公司工程师训练班培训，公司训练股的范宁寿先生也是技协会员，我们就把电话公司的一台旋转制交换机模型搬到交大展出。为了接电等问题，我被介绍去找交大学生会的史霄雯同学，请他帮我们解决接电问题。我去学生会时，看到墙上贴着许多报道和消息，其中有一条竟是“新华社电讯”，可见当时校内民主风气很盛。遗憾的是，在上海解放时惊悉史霄雯同学被国民党反动派杀害的噩耗。一位活跃的学生领袖就此离我们而去，令人痛惜。

以上是我所接触到的上海交大学生社团活动的点滴情况，仅能看到上海交大学生课余活动的几个片断，算算这些已是五六十年前的往事了。

千里辗转求学路

——从上海到重庆

此生难得是人和*

许国志

1942年放暑假后，我就做好了去重庆的准备。当时有一条路，就是由上海坐轮船去沈家门，再由沈家门乘扬帆出海的木船去温州。后来我便随着家里的一位朋友去沈家门。临行时，定国来码头相送。这位朋友在沈家门有一个办事处，我就住在他的办事处里。一则等顺风，二则等货源，条件具备船才能启航。我在沈家门度过1942年的“七七”纪念日，在那一天，我亲自看见日本兵枪杀了一位船民。这是我第一次亲眼见到日军的暴行。风还未等到，却等到了温州沦陷的消息。这条路断了，我就又回到上海。当时另有一条路，就是由上海乘轮船到武汉，再由汉水、洪湖和几天的山路到三斗坪，由三斗坪乘大轮船，经巫峡、瞿塘峡到达重庆。毛家驯家有一位在武汉的朋友，可以为我们请一位向导，带着我们去重庆。于是毛家驯、贾观熙、过昂千、金邦年和我便由此路先到武汉。请了一位向导，姓宗，留着乌黑的八字胡，我们便称他为“宗胡子”。他对我们做了一系列“指示”，其中最重要的一条就是把头发剪掉。他说这是洋学生的标志，被日本人看见就不得了。过了日本人的封锁线，进入洪湖。此时，眼前是目断天涯，秋水共长天一色；胸中是神怡心旷，忧愁与劳累都忘。白天濯衣濯足，晚间饭饱眠安。由洪湖上岸，便是国民党管辖区。登岸后，宗胡子领着我们去检验路条。检验后，当地的小吏让家驯等三人离开他的办公

---

* 原载：《逝波集——交通大学机械工程系1943级同学回忆录》，1999年9月，第260—262页。

室，而把昂千和我扣住。宗胡子是个走动江湖的，于是出来打躬作揖，他们便把我们放了。我们五人中，仅昂千和我两人戴眼镜，初扣的罪名是“戴眼镜见长官，大不敬”，释放的代价是一块香皂和一支牙膏。洪湖上岸后，就得走起天山路，然后到达三斗坪。后来我写了几首七律，记述由沪抵渝的路程以及九龙坡生活片断。其中一首就是有关这“山中七日”的：

崎岖七日似登天，几见骷髅倚道边。
小店鸡鸣凉共被，酒家虎咽饱加鞭。
南来北往多商贾，山东西输半帛烟。
堪笑书生身瘦弱，行囊犹得假人肩。

当时西陵峡已经沦陷，走这七天的山路就是绕过西陵峡而到三斗坪，再乘轮船到重庆。在三斗坪遇到瞿赳和土木系的朱保如。我们自幼就耳闻三峡之险和美，今天到了三峡，但不是一般游客，而是“国破山河在，抛家作远行”的游子，心情是复杂的。保如就随口念出“江流曲似九回肠”的感叹。这是我们旅途的最后一站。买了船票后，囊中所剩无几，瞿赳便慨允即时相助。从三斗坪到重庆的过程，我也写过两首七律，以记此行：

其一

申江离别悄无言，村店惊逢对举樽。
吟罢漫看三峡水，兵荒不见两山猿。
路长人瘦金看尽，义重风高语倍温。
从此同舟更西去，谁知多雾蜀天昏。

其二

三斗坪头人怨之，携雏扶老上船时。

西陵峡畔丧沧乱，对我来前谈险奇。
宝剑兵书难却敌，牛肝马肺不疗饥。
酆都过后登天府，人鬼难分更问谁。

注："对我来""宝剑""兵书""牛肝""马肺"都是三峡的景点。

重庆的校址在九龙坡，很简陋。但师生接触较多。校长吴保丰先生、柴志明先生和张德庆先生都请我们到他们家吃过饭。后来我和柴志明先生一直保持着很好的联系。当时生活较苦，一遇到这几位师长请客，我们便风卷残云，一扫而光。所以吴保丰校长把我们叫做"蝗虫"。

当时饭厅里没有凳子，大家站着吃饭。有一天吃饭时，突然一只碟子向我们飞来，摔碎。我们都未受伤，只是飞溅的菜羹弄脏了定国的衣襟。这是我们九龙坡生活中一支有趣的插曲。后来我写了一首七律：

饥肠辘辘野蔬香，日进三餐立桌旁。
肉味不知尊佛法，菜羹忽溅染君裳？
莫寻飞碟来何处，但笑残瓫露所藏。
终是春风常得意，一枝幽蕙满庭芳。

在九龙坡，我们也苦中作乐。至今记忆犹新的是看话剧《安魂曲》（原名 *Mozart*），由曹禺、张瑞芳主演，曹禺演 Mozart。话剧晚上 11 时才开演，这样我们就有时间从九龙坡出发进城。后来才知道，这是国民党当局对曹禺等人的刁难，却给我们带来方便。

一次难忘的沪渝之行*

金邦年

1941 年 12 月 8 日，“珍珠港事件”的翌日，日本侵略军开进租界，占领了整个上海市区。本已处于风雨飘摇之中的交通大学就陷入朝不保夕、岌岌可危的困境。苟延到 1942 年的 4 月终于不宣而停课关闭。最后一学期上课也不正常，也不举行期终考试。当时摆在学生们面前的主要有两条路：一是留在上海准备当“伪”学生，因为南京的汪伪政府即将前来接管；二是去投奔总校完成最后一年的学程。那时交大已在重庆成立分校，1942 年改为总校。也有的同学选择暂时辍学了。

然而，当时从上海去重庆不仅路途遥远，交通十分不便，要历尽千辛万苦，而且还要冒生命危险。真是进退两难、苦于抉择。经反复思考、多方联系和缜密商讨，我最后决定与许国志、毛家驯、贾观熙、过昂千等 4 位同学一起去重庆。家驯兄的岳父唐老先生有一同行李老先生在汉口，以李翁的关系把我们送到重庆。成行时共 6 人，有 1 位小张是家驯兄的亲戚，在银行工作的精干的小伙子。

下面是那次难忘的沪渝之行回忆，已事隔半个世纪有余。

1942 年 7 月下旬一个晴好的下午，我们一行 6 人出发前往汉口，这是去重庆的第一站。离开上海毫无困难或麻烦。当时正值粮食供应十分困难之际，敌伪当局在紧急疏散人口，有利于我们的出走。我

---

* 原载：《逝波集——交通大学机械工程系 1943 级同学回忆录》，1999 年 9 月，第 365—372 页。

们的公开身份是学生，暑假投奔亲戚。在轮船码头被检查箱子时见有计算尺，竟成为证明。

我们乘的是一艘日商大江轮，作为疏散的老百姓睡在统舱甲板上，周围有不少看上去是中学生的同行人，是真实的因粮荒的疏散人员。一路无事，经三天航程的第四天早晨就到了事先联系好的李老先生家里，暂时安顿下来。我走访了一位在一家银行任高职的亲戚长辈。承他不弃，收留我在他家住，这样也可减少在李家的外来人员数，多少有缩小目标之利。我每天早晨就去李家，6 人一起聚会共商去渝大事。

李翁在汉口商界有一定声誉，对送我们一行走汉渝之路已早有打算。在我们抵汉的第二天上午，就邀来了一位姓宗的约 50 岁左右的当地汉子和我们见面。此人中等身材，看上去老练结实，特征是脸上长着浓黑大胡子。很显然，他就是陪送我们上路的宗胡子了。李翁当着大家的面对他说："胡子，我知道你今年要出嫁女儿。你把六位送到重庆，一定要完全安然无恙，回来我会谢你的"。宗胡子当仁不让满口答应，但提出一个要求，一路一定要听他的。当然我们也是满口答应。这样，以后的日子就是在他的指示下做去重庆的具体准备工作。

按照宗的策划，我们一行 7 人（包括宗）是一伙商贩携带一些工业用品运往内地谋利，在汉的大部分时间就是采购销售对路、可以获利较高的商品。我们将手头的现款都交了出来换成货物，因为汉口使用的货币与重庆和其他未沦陷区不同，不能带走。家驯兄被推为"经理"，小张为会计出纳。我们 6 人天天在一起，有事共议，保持密切联系。

在汉口一共逗留了约 10 天。在离开前的一天，我们要携带的随身衣物都经宗胡子一一检查，集中在一起。凡是被认为与商贩身份相去甚远的东西都须留下，如我的一件皮茄克衫就必须留下，只好交我的亲戚家代保管。

按照经过周密考虑的计划，离汉的头天夜里，我们一行住进了离汉水码头很近的一家小旅店，以便翌晨破晓便渡过汉水。这家小旅店又破又脏，这倒也罢了，最难以令人容忍的是无穷无尽的臭虫。灯一熄灭，就爬满了身体各部。我眼看想用手指一一捏死已不可能，唯一的出路只能坐在地板上开了电灯，把往身边爬来的臭虫捏掉或弄走。房里没有椅或凳，坐在地上打个盹也不会摔倒。这样迷迷糊糊地熬到凌晨。要补充说一句，在汉口的日子正是一年中最热的时节，最不好过的时光。

翌日破晓以前，我们都起身准备就绪，随着宗胡子走向汉水渡口。他向站岗的穿黑制服的伪军哨兵点点头，示意我们都是一伙的，大家就安然过去了。据说天一大亮就有日军哨兵站岗，事情也许就不太好办。我们必须在渡船刚开始运行就过河。

渡过汉水步行约一二公里，就下了一条小船。开始时仅和风阵阵，小船撑起帆行得又快又稳。但不久风愈刮愈大，小船颠簸也愈来愈甚。宗胡子立即决定弃船登陆步行。在中午以前到达李翁之侄的家里，在汉阳县的一农村（村名未记）。我们的主人李侄是一位富裕中农，家里有足够的住处容纳我们 7 人。第二天有消息传来说，前一日风大而有船只翻沉等事。我们乘的小船第二天才到，运来我们的行李，说小船因风不得不半途停泊，次日才再启航。这样，仅在动身的首日，宗胡子就显示是一干练的走江湖老手。

我们过路栖身的地方是汉阳的一小村庄，居民不多，没有街市。我们一日三餐，安然休息。宗胡子严肃地告诫我们不要去村子里闲逛，勿与他人接触。他再次要我们打扮得更像当地的商贩，即走单帮的人。第一件事要我们将长头发一律剪成短平头。村里没有理发店，仅有一名理发匠，他有一面“公平”镜，即所有一切的脸都反映一样的歪曲丑陋。我们闲着无事而宗胡子则忙着东奔西走，显然他是为上路操着心。

在村子里蛰居约一周光景。宗胡子发命令要动身了。我们的行李和“走单帮去谋利”的货物一起分装成3挑，即在路上徒步行走时，连挑夫3人加我们7人共10人。

我们的旅程大致可分三大段：一是穿越江汉平原在藕池口过长江到达湖南的津市，这是尚在日军占领或三不管地域；二是从津市到三斗坪，这是在国民党政府管辖下的地域；三是从三斗坪乘江轮到达重庆。其中以第一段旅程最为危险，而第二段则虽少危险但艰苦依然。

在一天的清晨，我们离开了李侄的家，上了一条小船开始我们的旅程。这种小船实际上是一种“微型班船”，即乘客日夜兼行、吃住在内，这种小班船大都由船老大和老婆一起操作，也就是他们的家。有风时船上挂起小帆，行驶倒也自如。我们换了几次船，即坐一段路程的船再走一段陆路，水陆兼程，也记不得换了几次。我们也不敢问宗胡子到了哪里或类似的问题。我们必须听从他的告诫。从起程之日起他就要求我们在陌生人面前尽可能不说话，没有得到他的许可不乱走动或做什么事。他一再重复所有这些措施都是为了我们的安全，他是对的。因此，一路我们知道的很少。显然，宗胡子选择的路线远离村庄和市镇，经过的水道少有船只。大致的走向为西南偏西，在长江以北、汉阳、沔阳、洪湖、监利等县境内的河网地区。这样，我们就能尽可能地少遇见人。我们不住客栈，也不在有人的地方过夜。任何时间和任何地点，只要碰到路人或被问到，宗总是走在先头并保持警惕，打个招呼或说几句我们听不懂的行话，或是江湖黑话。不管怎样，都一一过场。说实在，这等旅行不仅新奇而且在某些方面还颇有刺激性。例如，我们不知今夜将停泊何处，是否老是什么也看不见的地方。大部分时间我们小船停泊的水面，附近也有若干小船，但四周一片安静，但见三二小火在远处时现时灭。往往我们早晨醒来时，船已在行驰。我们吃的是米饭、鱼，有时还吃上猪肉，但很少蔬菜。最使我们难受的是蚊子和酷热，我们只能躲在自己小小的蚊帐里通宵淌汗。那时正是夏日八月，是长江盆地最热的时节。

一路上宗胡子显得平静和自信，但有两次则几乎惊慌失措，第一次是船过洪湖时。洪湖是湖北境内最大的湖泊，也是盗匪经常出没的地方。那天我们经过洪湖的北部一狭湾，正值天气晴好，凉风习习，湖面上一片安宁而无任何动静，我们真想到船首乘凉并舒畅身子。但宗十分严肃，坚决不让任何人走出船舱，以防暴露，情况相当紧张。幸亏顺风劲吹，舟行甚速，不出两小时便提前到达彼岸，没有意外，他这才由忧虑转为释然。第二次意外事件发生在跨越洪湖后的数天。那天下午近黄昏时，我们的小船穿过两岸几米高的芦苇丛河汊，被一土坝所挡住，河道已遭封死。宗突然惊慌起来，与同样惊慌失色的船老大商讨，唯一的出路就是原道退回另找河汊。在暮色苍茫中我们的船到了一处小湖，或者可说为一处水草密布的沼泽。那里已有类似的船只静悄悄地停泊着。我们的船老大与靠近的一条船上的老大低声忧虑地交换了意见就默不作声了。宗胡子显得十分惊恐和焦急，但也无可奈何。根据情况分析很有可能那道土坝是盗匪的圈套，将一些船只集拢在此沼泽地以便择机作案抢劫。我们也都恐慌起来，担心随时可能发生不测事件，但也只能焦急等待。船老大告诉宗这里在昨天或前天就发生过抢劫，宗不让我们知道这些事情，以免引起不必要惊恐，但他自己却一夜未合眼。当东方露白时，所有船只就都已安全撤离。吃早饭时，宗告诉我们已幸免遭劫一场，但仍大有余悸。

1942年的8月末，我们面临旅程第一段的最后一道关，要在藕池口渡过长江。周围的情况已大有改观，已可见与我们相类似的无数走单帮的商贩，大多肩上挑着货担。天气已晴朗多日，我们踏着有几寸厚的尘土小道前进，如果天下大雨则泥泞不堪而恐寸步难行。

跟随一批商贩我们来到一处码头，木制码头结构简单但确是一座真正的码头。我们登上驳船，由一小拖轮牵引过江，拖轮在中午起航，驳船上有乘客上百名。看来这一渡口是大江两岸货物来往的渠道。

据说在此摆渡过江的唯一危险来自偶尔从江上掠过的日军巡逻艇，巡逻艇一见过江船只便用机枪扫射，但已很少有这种事件发生。拖轮过江后，航行数小时于薄暮到达津市（也许仅为该镇外缘的内河港口）。我们所见的是湖南澧水上的内河港，而高兴的是已在国民党政府控管下的土地上。自从离开汉阳，第一次在饭馆里吃了一顿正规晚餐。我们没有在那里住宿过夜，宗胡子建议还是赶紧上路为妥，于是又乘上一条小船。我们还有最后七八天的水路要走，航向从西南转向正北回到湖北省境内。

从津市向北我们就在自己政府管辖的区内旅行了，感觉安全多了，但麻烦事也就多了。第二天的下午，我们的船就在一检查站被拦住，一便衣人要我们6人到他们的办事处接受询问，由船老大充当向导。看来那老大也不是第一次当向导，就熟门熟路地把我们领到一幢房子里，几乎走了一小时。房子并无任何标记，也不被告知是什么地方。主管是一位用地道上海口音讲话的人，也约30来岁，提了一大串问题。我们坦然说没有任何证件，我们冒着生命危险通过敌人的封锁线，唯一目的就是去重庆的交通大学继续读书。我们能够提供交大的详细情况，并对所有问题作出简单明确的“是”或“否”回答。很快，我们都体会到这是一情报机构，负责侦察和探查敌情及特务，也许更加专心于对付共产党及受其鼓动的进步青年和学生，包括他们的一切活动。由于我们说的都是实话，5人中没有漏出丝毫破绽，最后那询问人相信了我们确是交大学生，就放走了我们。宗胡子见我们久久不回已经甚为焦急不安。

一二天以后又出了另一事件。一天中午时分，我们的船想趁机溜过一检查站，不幸没有成功而被发现扣留，又是我们6人被带到检查站。此站与上次被审询的站不同，不问任何问题，当官的破口大骂把我们训斥一顿，见我们老老实实地就算了。我们正要离开他忽然注意到许国志戴了一副眼镜，便再次勃然大怒，说“在长官面前戴着眼镜太无礼貌”，就将他留下不让回来。国志解释他是大近视眼，不戴眼镜什么也看不见，更走不了路，但得不到理睬。我们5人回船后，船老大自告奋勇愿意将国志领回来，但要带点礼物，老大见船里有香肥皂，就带了一块。果然，很快就把国志带回来了。

由于这一折腾花了不少时间，宗胡子估计在天黑前到不了前面的停泊点，便决定停下来。这一地方名叫“黄蓬山”，以蚊子甚多出名，宗告诫我们在天黑前躲进蚊帐以防蚊子袭击。果然天刚刚黑，蚊子就大量拥到，在身上任何部位一摸就可抓住一大把蚊子，确实是名不虚传。如无蚊帐，我们就要被咬死。

最后到达沙道观，我们乘船旅行的终点。这是一个不小的市镇，在一般地图册上都被标出。抗战期间这里是一处繁忙的物资集散地，客商来往，市面兴旺，人头济济，颇为热闹。我们很想在此多呆一会稍作观光，正在东张西望之际，宗胡子已办完了事，并招雇了3名挑夫来。这样和他商量是否可稍多停留逛一逛就不好开口，只好跟着走了。

从沙道观往前走陆路，走向为西偏北。这是一条沿着长江南岸为走单帮商贩所用的路，其间隔着山岭。一路上都是肩挑货物的商贩，来往络绎不绝。看来此路完全是为适应战时需要，由乡村土路和山间小道陆续分段连接开辟而成，只能行人而不通任何车辆。我们的终点在湖北西部长江上的小内河港三斗坪(即三峡大坝坝址所在地)，旅程距离约为180公里，从那里便可乘江轮直达重庆。经宗胡子与3位雇用的挑夫商量，我们一行应在七天之内完成。他对我们6人能否每天平均走25公里还不太有把握，因为要涉水过河和爬山越岭。一方面不能疲劳过甚而累倒，另一方面还有每天找旅店住宿问题，太晚到宿处就无铺位了，不能错过住宿点。这些一路上的旅店都是临时草草搭建起来的，设施很简陋。门口一律挂着一盏白纸灯笼，两边一副对联“未晚先投宿，鸡鸣早看天”。宿店附近也有小饭馆或饮食摊，都是简陋设施，却尚称方便。

这段陆路行程是我们全旅程的第二段，又可按地貌、地形分为三段：平原、丘陵和山岭。所经之处是临近湖南和湖北境内，经松滋、宜都和长阳三县鄂西南落后农村地区，所见的是破旧的农舍，衣衫褴褛的村民，裹着小脚的老妇，真有中古世纪之感。所走的路不经县城和大、中乡镇，故田野山林之美景则足以补偿那些贫穷落后使人难过的心情。当行走在清江南岸之际，但见江水清澈、青山在旁、林树葱郁，风景之美令人心旷神怡。国志和我徜徉于山水之间不禁慢下步来，赞叹如此如画景色决不逊色于任何世上名胜美景，有幸来此亦不辜负旅途艰辛，今后何时何日得能开发则必定成旅游热点。

我们在长阳县城上游处涉水过清江，那里水深仅及膝，宽约百米。自此即入山岭地带，越过的山岭越来越高，按地理位置这些山岭应为构成长江三峡最下游西陵峡的南岸峡壁余脉。所幸所过山路不甚陡峭崎岖，可称平安无事，这成为了我一生中最长的一次徒步旅行，尤其是在山间旅行，难能可贵。

我们一行于农历 8 月 15 日下午到达三斗坪，那天是中秋节，所以不易忘记。我们住了旅店并美美地吃了一顿丰盛的晚餐。按照传统，旅店毋论大小在节日时要以晚餐招待顾客，真巧。

当时三斗坪是国民党政府控制下长江最下游的内河港口，东去宜昌仅 50 公里之遥。日本侵略军占领宜昌后即因三峡天险，其舰艇不敢再西进。三峡确保了三斗坪及以上长江沿岸地带的安全。

巧事成双，第二天即有客轮开往重庆。当时航运班次不定期，旅客等船一周是常事，我们却毋须等待。但也有缺点，未能就地看一看。附近有座黄陵庙是有名的古刹，宗胡子曾口头允许我们到了三斗坪去那里逛一逛，也只好失之交臂了。

翌日早晨我们就上了一艘民生公司的客轮。作为最后一批旅客，我们只能乘统舱睡甲板。夏天乘统舱其实是最好的铺座，又通风又凉快，而且观光三峡可谓一览无余。那时的三峡尚未经整治，水道险恶不能夜航，沿岸风光无不一一入目。我是首次过三峡，溯江而上从西陵峡、巫峡到瞿塘峡，所有名胜或险要之处，只要在船上能看到的，不论神女峰或什么牛肝马肺，都未错过，尤其三峡还保持其原始状态，更是机会难得。有关三峡的种种传说和景观已在各类游记或文学作品中说得很多，就不赘述。但“拉滩”一事则值得一提。

“拉滩”，顾名思义就是把船拉过险滩。三峡内滩多水急，顺流而下自然“轻舟已过万重山”，但逆流而上就难了。如轮船等机动船只，功率不够而无力通过急流则要仗岸上的设施助一臂之力，将船拉过险滩。做法是在险滩的上游岸边，最佳是在突向江中的悬崖一块岩石上，或在适当的位置设一牢固的桩，能套住一条拉索，船上的拉索受力牵引时船就能向前越过险滩急流。凭这样简单的设置就能收买路钱，而且可以漫天要价，只有当地的有势团伙才能做。我们乘的轮船是艘老船，马力不足，至少有一次非经“拉滩”不可。却说该船通过一险滩时，船长在未到达时就开足马力奋勇往上冲，水越来越急，船行越来越慢，尽管轮船的蒸汽机开得船浑身发抖，但船仍寸步难行。此时岸上经营拉滩的人群就嚷话了，船上旅客也都挤在上甲板看热闹。轮船应是拉滩老顾客，但似乎没有定价，要看行市。可能岸上要价太高，船长不同意，轮船再度开足马力力图挣扎前进，又对峙了快近半小时。最后，轮船与岸上之间达成协议，一条拉索摔往岸上套住桩头，船头上的绞盘开动转起来，钢丝索绷紧了，船果然缓缓向前移动，顿时船首的江水沸腾起来，并漫上了船头甲板。挤满在上甲板的看热闹的旅客同时发出了一阵欢呼，船过了险滩了，拉滩完成了。

由于川江不夜航，江上能见度低时也不航，所以从三斗坪到重庆走了七天。船仅在万县停了几小时，让旅客上岸逛逛，主要购买一点食品，船上供应的伙食很差。船到朝天门码头停泊，上岸第一件事是买了一碗红烧牛肉面充饥，那是我印象中生平感觉最美味的东西。

从上海到重庆的旅程到此结束，感谢宗胡子把我们安全地护送到目的地。事后了解到，我们一行走的路线是最省时，也是最经济的。为此，我要感谢家驯兄和他的老丈人，没有他的关系，达不到这样多、快、好、省的沪渝之行。

到重庆的当日，我们找到了暂栖沙坪坝中央大学的交大分校，受到了热烈欢迎。几天之后，重庆交大正式成为总校，全部学生步行到九龙坡新校舍。新的学年开始了。

生活中的变与定*

孙友洪

1931年“九一八”后，直到1937年7月7日全国抗日战争开始，正是我的中小学时期。在小学期间，我们高小学生曾由老师率领上街游行，高呼抗日爱国口号。有许多小学的高小学生汇聚街市，口号声响彻上海街巷。在省上中时，语文课本里的那篇《最后一课》，是法国人在普法战争时期激励学生（且不仅是学生）爱国心的名作，课文与我们当时情况很贴切，老师讲授也就特别生动，引起同学们与时局共鸣，心潮激荡。抗战爆发，省上中迁入当时的上海法租界，借上海美术专科学校（在菜市路）上课。1938年夏，我考取国立交通大学电机工程系。那时学校借法租界内由法国教会办的震旦大学部分校舍，以及中华学艺社社址开学。校长黎照寰先生以其法租界董事会董事的身份，谋求法租界当局的协助，鼎力维持，条件十分艰苦。有“起点高，基础厚，要求严，重实践”这一老交大的办学传统，以及教学经验丰富的许多一流教授的悉心教导，同学们得以完成学业。1941年12月8日，太平洋夏威夷珍珠港美军基地受日军海空偷袭，美国立刻对日宣战，第二次世界大战爆发。我们住学艺社的同学深夜被日军枪炮声惊醒，翌日得知日军已进占上海的英租界和法租界。1942届同学提前在1942年春毕业，部分同学立即探路穿越战区前往湘、桂、渝等内地。走得早的，取道浙江金华。日军侵占江赣后，此路不通。但改取别道，总会有路。

---

* 原载：《逝波集——交通大学机械工程系1943级同学回忆录》，1999年9月，第373—376页。

我在1941年10月因病休学。1942年5月，与电机毕业同学沈祖恩同行，取道宜兴、张渚去内地。到上海车站购票时，发觉放在长衫的钱不翼而飞。当时大惊但未失色，“大惊”者，这些钱占所带旅费的约三分之一，“未失色”者，是为避免在此遥远且多艰险的旅途刚开始就影响同伴的情绪，乃力求镇静。到常州后，住1942届土木系同学徐同生家。经指点，翌晨乘船去宜兴。在宜兴住店，店主介绍了一位当地有经验的小船船夫。天未亮，上一小船，连船夫约有10人，行李另有安排。小船在河网地区左绕右拐，贴近河岸划行，快慢适度，不出多少水声，要求我们屏息静气，不准闲谈。到河道有障碍栅栏附近，停船上岸。岸上铁丝网有一处扒开一个很小缺口，各人依次穿越，在另一方的河岸边已等着另一空的小船准备接应。上船后，立即开行，十分紧张。我们知道已经穿越封锁线，但日军在沿岸每隔一段距离设置的高台岗哨的探照灯还在照射。这天有雾，还相当浓，船夫说我们运气好。船离封锁线二三百米后，大家才舒了一口气，但仍不敢大声闲谈，直到船老大发话，解除禁令，全船放声欢笑，天也刚刚微明。船到张渚上岸时，我早忘却的行李已放在那里，钱是早付清了的。向船夫作揖道谢告别，去找住处。

从张渚到屯溪，全程步行，日行五六十华里。到达屯溪那天赶路，从清晨到傍晚，走了八九十华里。我的行李(一箱一包裹)找人挑运。那时，因浙赣铁路全线被日军侵占，在屯溪等候约一个月。愈近前线，愈难找到人挑运行李。我和祖恩就在屯溪那唯一的一条大街最热闹地段摆地摊，学着叫唤，廉价出售所带日用物件。居然照顾者不少，售得一些钱。两人都喜形于色，我更是高兴，对早先被窃款项获得若干补偿，还可轻装上阵，继续前行。

国军收复浙赣线上的弋阳、横峰两城后，这之间就是一个开阔地带，可从此往福建转内地。我们从屯溪步行，互不相识的同路者，前前后后有一二十人。经江西婺源，再穿越江西境内这个开阔地带。近战区，许多地方十室九空，步行一二十华里不见当地人。有一夜通宵步行；另一晚是睡在一个无顶的棚里，用两个小包裹放在干土地上做床垫，仰望明月，酣然入睡。经闽赣省界的分水岭高山，向南进入福建；又从福建的建阳，再西进江西，到瑞金，抵赣州，进粤到韶关。从建阳开始，已有公路车可搭，乘客与行李混杂在有篷卡车里，挤坐在车板上。路面不平，车速虽慢，仍颠簸得厉害，然而对我俩长途跋涉的背囊客来讲，仿佛已到天堂。但先前一路行来，饱览苏皖赣闽沿途山川秀色，则是徒步客的很大乐趣。

当时，交大校友会在内地很多城市有校友组织设点，帮助从敌占区去内地的同学，铁道系统的校友更多。到韶关，已通铁路，经校友协助，获免票北上株洲，再由湘桂线西往桂林，而后到达金城江这一铁路终点站。我和沈祖恩又由交大校友联系，免费搭乘资源委员会运务处的有篷卡车，坐在满载货物的袋、桶上，前往贵阳。在当地分手，他去昆明（后到西南联大任助教），我到重庆。那时我父亲在渝工作，我的嗣祖母刚在年前过世，享年70余。

交大原准备迁校内地，校友会联系发动各方大力协同，已在重庆郊区九龙坡建起新校址，但沪校乃维持未动。我到重庆的交大时，新校刚创办两年，最高班是三年级。从沪校去的四年级同学以机械系的为多，校方尽力开办机械系四年级一个班，电机系少数几人都转读机械。

1943年夏我从交大毕业后，在资源委员会电工组工作，主要是参与电工方面少数几个新工厂筹建。

1945年8月日本宣布无条件投降后，捷音傍晚到重庆，山城近百万人走向街道。我从牛角沱出行不久，即遇交大同学二三人，续向市内行进。在满街拥挤的欢呼人流里，竟相聚多达9人，有吴竞昌、孙友洪（机械1943届）、许绍高（机械1942届）、陈镐、苏挺（管理1942届）、张道曾、李家权、唐庆干、蒋大荣（机械1942届），我们在爆竹声中摄影留念。以上未注出者，都是原1942届电机同班同学。

流亡岁月*

陈光裕

第一次去金华，十分顺利

太平洋战争爆发后，日军侵入法租界，上海人民就成为刀俎鱼肉。我届学子有的远去陕北或苏北等解放区接受新教育，我因无引进之人，只得去重庆交大继续求学。

我们一行大都是学生。从上海乘火车经常州搭小火轮到官村，这是一个小乡镇，也是敌我交界的前哨。过河便是悬挂青天白日旗的自由天地——张渚。日本军用小艇不时在河上巡弋，我们所住的旅店差役收取一定报酬，兼职替来往客商安排偷渡以河为界的封锁线。张渚是属宜兴管辖的小镇，欢迎沦陷区青年来归，当地地方政府免费安排我们席地而卧。第二天我们便去旅游胜地善卷洞，尽情观赏，少不了去一线天。还有一个阴暗的山洞，说是可直通江西省，蜿蜒曲折，均不敢深入。据说淞沪战争时期冯玉祥将军就坐镇于此，负责供应军需弹药。

翌日，我们就踏上迢迢千里、翻山涉水的旅程。黎明起，靠自己的双腿向前步行。最初几天只能行走三十华里左右，经过逐日锻炼，可行六七十华里，所到之处投宿乡镇公所，并为我们安排下一天运送行李的挑夫。这样一天天挺进，虽然十分疲累，但饱览了祖国大地无比壮丽的锦绣山河，真是畅人心胸，精神倍觉舒畅。我们从宜兴途经安

---

* 原载:《同窗回忆录——交通大学 1944、1945 届毕业同学纪念册》，2003 年 4 月，第 151 页。

徽广德、宁国，过千庾关抵於潜，进入浙江。在桐庐循富春江经兰溪而到金华，这是战时浙江的政治文化和商业中心。我们去青年招待所登记。在我们之前，曾有800有志青年来此投靠，日供两餐，但组织松懈，有志青年终日游荡街头。我们几个交大同学由浙江省电讯管理局校友资助，浙赣路供应免费车票，有的就继续行进，有的另有打算，就分道扬镳，各奔前程了。我是文科生，浙江省教育厅布置我到东南联合大学筹备处报到。在金华与新康兄相遇，他们一行去厦门大学，我滞居金华在青年招待所演出一场话剧《炮火升平》，浙江其他有关剧团邀我参加演剧，我因旅途匆匆，又有其他原因未能应允。不久后，我又折回上海。

再去内地，沿途困难重重，但有惊无险

到上海后，本拟同老母及哥哥去内地父亲处相聚，无奈不久后日寇兵临金华，我就被迫滞留上海，其间随李老健吾、高师宗靖等参与戏剧活动。延至9月才得知武汉路线，逐与陈庆臻（交大学长、以下简称“老陈”）、老林、老王，以及程、钱两位小姐共6人乘日本商船去汉口。该轮载客600余人，有一位能说汉语的日本宪兵，暗中监视乘客。船上炊事员对我们十分照顾与关心，经芜湖时值中秋，专为我们开小灶，特制熏鸡，我们自得其乐了一番。到九江，因检查防疫为名，停留了一天。半夜里日本宪兵将630名乘客全赶下船，换上浙赣线退下的日本残兵，彼等衣衫破旧、漫无军纪。经炊事员相助，将女性旅客藏于船彀夹层。船到黄石，日本宪兵把我们船上的旅客交给船长，自己上岸去。抵汉口，我们趁日军集合整队之际，赶紧溜上岸去。但是人地两疏，不知该去何地为好，只有听任码头人力车夫。结果他把我们拉到远离市区的一家小旅店住下，怎样去内地？鉴于在任何情况下“邮政路线总

是通行的”，我们就尽最大努力，隐名化姓，谎编事由，四面八方探索寻求，问旅店堂倌，找码头劳役头目。终于找到一个邮差，答应多给一些钱，替我们找了一只由一对老年夫妇掌舵摇船的内河小船。那时候在同一旅店里有兄弟两人，他们以为我们很有把握去内地，再三央求我们替他们也另雇一只小船，两船相隔一段距离，先后而行。虽然我们是趁夜黑由汉阳上船的，但仍被岸上伪军发现。由于老陈用的是绿色旅行袋，船老大说是邮包，伪军没有下来检查就放行了。离开汉口翌日我国飞机轰炸汉口，高射炮、轰炸声大作，火光冲天。我们船航行至金口附近触礁迅即渗水，幸好两兄弟的船及时赶上，救起我们，把我们的船拖至岸边，修补后继续航行，正是好心有好报。

伪军、日军、国军

某一天，一个穿呢制服的伪军官在岸边开枪，要我船靠拢，我们不敢靠。第二枪从老陈耳边擦过，我们只好靠岸。原来他要我船替他运粮去营部，上船后他作跪下姿态，目光直视前方，一言不发。我们进食时也给他一份，他不肯接受并开口说，“你们到内地应好好报国”。我们暗想，“你是伪军还谈什么报国”。后来谈起，他原是中央军校毕业，第三次长沙大会战中被俘，家属也被扣留编入伪军相互连坐。他认为自己已报国无望，寄希望在我们身上。他们这军全是各战场俘虏兵，在国军和日军之间作缓冲。

路上遇到日军，别人都不开口由我一人应付。有一次日军问，“你们的回乡证是去宜昌，为何谈说的不是湖北话”。我回答说，“我们都是上海人，战争期间家属逃散，现打听到父母逃来宜昌，特结伴前来寻找”。日军见我们是孝子，就让我们走了。另一次日军查到小姐行李中有口红，我连忙说“这是给新娘子用的”。日军凝神不语，我在手心用口红画了一个红点，表示这是红嘴唇，日军以为是日本国旗，点点头，咧嘴一笑，也挥手放行了。

秋季水源稀少，逆水行舟，只好上岸拉纤。沿河边两侧拉，中间由老王（立志去投考空军的小伙子）下水拉着桅杆前进。最后因河水枯竭，只好锯下树枝当滚木，大家往后推着走，三天只推进八公里。老陈两脚被河中树根割了二寸左右的伤口，流着鲜血，如果平时必溃烂无疑，这时人的生命力特别强，倒也平安无事。下一夜雨，船好推多了，推出小河进入大河，又能划行了。

过了封锁线，大家正在兴高采烈之际，晴天打了霹雳。我们遇到某部队 128 师一位连长检查行李，见到老陈一件新雨衣和一件旧呢大衣，问他，“卖不卖”？我们不懂“规矩”说，“不能卖，旧大衣御寒当被用、雨衣下雨用”。于是，他向我们要证件，老陈把皮鞋后跟拆开，把藏着的交大证件和分数单取出给他看。老林因躲避日军检查，一时不知放在何处，答曰：“未带。”后来证件被查到了，挨了连长的耳光。老林不服气说，“我刚到第一边防线就被打耳光，沿途敌人检查时还未吃过耳光呢”。连长大怒，说，“敌人不打你，你就是汉奸”。命令部下把老林抓起来，叫我们到重庆后出具证明才放人。于是，我们只好上岸向他求情，通过当地父老斡旋，最后由连长夫人出来打圆场，说“连长和老林都是年轻人，血气方刚”。连长指着他包扎着的大腿说，“此地近前线，前几天大腿刚被打伤，所以加强考验考验你们”。最后他还留我们过了夜。

我们怕夜长梦多，当夜就启行进入洪湖。蓝天白云，渔船点点，风景迷人，在船边伸手可捞菱角，花一天工夫才划到塔市驿，于是弃舟登陆。因地处战区，日夜兼程，夜间看不见，便骑马在阡陌间行。鄂马体小负重大，只要口叫“啊！啊！”，它就会漫步仔细观察疾走。有一天，老陈拍了一下马屁股，马飞快奔跑，把他翻倒在河边，幸有芦苇托住惊而无险。沿途国军检查，每次都要将所带药物、日用品分去一部分。

由湖北渡江去湖南时，国军对我们说，“何必将药物、日用品等送给湖南，不如留给我们？”我们恍然大悟，因为早送晚送都是要送，何不全部送掉轻装上阵？途径华容道检查行李时，父老告诫说，“日前有一教授带领六人在此遇害”。我们只得绕远道而行，经洞庭湖至长沙。长沙经三次会战后，全城房屋焚毁殆尽，仅沿街店面加以粉饰，背后残垣败瓦，比比皆是。我们乘车南下衡阳。

交大校友，到处伸出热忱之手

到衡阳，车站上贴有布告。通知交大同学去铁路局某学长处，可领取南下桂林的免费车票并补助旅费。在桂林，省政府也发给旅费补助。老王、老林和钱小姐滞留桂林自谋出路。我和老陈是同去重庆交大，程小姐其父在昆明任驿运管理局长，当然还要跟我们走一段路。在桂林，交大同学可到资源委员会无线电器材厂某学长处领取去金城江的铁路车票，及由金城江搭乘资源委员会便车去贵阳的介绍信。这时吴国安同学病倒在金城江，每日拉痢数十次，处于昏迷状态。经旅店老板给他抽鸦片才停止，但仍不能行动，我和老陈给了他一些经济资助。

送佛送到西天

在贵阳，程小姐犹豫，是到昆明她父亲处呢还是去成都燕京大学继续求学。如去昆明只需替她买一张长途客运车票送她上车就可以了，如去成都就跟我们同车到重庆，把她交给其表兄陈华伟（交大同学），或遵照离沪时程伯母的嘱咐把她交给当时交通部张部长（张部长是程小姐的继父）。那一天我和程小姐去公路车站观看情况，又去公园游玩了一天。老陈联系好资委会的一辆大卡车，当日准备开往重庆，当他回到旅店取行李时，店主不放，说是三人同来，分不清哪些行李是谁的，要三人同来才能提取。等我和程小姐回来车已开走，老陈埋怨我们耽搁了他的行程。程小姐已决定和我们一起去重庆，我们三人就再去联系资委会的汽车，如愿以偿翌日起程。车过娄山关下七十二湾经吊水岩，昨天那辆汽车司机跑来找我车司机，说他的车已翻入深渊，死了好多人，为了逃避坐牢，所以把行李转请我车司机转交其家属，他就可以轻装逃命。此时老陈庆幸我和程小姐去公园救了他一命。

到重庆已 10 月底，老陈在土桥下车，渡江就到九龙坡交大总校。我通知华伟来接他的表妹，他却叫我径直把她送到汪山张部长官邸。我得知重庆交大管理系没有高班级，心急如焚，欲早日折回平越。但张老伯恐无人护送程小姐去成都，要我送佛送到西天，程小姐也十分为难，说，“妈妈把我交给了你，只好辛苦你了”。这样我只好勉为其难，把程小姐送到成都祠堂街燕京大学。

结束流亡岁月，重回黉宫生活

再赶回平越，时已 11 月，学期已经过半，由于是沦陷区来的，而以前来的上海学生，学习成绩都很优异，破例同意注册入学。感谢同房住的新康、宝崙和鸿熙诸兄，我所缺的各课笔记，就借他们的抽空补抄，没有抄全的，临考我借他们的摘要，像话剧台词那样一一死背，过了年度关。

1943 年春大三下学期，除了选修本学期可选的课外，又选上大二下学期的课，要抢学分嘛，没办法。平越交大是一所朝气蓬勃的校园，课外活动十分活跃，我虽然课业很繁重，但除替学校墙报投过稿外，还导演话剧《北京人》。身心愉快，学必有成。

与此同时，上海的沈主任奏廷风尘仆仆来到重庆总校，安排管理系高班级课程。我届在平越借读的学生，在1943年夏大三结业后，搭资委会便车来到重庆(遗憾的是新康兄因病需要休养，未能同行)。时值暑假，沈主任还替我们联系上重庆市公共汽车管理处暑假实习。暑假后高级班正式开班，延聘各方专家学者来九龙坡执教，特别是“南沈北许”携手一堂：许师对运输管理、货场设计提纲挈领，阐明学理；沈师对运输业务实际操作，路签号志之运用，讲述周详。我届学子深感自豪，立下悬梁刺股之志，冀能对国对校，对沈、许两师及每位教授有所回报。

投笔从戎意气豪

无奈国事日非，1944年春日寇兵临衡阳，南指桂林，教育部征调重庆市五所大学应届毕业生投笔从戎，充当军中翻译：中、英、美三国联盟在东亚大陆打击共同敌人——日本帝国主义。

感谢上帝，“征调令”解决了我在旅途奔波欠缺的学分问题，让我有机会驰骋抗日战场的第一线，发泄积郁心头的奇耻大辱，同时也骄傲地回报了在长沙会战中被俘而被编为伪军军官寄托我们“到内地应好好报国”的心愿。1944年2月在复旦大学，三校(交大、复旦、中华)译员集训队，我被遴选为越喜马拉雅山到印度汀江转列多，成为中华民国驻印军中印缅战区的三级译员。随军征战经新平洋、孟关、孟拱、密支那、沙头渣等地，与杜聿明统率的远征军会师腊戍。中印缅战区战事结束，我获得外事局嘉奖令。部队整训后奉令调驻柳州，反攻桂林，行至云南驿日日寇无条件投降，我凯旋卸甲转业。

六十年前一段难忘的旅程*

张昭经

1942 年的上海，太平洋战争爆发后的第二年，日寇已完全侵占并从各个方面控制了上海。亡国奴的枷锁已无形地从精神上、生活上强加在我们的头上，在上海求学的环境越来越险恶。于是我毅然决定奔向西南大后方，不顾当时从上海到云南、贵州、四川等地的旅途多么艰险，因为屈辱的生活对一个青年学生来说再也无法忍受。例如，当时敌人在苏州河的各座桥上都有哨兵驻守，中国人过桥必须对哨兵鞠躬，否则立即会遭受一顿毒打或更大的横祸。

1942 年 11 月 18 日清晨，我在一家名叫金陵旅行社的安排下，跨上一艘挂着日本旗的客轮。我蜷缩在客房门房外的甲板上，整整 8 天 8 夜，迎着初冬的寒风，啃着干粮。听见日本乘客在客房内有说有笑，真不是滋味。船到汉口，等候检疫，又停了半天。

到了汉口后，这家骗钱的旅行社推说最近的封锁线上很紧，找不到小船护送，要我们这一行 15 人等待情况松动一些再走。五天后，护送我们来汉口的那位上海金陵旅行社的领队人突然消失了，小旅社的房金也没有付，我们深感上当受骗了。只能团结起来设法自行租只小船，冲过封锁线去。

同行中有一位 30 多岁的云南人姓马，他是昆明中国国货公司的经理，这次是来上海接他的母亲、妻子和两个小孩回昆明的。他有亲

---

* 原载:《同窗回忆录——交通大学 1944、1945 届毕业同学纪念册》，2003 年 4 月，第 292—293 页。

友在汉口，通过他的联系，包租到一只小船，当然是出了高额租金的。12月上旬一个寒风濛濛的早上，我们这一行15人躺在小船上，由船工父子二人划着、摇着，奔向前程茫茫、命运未卜的封锁线去。小船溯江而上。第三天过了湖北省监利县，进入内河，小船在长满茅草的小河中穿越。第四天上午，船老板对我们讲，中午要闯封锁线，大家不要讲话，不要把头暴露出舱外，碰到敌人由他去对付。

小船继续前进，进入三不管地区，更加荒凉不见人影，恐惧、紧张笼罩着我们心田。当小船摇至三岔河口时，突然从一个茅草棚内跳出五个敌军，枪口对着小船，大喊大叫命令靠岸检查。船主慌忙拿着早有准备的烟酒上岸去应付说情，但仍然不行。命令船上全部人员不论男女老幼统统上岸排成一行，由两个敌军持枪监视，其余三个跳上小船去检查，把我们铺在船板上的被服和衣服行李乱翻一阵。饼干、糕点、香烟、白酒、手表、雨衣等都被抢走。我们一行站立在刺骨的寒风里，惊恐和寒冷侵袭着我们，使大家发抖而无法站稳。这时生死命运掌握在敌人手中，又地处战场前线，杀死几个中国人像碾死几只蚂蚁而已，我越想越吓了。像度过10年那样缓慢的10分钟过去了，茅棚里出来一个佩着军刀的敌人军官，慢慢地审视了我们一圈，命令4个妇女进入茅棚去接受检查，其中两位是马经理的母亲和妻子，另外一位是燕京大学的学生和一位驾驶员的妻子。她们早有准备都打扮成老太婆似地把围巾包着面孔，她们当然明白进入茅棚去检查是怎么一回事，但是反抗是不行的。大约过了最漫长的10多分钟，她们回来了，大家压在心坎上的石头落地了。那个矮胖的军官朝着船主踢了一脚，大喊着“滚吧”！于是我们像得到大赦似的很快回到船上，小船立即划向前方。据说4位女的在茅棚内都被搜走一些金银饰品，但这已是不幸中的大幸了。

小船很快进入我军前沿防地，我们受到当地驻军的热情接待和食宿安排，感觉像见到亲人似的温暖，这是我从不当“亡国奴”的心态中体现出来的。我们稍事休整数日后，步行和骑马经南县至衡阳。我找到交大校友会接待站签发了去金城江的火车免票，当时我确实快要身无分文了。就此，终于结束了这一段不寻常而惊险难忘的旅程。

冲破日寇封锁　奔向重庆交大*

金立成

太平洋战争爆发，租界学校转入地下

1941年冬天，气候不算太冷，有的青壮年还没有穿棉衣，但政治气候却已接近零点。静安寺路上的美国第四海军陆战队俱乐部已杳无一人，马霍路上的英国兵营已听不到苏格兰的风笛声。虽然设在马立师的美商华美电台仍在不断播送日本特使来栖在华盛顿会谈的消息，但是敏锐的人们不难察觉到，一场暴风雨的来临已不可避免。

12月8日，天气阴沉沉，没有下雨，也没有刮风。跑马厅不久还进行一场赛马。租界上仍是一派歌舞升平的景象，腰挂大号转轮枪的印籍巡捕仍在操作着路口的红绿灯。外表看不出任何异样情况，半夜里，黄浦江突然炮声隆隆。登上晒台一看，浦东江面上火光冲天，还夹杂着密集的枪声。市民被这一突然行动惊醒了，一时传说纷纷。据说日军向停在黄浦江上的两艘英美兵舰发出最后通牒，要他们立刻缴械投降。据说美国兵舰当即降下星条旗，而英国兵舰不肯投降，于是发生炮战。炮弹打中浦东油库，引起了一场大火。但没打几下，英舰也宣布投降。黄浦江上的这场战争持续不过一小时左右就结束了。

第二天，日军耀武扬威地占领租界。原来从内地迁来的学校纷纷关门。有的摘下牌子，换个地址，转入地下，继续开学。我原在跑马厅

---

* 原载：《校友通讯——交通大学1946届》，交通大学1946届同学会编，1997年12月，第三期，第5页。

马霍路口的南菁中学读高中，日军进驻租界后，南菁搬至孟德兰路由教职工维持上课，在读完最后一学期后，我于 1942 年 6 月毕业。

离开沦陷区，奔赴大后方

高中毕业后怎么办？要么留在沦陷区，进汪伪大学；要么进入内地抗日求学。许多同学都很想去内地读书，而且主要目的地都是重庆。当时从上海去重庆，大致可以选择北、南、中三条道路。第一条是北路，从上海去安徽界首，经河南乘陇海铁路到开封，经洛阳而至西安，再从西安去宝鸡过天水，从此入川。走这条路的人较多，这也是一条主要商路，许多商贩就是走这条路贩运货物盈利的。第二条路是南路，主要从上海经浙江金华，走江西上饶，去湖南衡阳，然后至广西桂林，再经贵州而入川。走这条路的也很多，但自从日军在浙江发动进攻之后，占领了许多交通要道，因而走这条路危险性较大；第三条路是中路，从上海乘船到汉口，再从汉口辗转于湖北、湖南之间，绕过日军占领的宜昌，而在宜昌上游的三斗坪乘船入川。我因为在汉口有一位亲戚，因此决定冒险走中路入川去重庆。

1942 年 7 月，我与南菁中学的一位同学以及他的 3 位同乡共 5 个人，约定在南京下关鲜鱼巷小旅馆集合。中旬的一天我到达南京，时值汪伪中央大学招考，我抱着试试看的心态，报考了土木系。后来据说录取通知寄到了常州家里，可那时我已到重庆。

在南京小客栈等了几天，总算有船去汉口了。当时航行在长江线的轮船，全部是日本东亚海运株式会社所有。中国的华商轮船早已绝迹，即使英商太古、怡和公司的轮船，也已被逐出长江航线。太平洋战争爆发后，日军没收了英商太古、怡和、大英、天祥、昌兴等航运公司的轮船、铁驳和码头仓库。因此，长江航线全部为日本航业所垄断。原来的日清轮船、日本邮船、近海邮船、山下轮船、大阪商船、川崎轮船等全部加入东亚海运。因而东亚海运继承了日清等在长江的侵略事业。

我们乘的东亚海运轮船，大约 2 000 多吨，高级船员全部是日本人。我们买的四等舱统票，没有床位，大家席地睡在舱盖上，旅客不算多。船从南京开出后，不久到达马当。此处江面狭窄，1938 年 5 月，国军在此建立第二道封锁线(第一条封锁线是江阴)，征用商轮 18 艘，和大批帆船，载石沉于江面。由于江水流急，各船无法按预定要求横沉江底。每船相隔约有 10 多米距离，间隔空隙太大，难以阻止日舰通过，所以日舰未受阻碍继续上溯进攻九江汉口。我们轮船开抵马当前，一队日兵扛着机枪，登上顶舱，如临大敌。据说不久前此处岸上有人向船上开枪射击。我们轮船通过时，大家蹲在舱里，气氛显得紧张。直到轮船开过很长一段路，日军才从舱顶撤下来。轮船继续进发愈来愈接近田家镇。此处是国军第三道封锁线。但船舶通过时没有遇到什么障碍，轮船继续向汉口方向航行。经过三天两夜终于到达汉口。

轮船停靠汉口码头时，日本宪兵已严阵以待，个个凶神恶煞。我们 5 个青年都 20 岁左右，特别引人注目，大家都伪装成商人。我身穿白香云纱长衫，脚登黑牛皮鞋，手里拿着一把扇子。宪兵把我们行李全都翻箱倒箧地掼到码头上，一件件、一样样地细细查看。我带了几只不值钱的火车挂表，原准备没钱时当钱使用，日宪翻来覆去查看，摇摇听听。我还带了几张大面额汪伪“储备票”，这在上海市面上已经流通过，但汉口还未见过，日宪以怀疑眼光细查。此时，码头上旅客已走得差不多了，形势对我们极其不利。一个大胡子鬼子兵找来船上像大副样子的船员，叽里咕噜讲了一遍，该船员朝着我们边看边指指点点。在实在查不到任何可疑证据后，大胡子鬼子兵一声“开路开路”，我们赶快将行李胡乱塞进箱子，像躲瘟疫似地离开码头。总算过了这一难关，好险啊！如果被抓进宪兵司令部，后果不堪设想。

强行突破封锁线，长途步行到三斗坪

离开码头到了市区，4位同学找了一家旅馆安顿下来，我则去法租界找亲戚。我亲戚一时也找不到去重庆的门路，因此在汉口一耽误就是三个星期。在汉口时，我亲戚一再劝我留在汉口，介绍我进一家银行工作，并与行长见了面，但我不为所动，坚决要去重庆读书。我亲戚见执拗不过，这才积极托人找船，最后终于找到一条几吨大的小帆船。船停在汉阳，我们带上行李，在一天中午上船。此时船上已有一位30来岁的中年妇女，带着一个五六岁的孩子，据说是去桂林投奔做军医的丈夫的。

船开了，船家是夫妇两人，言明一路伙食由他们供应。约莫开了四五个小时，船家关照前面是封锁线，有鬼子兵要检查，要我们躲在舱里不要露面，不许讲话。船在继续行驶，此时东南风劲吹，船像箭似的向前直窜。但听见岸上吆喝停船，船家胡乱答充，并放下半帆，佯装停船样子。此时前面一艘民船刚好靠岸接受检查。机警的船家见此情景，不失时机地扳转船舵飞速驶离现场。待鬼子兵再吆喝时，船已驶过二三百米，我们就这样强行冲过了封锁线。如果靠岸检查，鬼子兵发现我们5个青年，那么后果就难说了。

轮船继续前进，绕过城市，避开集镇，完全在小河小浜的荒野中航行。经过四五天时间，船开到湖南“安乡”。这里是第九战区薛岳的防区。我们这几个不懂事的不速之客竟闯进了一个部队的团部，要见团长。团长是一个中等身材，30多岁的瘦个子。看来也未见过这种事情，当即拔出手枪对着我们，问我们要干什么。我们大声抗议，并说要去重庆求学，并把我们毕业证书给他看。他说，“这里去重庆极远，怎能去得”？经过交谈之后，团长态度变得缓和了，告诉我们先去津市，经澧县，再朝西北走800里到三斗坪乘船入川。他派了2名警察，掮着长枪，说是护送，实际是押解。我们雇了5名挑夫，挑运行李箱子。这支奇怪的队伍：前面5名青年，中间5名挑夫，前后各一名武装警察，浩浩荡荡奔向大路而去。走了两天，那2名警察觉得犯不着跟着我们翻山越岭受苦，因而悄悄地离开队伍溜了。而我们则继续走在湘鄂交界处。过去这里是人迹罕至之地，山高路陡，道路全部盘山而过。往往走了半天，前面人的脚还在后面人的头上，估计山高总在千米左右，路旁搭有竹棚，晚上就和衣躺在竹棚里睡觉。

1940年6月11日，曾经作为川鄂咽喉水运枢纽的宜昌沦陷后，其西的三斗坪就取代成为水陆交通要道。

三斗坪坐落在长江西陵峡中部南岸，位于宜昌西南部。西与秭归、茅坪接壤，北与太平溪、莲沱隔江相望，顺江东下距宜昌46公里，为“蜀道三千，峡路一线”必经之路，是西陵峡区较平坦的地方。此外江面较宽，适于船舶停靠，沿岸可泊百吨以下的木帆船。轮船只能在江中抛锚，用划子进行驳载。陆运条件也很便利，南通湖南津市，北至襄樊河南南部。民生、强华公司先后在此设立机构。

我们到了三斗坪，住在竹棚里。此时携带的钱也不多了，每天只敢花一元钱买一个圆饼作为三顿充饥，如此过了三四天。一天晚上半夜里四周漆黑，忽然人鼎沸腾，有人叫醒我们说，“民生公司的‘民万’来了”。当时轮船白天不敢开航，怕敌机轰炸，往往深夜才到三斗坪，总共停几个小时上下客货，立即连夜返航。我们乘小划子七手八脚连人带行李登上民万轮。到了船上方知，“民万”轮只开万县，到重庆必须换船中转。

“民万轮”从三斗坪启程后，吃力地向上游开航。长江三峡素以天险著称，滩多流急，水流汹涌。轮船全靠绞盘助力过滩。1938年秋，由汉口航政局组织了绞滩管理委员会，设绞滩8处，利用机器绞滩，以增加轮船过滩能力，减少轮船上行危险。同时采取分三段航行，即：宜昌至青滩为第一段，青滩至万县为第二段；万县至重庆为第三段。从三斗坪至万县几乎要经过二段航程。我们在船上能听到铁链轧轧之声，船上驶得非常慢。开到万县已是第二天傍晚时分，船靠码头之后，小客栈的伙计不由分说地将我们的行李全部搬进旅馆，并且立即开桌吃饭。等到吃完饭回房休息时，大家一凑，钱没有了。当时正好一名同学生病，经商量决定将这名同学留下治病，其他人乘"民本轮"赴重庆筹款。

初进交大试读，次年报考正式录取

到了重庆，已是10月下旬，所有大学都已招考结束。我同学姐夫是中大教授，劝我先在中大教务处工作一年，第二年再参加入学考试。可我去重庆的目的是读书，不愿工作。此时我二哥在交大读书的同学鼎力相助，介绍我去见在教育部高教司工作的同乡。在他热心陪同下，第一次前往无功而返。第二次我单独前往求见，刚进门，只见该先生乘车外出头也不回，但我不灰心，耐着性子坐在门口街沿等候。因为我没有其他办法，如果不解决读书问题，住无处住，饭无处吃，一切都无从谈起。足足等了三个多小时，该先生乘车回来。一看我仍在等候，大为感动，二话未说立即取出名片，叫我找交大教务长李熙谋。李教务长见到名片，当即通知注册处作试读处理。注册处老师告诉我，今年试读，明年参加统一考试，成绩及格即录取为正式生，并升为二年级；如果不及格则除名。就这样我进了交大试读。

第二年参加入学考试，报考的学生极多。我因高中课程还未忘记，又加上近一年的温习，尽管考试题目较难，但我还是通过了考试。事后听说这次招考二三十人才录取一人，许多试读生遭到淘汰，而我则幸运地被录取成为交大正式一员了。

同乡慷慨资助，坚定求学决心

进交大之后，一切问题初步解决了。路上奔波三个多月总算有了一个结果。但安定下来之后，一切感到不习惯，周围环境都不熟悉，因此烦躁不安，特别是重庆秋冬的气候太潮湿，很少见到太阳，“蜀犬吠日”徇非妄言，我极不适应。由于水土不服，全身生严重皮肤病。当时校里又无热水供应，无法消毒揩拭。医务室虽有1名医生2名护士，但没有药，关照我要去重庆买进口药。此时我已身无分文，只得把仅剩的最后一条派力斯裤子卖掉，买了两针药水，回校注射。至今身上斑斑驳驳，就是那时留下的。虽然学校管饭，总要有点零用钱。可是我连买草纸的钱都没有，真是苦透苦透，这书如何读得下去？想来想去决定去投考翻译官，天真地认为既可得到津贴，又能学到英文，一门心思想得很美。翻译官录取了，通知我即日报道。

于是我去了重庆，借住在一家小旅馆准备第二天去外事处报到。四川的小旅馆很奇怪，门口挂了一盏灯笼“鸡鸣早看天”，当时气候已经很冷，而床上铺的是草席，没有垫褥只有一条被子。我第二天要去报到，翻来覆去实在睡不着，就到附近浴室去洗澡。洗好澡便躺在椅子上休息。隔壁相邻的是一位中年先生，总有50岁左右，开口同我说话，问我做什么的。我说，“在交大读书”，他说，“很好嘛”！我说，“不想读了，已考取翻译官，明天将去报到”。他一听方言原来是常州同乡，便关切地说，“还是读书好，为什么不读呢”？我说，“钱已用光，家里又接济不上，这书读不下去了”。他说，“这样吧！你明天暂时不要去报到，上午到南岸某处来找我，我等你”。临走还一再关照，“一定要来啊”！第二天我如约前往，方知这位先生姓裴，烧了红烧肉等几样菜，一面请我吃饭，一面摸出200元法币给我说，“这钱供你读书，如果能还就还到常州某某地方(抗战胜利后我回到常州,家里说已将钱全部还给裴先生的家属)”。我深受感动,“老乡望老乡,两眼泪汪汪”,我与裴先生非亲非故,只是萍水相逢而已,他便慷慨借给我巨款,支持我继续读书。当时 200 元是一个什么概念呢? 吃一碗抢锅肉丝面大约二三元钱,所以这是一笔不小的数字啊! 裴先生对我的资助,我没齿难忘。现在虽然过去 50 多年,但每想到此,总觉得心里暖暖的。从那以后,我坚定求学决心。并于 1946 年在交大顺利毕业。

历尽艰辛，奔赴重庆进交大*

毕素华

1942年夜，我毕业于江苏省立苏州中学（时迁宜兴毫阳，尚未沦陷）。当时全班同学大部分不愿留在沦陷区，大家千方百计奔赴内地，自愿结合，自选目的地。我们一行9人（5男4女）共商赴重庆，大家经济拮据，商定选择花钱最少的路线，往宜兴出发，经南京、蚌埠、田家庵、阜阳、界首、商丘、漯河、南阳、老河口、万县等地，到达重庆。

由宜兴到蚌埠，一路乘车，还算顺利。到蚌埠后，我们住在一家小旅馆。听人说日本人控制很严，女同学足不出户，由男同学外出联系。他们也不是一起出去，而是三三两两出去打听如何过封锁线。一连几天男同学都封锁消息，后来才知道从蚌埠到田家庵女同学必须女扮男装，因沿途土匪出入频繁，不仅抢钱、抢东西，还要抢女人。他们感到不安全，经多方联系，总算遇到我们一同学的无锡同乡，他们经常进出封锁线做生意，对沿途情况比较熟悉，连土匪头目也有来往。万一土匪抢女同学，他们还可以说情。听说我们去重庆，他们热情帮助，要我们尽量减少行李，随身携带必要的东西，将不必要的东西留在蚌埠。帮我们雇了六七个挑夫挑行李，还派向导给我们领路。我们从此开始步行，在蚌埠住了七天。

时值八月中旬，向导要我们在大热天中午出发，天黑前到达田家庵，因为这段时间土匪出来较少。从蚌埠到田家庵约五六十里路，我

---

* 原载：《校友通讯——交通大学1946届》，交通大学1946届同学会编，1997年12月，第三期，第8页。

们一路疾步飞走，不说话、不休息、不喝水，终于在天黑前平安到达田家庵，向导已给我们安排好住宿。

田家庵是沦陷区的前沿阵地，过淮河才是国统区。从田家庵住处到淮河边封锁线要走两三个小时。过封锁线非常危险，日本人的探照灯不停地在淮河这边扫射，如被发现偷渡，后果不堪设想。向导要我们趁当天晚上下大雨时偷渡，他们已安排好船接应。在淮河彼岸，有他们的联络点，也已安排好。我们在当夜 12 点离开田家庵住处。沿途尽是小路及芦苇，因大雨，道路泥泞，河路不分，都是亮晶晶，几个挑夫走在前面，不小心滑倒在河里。那时到淮河岸边还得走两小时，大家决定还是回头休息，第二天再走。正好第二天晚上天黑，没有月亮，我们继续向淮河边出发，一路屏息不语，弯腰行走，尽量少碰芦苇，怕发出响声被日军发现。后来总算平安到达淮河边，并在天亮前到达淮河彼岸国统区。大家在河边洗脚戏水，欢呼庆祝初步胜利。

从此地开始，我们雇手推车载行李，自己步行，一天约走 120 里路。沿途都是小镇，较大的有阜阳、界首、商丘、漯河、南阳、老河口等地。一路上住公共场所，多数为小学学校，吃的是面条、窝窝头、苞米等，最好的菜是生拌绿豆芽，有时以西瓜果腹。因沿途东西不洁，有好几位同学生了痢疾，但还是照走。到商丘后总算吃到一盆炒肉丝。其间我们住过一家小旅馆，半夜来了一帮人，怀疑我们是共产党，搜查我们的行李，衣服正反两面都看，连装缝衣针的针筒都倒出来检查。折腾了半夜，到第二天早晨还不放我们走。在出发的路口又拦住我们，好说歹说后来总算放我们走了。好不容易到了老河口，但从老河口到巴东有 720 里山路。有一天，我发热病倒了，同学们都很着急，但把我和姐姐留下，大家不放心，我决定拖着病体跟着走。同学们看我实在走不动，正好来了几个掮滑竿的乡里人，有个同学穿着国民党军装，冒充军人拉夫，一定要他们抬我。我坐上去没多远，前面来了一群他们的同伙与我们交涉。开始男同学还要硬，后看寡不敌众，我就乖乖地下了滑竿，一场是非总算平息。我拖着病体跑了当天的 90 里的行程，好在第二天就复元了，一路没拖后腿。到巴东后遇到一位国民党官员，听说我们是从沦陷区来的学生要到重庆去，就写条介绍我们乘差船免费去万县。我们坐在船上两边过道上，晚上也可躺下。到万县，住在一家小旅馆内，麻烦又来了：记者采访我们，宪兵搜查我们。我们中一个同学写了封家信，尚未发出，其中谈到我们中途半夜被搜查，对我们不信任，叫家乡同学不要再来。结果，这位同学被关起来了，我们大家吵嚷，引来不少围观群众。我们人地生疏束手无策，这时出来一位警官，听我们说是从沦陷区来的学生到重庆去，就帮我们交涉。他出面将这位同学保了出来，并写信介绍我们乘差轮免费到重庆，还介绍我们到重庆后去两路口三青团中央团部接待站。我们途经江苏、安徽、河南、湖北四省，步行数千里，历时两个多月，终于在十月中旬到达目的地——重庆。

在接待站住下后，大家分头找出路，大部分同学报考了宜宾同济大学，除一人外，其余均被录取。我因苏州中学毕业第一名，可以保送进国立大学，在校时我填的志愿是交大运输管理系，数理老师指点我，“你数理化都不错，建议改填理工学院”。我当时只是一个 18 岁的乡下姑娘，除读书外，什么都不懂，只知在我们镇上有两个交大铁道管理系毕业的同学，在镇上很受器重。受他们影响，我志愿未改。到重庆后，同学陪我到青木关教育部办了入学手续，然后到交大注册组报到。注册组领导告诉我，“你现在还可改志愿”，但我还是未改，就进了交大运输管理系。

在交大运输管理系的学习奠定了我一生的工作基础。1946 年毕业时分配入两路局运务处，解放后一直在上海铁路局运输处或货运处搞管理和技术工作，直至 1984 年退休前夕调路局党校教运输管理，至 1995 年 5 月退休。饮水思源，是母校培育我成材，是老师教给我本领，感谢母校，感谢老师，永志不忘。

艰难的历程——我是怎样进入交大校门的*

林修钺

当我中学将要毕业准备报考大学的时候，正逢抗日战争最剧烈和最艰苦的年代。为了不在沦陷区故乡宁波求学，我来到了上海，准备在高三毕业后，根据我的宿愿报考交通大学。不料日军发动了太平洋战争，孤岛上海也成了沦陷区，我不得不回到故乡，想从宁波转向所谓的国统区继续学业。在故乡一个做文具生意的单帮客，带我从宁波经余姚，然后由当地向导帮助通过封锁线到达尚未沦陷的嵊县。那是一条非常危险的路程，经常有日军小队带着狼狗进行巡逻，如果不幸碰到的话，那是准死无疑的。我在天色微明时起程，步行 40 公里，傍晚才安全进入嵊县境内。当时国民党的第三战区和浙江省政府设在金华，要继续求学，不得不从嵊县到金华找省教育厅安排求学。那时，由于自沦陷区各地，尤其是上海到金华的中学生较多，为了安排这些学生和教师，省教育厅在浙赣边界常山县办了一所非常简陋的学校，叫"常山临时中学"，我就在那里求学的。

1943 年美军飞机轰炸日本后，是降落在我国浙江衢州的，日军就大举进攻金华一带。学校不顾近百名同学和教师安危，匆忙宣布解散，给学生每人发了一张极简单的油印中学毕业证书，让大家各自逃亡。当时，我们后退无路，纷纷自行结伴向福建、江西方向流亡。我的结伴同学有 5 人，自江西玉山乘火车到达上饶。当时火车在上饶就停

---

* 原载：《校友通讯——交通大学 1946 届》，交通大学 1946 届同学会编，1997 年 12 月，第二期，第 7 页。

开，我们大家商量后就决定向赣州进发。由于既无交通工具又缺乏必需的经费供沿途使用，我们到南城县后，便把随身携带的简单行李中一些暂时不用的衣物在大街上卖掉，购置了一辆木质独轮车。凭着一张简单的全国地图，沿公路轮流推车向赣州前进。公路边经常是荒无人烟的田野，极少村落和旅店，我们一般是在田野或庙宇住宿。没有食物充饥，偶而有幸在路边山地上能挖些红薯烧煮充饥，有时不得不忍饥挨饿。这样步行了半月左右才到达赣州。

赣州有一些社会组织如青年会等接待我们，免费供应简单伙食和住宿，并提供经曲江到桂林的火车票。我们因为旅费没有着落，到达桂林后暂住在一位同学的父亲过去的同事家中，再各自向各方亲友求援。在桂林的大学招考期已过，当时仅有重庆商船专科学校尚在招考，大家均在该校桂林报考处参加了考试。此外，各自等待亲友接济并向当地社会组织如同乡会、青年会等申请旅费。当时确有一些单位提供一些援助，但与我们要求的到达遥远的四川重庆所需的路费，真是杯水车薪、无济于事。就这样，大家相聚半月左右后，陆续各奔前程分赴各自选定的目的地。我和一位同乡同学等待重庆亲戚接济但久无音信，不得已就凭自己仅有的能力到金城江，希望能搭乘长途汽车到贵阳，然后再由贵阳到重庆。

不料，到金城江的中国汽车运输公司车站一打听，不但车票价格昂贵而且需等待几个月还未必能获得车票。如果搭乘黄包车需要金条才行，这显然是我们身无分文的穷学生望尘莫及的。在这样进退无路的绝望境地，我们想既然已到了金城江这个去贵阳的汽车始发点，无论如何也得去看一下情况以满足我们的好奇心，同时也想去碰碰运气。在公路检查站我们两人站在路边眼见频繁的车辆，不由悲从中来，想着有权有财的人能乘车来往自如，而我们为了爱国求学的执著心愿，只身长途跋涉至今进退无路落得生死未卜的命运。这时恰好一位检查站的军官从哨口走来，看到我们两个青年衣衫褴褛呆立路边，就问我们从何处来为何在路边悲愤落泪。我们把从沦陷区长途流浪要到重庆求学的情况向他诉说了一遍。也许我们命不该绝，他当即问我们有否住地，行李在何处。我们如实告诉他行李暂存旅店，无钱不能入住。他命我们把行李取来并叫我们在茅草搭成的哨所席地住一个晚上，次晨他拦住一辆运钨沙的货运车并开了一张证明单给我们。这样，我们就搭上这辆车离开了桂林。沿途每过一道哨所就有很多单帮客拥上车来，他们的货物均在车上，从他们的谈话中知道，他们是用金条搭车并进行偷运的。

因为当时乘的是木炭发生炉货运车，陡峭多弯的山路加上超载，常因动力不足而不时停车，这时司机就叫我们两人用垫木抵住车轮进行发动，到旅店后他们就和单帮客一起饭酒作乐，而我们则席地在走道而且每人轮流值夜，生怕睡熟后车被开走。这样，旅途中过了三天到了贵阳。在贵阳，我同学的叔父周延瑾先生已为他购妥到重庆的车票，我把所带行李中诸如帐子、被服等较笨重、体积大的用品委托他随车带到重庆。一人在贵阳奔忙着向同乡会、青年会等社会组织求援。恰巧在街头碰到一位上海来的流浪学生，我们两人处境相同一见如故，就顶替我同学名字一起到贵阳汽车运输总检查站见到了该站负责人提交证明单，他当即同意让我们次日搭乘运钨沙的运输车，就这样，两天后我终于到达重庆。

在重庆，为了取回我托带的行李，几次到我同学叔父、担任协兴造船厂经理的周先生处索取行李，最终了解到由于车上拥挤，我托带的行李丢失了。至此我不仅背上报考大学的思想包袱，还要承担购置必需日用品的经济包袱。我参加了那时仅有的中央大学司法组的招生考试，又翻阅报纸上每天的招工广告，希望能够工作一段时间以购置必要的日用物品。在忙于找工作的奔走过程中，一天在一家餐馆门口偶然碰到周先生，他一见到我就问我为什么不去上学，这时我才知道重庆商船专科学校和中央大学司法组的报考均已被录取。那时录取通知是发表在报纸上的，我因忙于寻找工作以解决日后的生活需要而忽略了报纸上的大学录取通告。

周先生是一位德高望重的学者，他是上海吴淞商船专科学校的早期毕业生，并曾在重庆商科学校教过书。当他知道了我的困境时，深表同情，并告诫我在重庆找工作来购置必要的日用品是不现实的，希望到商船专科学校求学，并命我次日到他单位去见他。第二天我如期到他单位，他交给我一封到商船学校求学的推荐信，由于那时学校已经报到结束且已正式开学，有了他的推荐信，我终于能进校求学。他还为我无偿地准备了全套衣被等必需日用品和书籍文具，包括当时比较昂贵的计算尺等，从此我就在重庆商船专科学校公费求学。该校是原上海吴淞商船专科学校在重庆的延续，设有驾驶、轮机和造船三门专业，按以往惯例，驾驶专业两年后到国外实习一年，轮机、造船三年后到国外实习一年。就这样我在学校读了近一年，暑假到周先生造船厂实习，他每月给我一定的补贴以供日用开支外，并无偿提供我必需的书籍和文具，真可说是视如己出，恩重如山。在三年的大学中我不仅从他那里获得安定的生活条件，更重要的是他的平和正直、严于律己、乐于助人的高尚品德，以及对我的谆谆教导，是我终生永远难忘而又愧于无以回报的。

在商船专科学校求读将近一年，由于国民党教育部经费不足取消了国外实习的课目，这引起了全校师生尤其高年级同学的不满，他们发动了一次集体抗议。国民党当局镇压了抗议，并勒令解散了学校。全校同学集中在山区集训，宣布通过考试转学到重庆的交通大学。就这样我就进入了梦寐以求的重庆九龙坡的交通大学校门。考虑到局据西南一角地区，没有海上运输而内河上仅有几只小型船运，我们轮机专科的 5 位同学就转到机械系求读。在交大读了两年到 1945 年日本投降后，我们要在 1946 年毕业的全体同学，搭乘商船学校毕业的船长驾驶的轮船首次自重庆直航到上海，并于 1946 年毕业于上海徐家汇交通大学。

回顾我从上海出发长途跋涉、辗转千里的求学经历，虽然艰难困苦但最终还是有幸回到交通大学创立地——上海，其中遭遇真是非笔墨所能形容。后来我了解到从浙赣边界常山出发的近百名同学，不少在流亡途中遭到了日军杀害或客死他乡，能够如愿顺利求学的为数不多。虽然我为了爱国求学并进入交大校门的信念是实现了，但遗憾的是我到贵阳时发出的一封家信，到达日夜盼望我的父母亲手中时，父亲已经病重，已无力阅读我的信了，好在这封信使他老人家临终前总算有一些安慰。父亲不仅为抗日救国捐献了不少财物，并竭力鼓励我走出敌占区离家求学，他的爱国热情是我终生难忘的。

当前我们伟大的祖国在中国共产党的领导下，一年更比一年繁荣昌盛，现在的青年也绝不会像我们那样为了求学而经历各种艰难困苦。如果说过去求学的目的是为了救国，现在则应是科技兴国的时候了。20 世纪是科学技术突飞猛进的世纪，而 21 世纪将是一个更加飞速前进的过程。展望未来，衷心希望青年一代，更要满怀信心，高举“科学技术是第一生产力”的旗帜，加倍努力学习，顽强追赶世界科技发展的先进水平，为建设有中国特色的社会主义艰苦奋斗。

琐事回忆*

程心一

我是常州人，小学四年级时随父母去杭州，进市立实验小学就读。当时，这所小学正在实验非常规的教育方法，老师根据每个学生的能力来决定其学习进程。经过测试，按程度发给学生不同的教材。学生自己先看，能做习题的话就做完了给老师看，没有错就发给新材料。若学生不会做，也可以上课学习。这样少数的学生就可有较快的进展。我当时花了一年的时间，把小学五、六年级的算学题做完了，自然科学的教材也都看完了。这种方式培养了我们读书自学的兴趣与能力。小学毕业后，又随父母回常州，进了省立常州中学初中。记得初三时，我患了伤寒症，卧床数月。数学老师给了我欧氏几何教科书，让我在家自学。学期结束时我参加了考试，还得了满分，深得老师的好评。初中毕业直升高中。当年省常中的数理化教师的素质很高，学生读完高中教材后，就提供许多参考材料，供学习自己操作学习，这对年后参加统一大学入学考试有极大的帮助。

高三刚开始，沪战爆发，常州沦陷了。我逃避乡间，目睹了百姓的惨况与日军的暴行。1939 年，我辗转到上海复学于省常中沪校，读完高三后参加统考，以名列前茅的成绩获得公费上大学。但当时通货膨胀严重，公费不足以维持生活。为了不依靠父母，我晚上去当家庭教师，藉作贴补。1941 年，家父因言论不慎，被人控告，为日军监禁于江

---

* 原载：《逝波集——交通大学机械工程系 1943 级同学回忆录》，2003 年 4 月，第 1—3 页。

湾宪兵队中。为了设法营救，我各方周旋，少不了花钱，因而必须找寻日间正式工作来解决经济困难。当时电机系同乡同学许萃群在闸北水电公司工作，介绍我去应聘该厂输电部电机工程师。经笔试、口试后，我以成绩优异而被录用，并且答应我半工半薪(half-time)工作，参与日本人在设计的江南电网工程。我以一个机械系的学生，在日本人管理的闸北电厂与日本电机工程师一同进行计划性工作。所凭借的不过是原来所学的数理电机原则。这样边工作边读书，虽及时考试免不了时常缺课。

不久后日军进租界，交大为伪政权接收，换了系主任，不允许我难得上课及时考试而得学分。不得已，只能休学，同时我心里也不太愿意拿"伪交大"的文凭，决定全日工作。那时脑中只有一个念头，要去重庆完成学业，参加留学考试，去美国读书。因之积聚路费，于 1943 年夏从上海乘轮船到武汉，拟途经衡阳、桂林赴渝。未知在武汉火车站，因服装、言语、神态与本地人不同，且有箱子行李，显然是想过封锁线去内地的，被日本宪兵截下留在武昌。幸而得到一位宪兵队长的"善待"，介绍我们去武昌一所中学教英文，且为我们安排住所及日常生活所需，并以朋友看待，常请我们去日本餐馆吃饭。当时美国飞机常在夜里来轰炸，武昌、汉口沿江一带的房屋都已炸毁。1944 年初该队长回日本度假，我们趁此机会乘长江轮船回到常州。上船时中国旅客睡在露天甲板上，日人的马却在舱里。船抵九江后，军马上岸，中国客人才得进舱，可说中国人的地位不如日本人的马。那时美国空军时常来江上轰炸日本人的运输船只，所以在武昌、九江一段中，轮船日泊夜航，情形显得很紧张。

我们返常州后，即再度计划赴渝。1944 年夏再结伴出发，由友人介绍认识了浙西的游击队长，由他陪同去杭州西乡的罗望坞山区，拟经上饶、衡阳、桂林转渝。我们步行出杭州城，过日本人的封锁线，为免受日军注目，行李随后而来。不料在罗望坞等行李等了一个多月，待我们到达上饶时，长沙大火，衡阳失守，日军已入桂林，我们去大后方的目的又成泡影了。那时正巧碰上上饶中学的校长在物色英文及数理教师，我当即被聘，与同行的同乡交大同学刘启年（土木系）、朱亮中（铁管系）一同前往上饶应家口上饶中学执教，我还兼了该校的教务主任，为时一年多。1945 年夏抗战胜利，得知交大已迁校返沪，乃与刘启年一同匆匆返沪复学。虽几经波折总获如愿，读完大学最后一年。

1946 年春，教育部在沪举办第二届公费留学考试，当即前往报名，却因无毕业证明书而遭拒绝。不久，章程稍改，得以同等学历报考。我以机械系毕业生报考了航空，可是航空工程只取 2 名，而机械工程方面的公费名额单是纺织机械就有 10 余名之多，另外还有农具机械等。我也没有报考自费以留后步，委实有欠老练，幸被录取。大学毕业后，柴志明教授介绍我去上海行政院救济总署 CNRRA 任职，能在上海办理出国的手续。那时我申请研究院，最大的考虑是学费的多与少，所以申请了学费最便宜的州立大学密歇根大学（University of Michigan）的航空系。我在交大没有读过任何一门航空科目，现在看来，能获得密歇根大学航空系研究院的入学许可证也真够运气了。1948 年 1 月，我乘“戈登将军号”轮船来到旧金山，同船来美的还有唐山交大的王志中和上海交大 1946 级的冯桐笙。

龙骧麟振九龙坡

——重庆创校记

三院同学合组同学会与重庆复校之经过*

钱其琛

抗战以前，母校三院毕业同学，向有南洋同学会、唐山交大同学会及北平交通同学会之分设。抗战军兴，政府西迁，同学集重庆者不下千余人，往还更密，佥以团结同学，为抗战建国作更大之努力，有合组同学会之必要。1940 年推韦作民、淩竹铭、侯甦民、莫葵卿、李立侯、徐仲宣、徐可均、陶鸣岐、朱一成、王道之等十数同学，着手筹备。经多次会商众谋佥同，于 1941 年假重庆上清寺交通部礼堂召开大会。先行成立重庆分会，选徐可均同学为分会会长，并推定总会职员之司选委员 5 人，提出 3 位候选人，分请全体同学圈选。结果韦作民同学当选为会长，李立侯、吴绍桢两同学为副会长，理事 27 人，监事 9 人。总会于 1942 年春成立，其首要工作即为复校建校。在 1942 年至 1945 年间，诸同学设计筹划，奔走呼吁，不遗余力，其团结互助精神，为数十年来所未有，而拥护国策，努力交通建设，亦有更大之表现。1946 年吴绍桢、韦作民两同学先后谢世，李立侯同学在其桑梓服务，同学会工作，不免停顿。1947 年京沪两分会多次交换意见，各推司选委员 3 人遴选候选人，1948 年办理第二届选举。嗣以内乱，选举票大部分未能寄回，遂成悬案。所幸台湾同学会，近年已扩大规模，且同学间联系团结，更甚于当年，此则主持会务诸同学艰苦努力之成果也。

“七七”事变后，平、津、沪相继沦陷，平、唐两院一部分教职员及同

---

* 原载：《老交大的故事》，黄昌勇、陈华新主编，江苏文艺出版社，1998 年 12 月，第 116—118 页。

学徒步西迁。1939 年在贵州平越复课，设备既极简陋，经费亦极艰困。沪院初迁租界上课，嗣为匪伪劫持，一部分同学亦间关西上。当时我校校友遍布大后方交通机关，对于同学先后内迁，莫不事先联络准备，尽协助之能事。在渝同学鉴于复校之急要，曾一再向教育部请愿，未获要领。1940 年教育部举办各种训练班，同学遂以设立交大分校承办训练班为理由，重申前请，嗣奉核准，即借用小龙坎无线电工厂一部分房屋并推徐名材同学为主任，开始复课。经费方面，教育部只担任两班经常费，其他费用则由同学随时募集。1941 年交通部以扩展后方建设，需才孔亟，拟将原有之技术人员训练所予以扩充。复经同学会商准交通当局，就拟在九龙坡新建之训练所房屋，借拨一部分为交大校舍，并委托交大办理一部分训练。同时，教育部亦改分校为交通大学，聘吴保丰同学为校长，交通部亦聘吴同学兼任训练所主任。1942 年校舍落成，平越同学亦迁渝上课，至此规模方始粗具。此后物价波动，母校面临之最困难问题，即为经费之筹措。同学会 1942 年曾发动母校献金，1943 年复发动募捐，同学无不踊跃输将，母校在渝得以维持而逐渐扩展者。同学爱校之精神，诚不可没。回忆募捐期间，曾集会多次，吴稚晖老先生，无不拨冗参加。1944 年春，母校经费最为困难，几至断炊。吴老先生在某次会议席上曾告诸同学谓："中央党部为庆祝其八十寿诞，发动募集奖学金，积有成数渠以不爱虚名未予接收，现在母校经费困难如此，极愿放弃成见，嘱为转商党部移作补助交大之用。"当时同学雅不欲以母校困难而影响先生素志，虽未接洽移用，而老辈护校精神，实令人钦敬。

本届校庆《友声》有特大号之发刊。唐镜文同学一再嘱写同学会合流与重庆复校经过。爰就记忆所及，匆成是篇，挂一漏万，所在皆有，还乞诸学长有以指正，幸甚。

国立交通大学由沪迁渝之点滴*

金士宣

1941 年 12 月，太平洋战争爆发后，日军接管了英、法两国在上海的租界地，上海交大各系师生借用法租界房舍维持上课的局面受到了严重的威胁。同时，交大的办学也受到南京汪伪政府的干扰。当时，寓居在重庆的沪、唐、京三校校友看到母校的危机，拟定了把交大总校迁到重庆复课的计划。

交通部当局已在重庆郊外九龙坡修建了几栋房屋，原计划是作为铁路职工训练所的。该房屋是由正在建设中的黔桂、宝天、成渝三线工程局拨款建成的。1943 年 8 月，沪、唐、京三校在重庆的校友集会，出席会议的有当时交通部次长徐恩曾、中央无线电台台长吴保丰、唐山工学院院长顾宜孙和我等 10 人（当时在重庆的校友茅以升、赵曾钰、赵祖康因故而未参加集会）。会议讨论交大总校迁渝计划，并决定请吴保丰任校长，李熙谋任教务长（李熙谋时任贵州遵义浙江大学电机工程学院院长，也未到会）。后将迁渝计划和迁渝后学校领导人选上报了当时的教育部，并获得陈立夫部长的同意，吴、李二人立即到校任职。当年招收土木、机械、电机、航空、运输、经济六系学生。沈奏廷教授在 1942 年 3 月先从上海到江西玉山任浙赣铁路理事会专门委员，7 月继任桂林湘桂铁路理事会专门委员，后来也回到重庆母校任运输、财务两系主任。1944 年 4 月，交大在重庆新校址举行了复校庆祝大会，到会校友有王安、何惠棠、曹鹤荪等人，沪、唐、京三校校友分别在庆祝大会上讲了话，群情极为热烈。

---

* 原载：《交大校友》，西安交通大学出版社，1989 年 6 月，第 192 页。

重庆小龙坎交大初见时的回忆*

束耀生

1940年秋，交通大学在重庆重新建立。校舍暂借重庆小龙坎无线电厂在小山坡上的宿舍改建，依山而筑，邻近中央大学、重庆大学、中央工校。校长由交大老教授徐名材兼任，具体事物由校长秘书陆家珍主持，教务处注册和课程安排由汪圭保负责安排。专职教授除曹鹤荪、张钟俊及英文教师等外，多为兼职教授（有中大、重大的教授）。当年一年级报到注册的学生约近百人，分机械电机二系，均寄宿于学校。当时抗日战争尚在紧张时期，日本飞机时常侵扰重庆，并进行疲劳轰炸。有时日机日夜不断，紧急警报日夜也不解除，以致只能24小时躲在防空洞中。后来我们习惯了，就用听到机声才进防空洞的办法来对付。全校师生都同仇敌忾，无所畏惧，有时还上课，以补失去的时间。

交大在小龙坎的学生，大部分为沦陷区来的穷学生，依靠贷金读书，生活清苦俭朴，连课本也买不起。大多数同学是上课记笔记，课后互相对照补充，但都能刻苦攻读，互相切磋，充满活力，亲密无间，真是有福同享，有难同当。

交大虽是在重庆新成立的，但当时由于校长是交大老教授徐名材，专职教授是交大毕业后留学回国的博士，教学方法、课程设置、课本等均采用了交大的老传统，对数理化基础课的教学特别注重，我们在小龙坎开学后不久就已体会到。在小龙坎大一时数学微积分、微分

---

* 原载:《同窗回忆录——交通大学1944、1945届毕业同学纪念册》，2003年4月，第6—7页。

方程由张钟俊教授担任，物理分力学、光学、声学、电磁学等课程，由曹鹤荪教授担任。课本均是英文原版，讲义及讲课均用英语，所以习题、考试、测验也必须以英文解答和演算。讲授认真，要求严格，考试和测试（临时考试）特多，且不预先通知。注重对原理的理解和应用，如能对原理理解透彻，善于应用，则易过关，否则不易及格。初时我们多数同学，虽刻苦攻读，孜孜不倦（当时寝室内同学们开夜车风盛行），但还是不及格的占大多数，以致有一段时间内，考试测验的成绩以开方乘10来计算，过了一段时间后我们才逐渐适应。但这给我们养成了严格认真的科学工作作风，并打下了扎实的理论和英语基础，并使我们善于将理论和实际相结合，在工作中终身得益匪浅。我至今对曹、张两位教授仍念念不忘，敬佩不已。

银发忆旧学*

袁森泉

交大最初成立在小龙坎，每年只招收机电系学生两个班，每班 50 人。部分教授自中央大学请来兼课。我印象最深的是第一学期的投影几何和第二学期的机械画由丁观海教授担任。丁教授是山东人，美国留学，个子高大，戴一副眼镜，穿一件蓝布长袍，讲话山东口音很重，还带鼻音。一天在讲台上教投影几何，我埋头抄笔记，忽然没有声音了，抬头一看，他眼睛眯着，将要闭上，似乎在打瞌睡，一会儿身子一晃，几乎跌倒，才猛醒过来，台下学生哄然大笑。第二学期的机械画，他带来一位助教，是中大机械系三年级的女生，班上年龄较大的同学，纠缠她问个不停，其实是想和她多接近接近。我对这两课都很有兴趣，英文正楷字母写得很整齐，工程画亦画得很好，毕业 18 年未曾用上，后来在美国工作却用上了，而且还得到主管的好评，这应归功于丁教授给我打下的基础。

一年级上、下学期都有一门工厂实习，训练实际动手操作，目的是先懂得如何动手做，才能去管理工人，这是很好的基本教育。暑假开始，我们被分派到无线电器材制造厂去实习，先在金工、木工工场使用车床、钻床做些零件，后来调到电机工场做配线、接线、装真空管等。因为一年级未修电机课程，看到复杂的线路，头都大了。

1942 年暑假，学校迁到九龙坡，那里的新舍刚建造完工，原来是

---

* 原载：《同窗回忆录——交通大学 1944、1945 届毕业同学纪念册》，2003 年 4 月，第 255—258 页。

交通部电讯人员训练所所址。当局衡量目前的紧急需要，改由交大使用，所以建校过程算是顺利。有了足够的教室和宿舍，即分机械、电机、土木等系招收新生，同时接收自沦陷区来的转学生和插班生。秋季开学，学生和教授都增加很多。学生宿舍是6人一间，3张双层床，1张大方桌。桌子一边靠窗，三边坐6人自修，各做各的功课，互不烦扰。我和刘克睡上下铺，陈才良和门启明、施光校和蔡听涛各占两床。我们就这样同房三年，也算有缘分。最不方便的是水、电未接好，用水自蓄水池取来，泥沙混浊，更谈不上消毒。夜间自修用菜油灯，每人一盏，油烟很大，我戴着口罩，一会儿口鼻处就变黑了。学生专心做功课，别的都不顾，亦无怨言。

我在杭高就读时父亲鼓励我要用功，毕业后考交大土木系，将来可在铁路局谋职。工厂实习时电机作业给我的印象，我决定念土木系。二年级第一学期土木系学生有20余人，一半是小龙坎考取的，一半是沦陷区转来的。小龙坎来的都是土头土脑的，穿着黑色的中山装；转学生大都来自上海、北京，穿的是毛呢料长袍和西装裤，讲一口上海话或京片子。李沅蕙是唯一的女生，同学对她很钦佩。教授也有两类：一是住校专任，自英、美、意等留学回国，年轻英俊，知识新颖。他们采用美国大学或研究院的教科书，能融会贯通，自创教授方法，提高学生兴趣。另一类是兼任教授，有的在政府机关或工业界任高职，有的是别的大学的教授，学问经验都丰富，除讲述理论外，还介绍实地经验，我们均得益匪浅。

授课最多和我们关系最密切的是王达时和徐人寿二位教授。王教授一人负责“应用力学”“结构学”“材料力学”“钢筋混凝土学”“结构设计”等重点课程，他的特点是讲得很清楚、很仔细，考试非常难。每次考试我都有充分准备，上场还是心惊肉跳，不知他出什么题目。考试完他把试题解答一遍，难的试题无人答对，他脸上常露出非常得意的神态。徐教授包罗“水力学”“水文学”“土壤力学”“河工学”及“筑港工程”等课程，我亦选了好几课。他用自编的教材，上课时我专心写笔记，这对我事后听讲演摘记很有帮助。林振国教授教“平面测量”和“测量实习”，这是二年级两学期的课程。林老师是福建人，个子高大，讲话声音很低，有的同学主修结构，对测量不重视，常和他开玩笑。我主修铁路工程，知道将来应用多，很专心学习。后来做事，几次用到测量，我亲自动手，应用自如，很感激林老师的教导有方。

交通部桥梁司司长汪菊潜，教四年级的“钢桥设计”。汪老师早年庚款留英，是国内著名的桥梁专家，他和茅以升一同设计建造钱塘江大桥。他带来钱江大桥的施工记录电影，放给我们看，解释钱塘江岩层很深，河床是淤泥细沙，不宜筑基础，也不宜打桩，采用沉箱施工。先以混凝土铸造一四面围墙无底的箱，拖到桥墩位置，安放在河床上；再在内挖土，使水泥箱慢慢下沉，到预定设计深度，用三四寸直径的树枝，组编成一席垫，安放在沉箱下；最后在上面浇捣混凝土，席垫可均匀地承受桥梁和行车重量。钱江大桥桥墩便是这样建造的。当时他用英文解释，我对“席垫”一词很生疏，但发音一直记着。现在查了字典，应该是 Fustian Mattress。我做工程时，亦用过沉箱设计，和汪老师讲的相似。

在九龙坡的三年，功课确实繁重，压力很大，但我们还是忙中偷闲，寻找轻松乐趣。我们都是沦陷区来的学生，学费、宿舍、膳食全部免费。父亲早年已汇款存在大表舅父陈义处，准备我读书用，所以我手头并不拮据。学校伙食不好，常去外面小馆吃碗肉丝面打牙祭。有一个星期天，和四五个同学去重庆看十项金像奖的电影《乱世佳人》，看完后已无公路车，第二天要上课，只能走路回校。又有一次去看话剧，晚上五六个同学挤在一间旅馆小房间，只有一张床，地铺都睡满了。我的同乡于思贤在重庆保险公司做事，暑假替我安排了一份工作，免费吃住，还有工资，我们常去西餐馆开开洋荤。这些生活中的插曲，现在记忆犹新，回味津津。

四年级第二学期，美军招考翻译人员，如去服务，校方同意就算毕业，不必补修最后一学期的功课。很多同学都去报考，我和刘克、蔡听涛都考取了。经和在重庆的姨母商量，她认为“如要去等念完最后一学期也可去，不要放弃读书”。我听她的话就未去，刘、蔡则离校去当翻译官了。

那时，蒋介石在九龙坡下的江边有一幢别墅，傍晚他到此休息和用餐。经过学校旁边的公路时，警卫人员下车沿路警戒。同学们晚饭后沿公路散步的很多，一天，一警卫问同学要找袁森泉，那时我也在散步，获悉大吃一惊，不知要出何事。那位警卫向我走来，自我介绍是我的小同乡，我父亲推荐他去警卫队，那时我父亲是乡长。他请我在小馆吃了一碗面，还把手枪拿出来炫耀给我看，一场虚惊总算愉快收场。

回忆重庆九龙坡交大学校生活*

冯大千

小龙坎建校

重庆交大始建于小龙坎，与中央大学、重庆大学相毗邻。小龙坎在沙坪坝，距离公路较远，但有小路相通，不过两公里。建校初期，借用一家无线电器材厂的宿舍。一年级招收 100 人，分 2 个班级。在小龙坎期间，深得当时中央大学和重庆大学的支持与帮助——派老师来讲课，借实验室使用。我们还利用重庆大学的操场上体育课，二年级时又借用无线电器材厂尚未启用的厂房作宿舍。

当时学校的情况是“授课有良师，首推‘陈曹张’”。当时的教师大多为交大校友，教授基础课程和主持教学的有当时中央大学电机系主任陈章，任交大教务长。曹鹤荪和张钟俊先生刚从国外回来不久就应聘来校授课，一直到总校迁重庆九龙坡和以后迁回上海。

迁建九龙坡，喜迎总校人

初建九龙坡时，房子虽已盖好，但电灯未装，晚上靠油灯自修。每间宿舍一般住 16 人，有两张大方桌供自修用。附近有家茶馆，有汽油

* 原载：《校友通讯——交通大学 1946 届》，交通大学 1946 届同学会编，1997 年 12 月，第二期，第 6 页。

灯和四张方桌，但在那里自修要泡茶，还要买点花生或包子，去的人并不多。1942 年，总校同学来九龙坡，同学有电机、机械、运输管理三个系。由于他们的学习成绩好，给重庆同学压力很大，但也成为赶学的动力。

当时的资源委员会为鼓励交大学生勤学，于 1943 年对交大四名学生——上海来的严宝哲和胡枚成，以及重庆的冯大千和吴昊各发给奖学金 400 元，并派往自贡市电厂实习(暑假)。

自己办食堂，大饼牛肉汤

1942～1943 年，学生自治会鉴于附近小街的饮食店价格太高，向学校借了数千元在马路边盖了两间草房，取名“合作食堂”，招请了一名北方厨师，专卖大饼和牛肉汤。因价廉物美，大受同学欢迎，小街其他饮食店大伤脑筋。由于学生没有商业经验，又没有正规的管理制度，放手信任厨师去搞，结果该厨师与外面的饮食店串通，私卖存货，携款潜逃，食堂因之关门。此外，当年学校食堂有一位姓杜的四川厨师，擅长用菠菜、碎牛肉炖豆腐，同学们都爱吃，一时“交大豆腐”名传四邻，附近的学校和单位都派人来取经。

一声征调令，人心齐警惶

1943 年末，为配合美军开辟反击日寇第二战场，由当时的军事委员会征调应届大学毕业生(中文系除外)，充任美军英语翻译，答允：“应征者提前毕业，服役期满回校领取毕生证书，可参加选拔考试送往美国留学；拒绝应征或服役不满者开除学籍”。消息传来，人心惶惶，后来检查体格时，有部分同学“因病”不合格，得以留校读完最后一学期。应征者在重庆北碚复旦大学短期集训后，分批派往国内外各抗日战场服役。直至抗战胜利，在昆明集中遣散，而所有遣散费只够一张由昆明到重庆的汽车票。服役期间，1944 届机械系同学杨大雄在一次执行任务时殉职。选拔留学考试后来虽在南京举行，但题目太难，使荒废一年半学业的同学们只得望“洋”兴叹！

九龙坡到重庆的交通主要有重庆两路口到九龙坡的上、下午各一班公交汽车。至于长庆到九龙坡对江李家沱的小火轮是长途客轮，虽在李家沱停靠，但船速太慢，乘坐的人较少。如果错过了公共汽车，只好步行回校，约三个小时才能到达。

由学校到江边过渡经李家沱可步行至南温泉，此外九龙坡江边有一所蒋介石的居处。交大学生吃完饭后在马路边散步，可见其黑色小轿车经过，如到江边，偶或能见到其身影。

九龙坡往事片段*

张良起

我从 1942 年 11 月到 1943 年 4 月，经过六个多月的跋涉到达重庆时，重庆交大已从小龙坎迁到九龙坡。九龙坡四面丘陵，学校孤处市郊一隅，仿佛与世隔绝。就在那里，我度过了大学阶段中的两年半时间。

我们的日常生活

我自小生长在上海，没有在农村生活过，也没有出过远门。我在重庆时，成渝铁路还没有建起来，九龙坡还是一个山村。学校迁来不久，水电还没有通，从这一点看，我们过的可算是农村生活。因为没有自来水，到长江又有三公里路，所以平时用水靠打井水。井水打上来首先要用明矾去掉泥沙，因此，日常洗刷用品除肥皂外，一块明矾也是不可少的。洗衣、洗澡则在阳塘边。没有电，照明靠油灯。一个油盏添上桐油，几根通草作灯芯，晚上就在这“一灯如豆”下看书、做功课。再加上吃和睡，基本生活保障还是有的。

生活中另一件有特色的事是“泡茶馆”。当时，在四川，泡茶馆是人们日常生活的一部分。不论市区或乡镇，大街小巷到处都是茶馆，

---

* 原载：《同窗回忆录——交通大学 1944、1945 届毕业同学回忆录》，2003 年 4 月，第 234—237 页。

一杯茶,躺椅上一靠,抽烟、嗑瓜子、摆龙门阵,就可以消磨几个小时。在九龙坡,学校面向公路,路边就有茶馆。大茶棚下摆满了许多方桌,泡茶馆就成了学生生活的一部分。一早来到茶馆,占一位置,泡一杯茶——沱茶或香片好像是三毛钱,节省一些,一杯玻璃(即白开水)一毛钱,不断有开水供应;然后摆开书本、作业,可以坐上一天,直到晚上。这样,教室、寝室和茶馆,就成了平时学生的三处落脚点。

令人头痛的是讨厌的臭虫。入春后,臭虫就开始横行了。蚊虫有蚊帐可以防范,臭虫爬得虽慢,却无孔不入,捉不胜捉。从被褥到帐子都爬满了吃得饱饱的臭虫,绯红滚圆,像小珍珠似的。人睡在床上,一翻身就要压死几个,被褥上到处是血迹。同学中也有不怕臭虫的。如机械系的屠炳南,当大家在同臭虫作生死斗时,他却能安卧不动,臭虫就是不去侵扰。对付臭虫最有效的办法是火攻。我们睡的是双层木板床,用榫接,可以拆卸成块。用火烧烤榫头,连虫带卵一起烧死,再把床拼复原状。为防臭虫从地面爬上床,把四个床脚分别用香烟罐头套上,灌水,在地面和床脚间构成一圈护城河,臭虫就不能入侵了。

我们的学习生活

重庆交大是平地起家,学习的物质条件是比较差点。学校基本上没有图书馆,有很少一些旧书两个不大的教室就容下了。据说这些书还是在重庆的校友捐献的。记得我只借到过一本 1924 版 Jeans《电磁理论》的影印本。至于期刊就更不用说了。到 1944 年,当时业余无线电协会总干事朱其清先生捐赠了一些 PIRE 的过期刊物。学校没有实验室,两年半里借别人的场所为我们开过两次实验:一次是借沙坪坝中央大学做的二年级普通物理的电学实验,另一次是借附近的交通部技训所做了几个有线电讯实验。

我们基本上没有教科书，主要靠笔记。两年半中，我只置备过两本教科书，即 *Heat Power Engineering*（作者名已忘）和 Glaskow 的 *Principle of Radio Engineering*，都是土报纸印的影印本。所谓“土报纸”，就是小学生用来练习写毛笔字的以竹浆为原料制成的、通常称为“连史纸”的一种土纸。那时重庆的书刊、新闻都是用这种纸印的。我们也都是用这种纸记笔记、做作业。我是在那时才初次发现，原来这种我们很熟悉的写毛笔字的纸，用墨水钢笔来写作特别适用，既吸水却不渗化。

那时，工程计算是离不开计算尺的。当然，正宗的算尺买不到也买不起。那怎么办呢？我们用的都是一种土算尺，是有同学用土法制的。把原装的 KE 算尺按原大拍照贴在竹制的骨架上，价廉而合用。估计当时的学生大多都用这种土算尺。

我们的课余生活

在九龙坡，学校没有课余活动设施和场所，一个篮球架或乒乓桌也没有。同学们在课后，或玩桥牌，或公路上散步。学校近长江，许多同学常结伴去长江游泳。江水湍急，漩涡出没，容易失事。记得 1944 年，就有一位同学溺水身亡。次日，大家就纷纷自发地张贴挽联和悼词，伤感之情，发自内心。整个礼堂和走廊，都被挽联和条幅挂得满满的。九龙坡孤处市郊一角，同社会几乎没有联系。当时，在重庆，沙坪坝是高校集中的地区，重庆交大最初就位于沙坪坝附近的小龙坎。可是，最后却把它孤零零地迁到九龙坡。我想，其中一个可能因素是怕在沙坪坝增加一个高校可能也会增加令当局头痛的“麻烦”。果然，在九龙坡，交大就显得特别安静，当然也很少得到外部的信息。但是，在最后那一年，终于打破了往日的沉寂。一天，马寅初先生被请来校演讲。马老在演讲中痛斥国民党政府的贪污腐败，抗战不力，在讲台上蹬足大骂蒋介石。听说这次请马寅初来演讲学校事先一无所知，校长吴保丰据说为此挨了严厉斥责。我想，要不是不久日本投降，抗战结束，交大在重庆就可能很快从冷寂中苏醒过来。

离开九龙坡到今天已 50 多年了。两年多时间对人的一生来讲不长，但在我们的学习生涯中却是一段不短的经历。在那抗战烽火中的岁月，虽然我首次离开城市家庭的生活，可是却没有经历到什么艰苦生活的锻炼。现在回想起来，真的为当年的老师们在那样简陋的物质条件下进行不懈的教学而感动。自憾的是，我虽然逃过了敌伪统治下朝不保夕的沦陷区生活，但是不论学习和生活，都没有能做到自觉地发挥自己的能动性，两年多时间就这样糊里糊涂地过去了。

略说渝校早期同窗人*

冯大千

我可算是第一个跨进交大重庆分校大门，而且是以借读的关系入校的；又可算是第一批以准应届毕业生的身份离开九龙坡校门者之一，而却位于最后回校领取毕业证书者之列。

半个多世纪之前的四年校园生涯，难免有某些值得回忆的特点。1986 年我曾独自孤单地进入上海徐家汇校区参加过九十周年校庆（上次参加校庆是 1941 年在重庆校园内，那是四十五周年），当时当地未见旧识同窗。1994 年和 1996 年，先后再到上海参加毕业五十周年同届校友聚会和母校百年大庆活动，陆续重逢和探悉当年在小龙坎和九龙坡共处的伙伴们，絮说往昔不胜感慨与欣慰。趁此《同窗回忆录》出版的良机，谨向未复谋面的早期同窗们表达深切的怀念。

来自五湖四海

1940 年，在大片国土被日本侵略者入占的局势下，为了较全面地考虑各地高中毕业生择优或就近进入大学读书的可能性，当时的教育部仍然举办了一次全国高等学校统一招生考试，并根据统筹兼顾的原则，对各考区上报的考试成绩加以调整平衡（据说东部某考区每人减

---

* 原载：《同窗回忆录——交通大学 1944、1945 届毕业同学纪念册》，2003 年 4 月，第 75—78 页。

去140分,西部某考区每人增加80分等)。同时,为使上海交通大学得以迁移后方继续兴办,由当时的教育部拨给经费,在广大校友的推动与支持下,在重庆筹办了分校。这样,就为来自五湖四海的各届高中毕业生又增开了一所名牌大学的校门。以我记忆中的这批新生为例,其籍贯分属15个省市,共包括39个姓氏。由于战乱干扰高中的学习环境和进程,延误了可贵的青春,入学时平均年龄似已超过20岁,不过也有个别毕业离校时尚未满21岁的。

玉不琢,不成器

我们这个群体虽然同经统一招生选拔,基础水平却不尽等同。因此在学习过程中,特别是经受几乎全部是英文教科书的考验,出现成绩参差不齐是不足为奇的。大家面对不同程度的困难,在老师高标准、严要求、循循善诱的教导下,专心攻读,努力进步,终于表现在开卷考试成绩上:由最初对部分课程不得不采取开平方乘10~12加以换算,以确认和鼓励已有理解能力而不善于表达的大多数,到以后逐年全部按实际成绩计分时都能到及格以上。这充分展现出一派深藏的璞玉饱经琢磨的学子风貌。1943年下学期,原在渝校和沪校迁来的电机系三年级同学中各有2名同学获资源委员会奖学金,每人400元,并在当年暑假被选派往四川自贡市电厂实习。

榜样的无形力量

建校初期,满头银发的徐名材主任在行政部门职务已很繁忙,但不辞辛劳,亲自指导寥寥三名筹备人员工作,组织发动入校学生在简陋的居住环境中创建出清洁安静的学习条件；刚从国外留学归来的张钟俊、曹鹤荪两教授，甘度清苦俭朴的生活，在校舍内结婚安家，热情倾注地向我们传授学识；已在附近中央大学任电机系主任的陈章教授，不但来校兼任教务长，又为我们授课，而且就他了解到的各人特点在二年级分系时提出对选择专业的建议。在四十五周年校庆活动中见到的前届数十位中年校友，他们在各自就职的工作单位，以出色的才华，为交大学生在社会上树立了理论水平高、实践能力强的优良形象，从而为后继的年轻校友开辟了顺坦的就业途径。更具吸引力的是经校方引荐，由交大电机工程学会出面邀请的、已成为当代知名科技专家的老校友们，如茅以升、恽震、王平洋等来校见面演讲，使大家有幸一睹他们的风采。大家从以上各类交大人的榜样中汲取到无形的力量，经常在思想上用以在学习活动中实现自我鞭策，对不断推动进取向上起了相当重要的作用。

爱国荣校，以行言志

在国事危难、亿万同胞身处战乱忧患、子女升学无门的 1940 年，我们却幸运地遇上全国高等学校统一招生；在跋山涉水之后，又被安排进众所向往的名牌学府，还享受到用政府的贷金（不需偿还）供给膳食的待遇。大家体会到当局有识之士重视教育与国家生存发展关系的重要性而下的战略决心，在这种独特的学习条件与环境中，深感肩负着国家、学校、家乡父老们，以及慷慨地将厂区、宿舍提供我们作为学习场所的无线电厂职工们的殷切期望，在小龙坎和九龙坡的日日夜夜，未曾或忘学成报国的神圣使命，力求在学校的培养下成为合格的交大人。

1944 年 2 月，为了与美军配合加强反击日本侵略者和开辟印缅战场，教育部征调重庆和昆明各大学除中文系和医学院外的应届毕业生，经短期集训后前往国内外各地前线充任随军英语译员。当时在校经体检合格的同学责无旁贷地应征入伍，直至抗战胜利，日本侵略者投降，始陆续回校办理毕业手续。为了名符其实地毕业，有的同学发现离校前所修学分，总数尚不足144，就主动在军中服役期间委托美方联络军官邮购了两本教科书，利用一切可能时间编写学习心得，寄呈给学校评审，终于补上了所差的8学分。

岁月流逝，昔日青年如今已届耄耋。纵观渝校早期同窗人，各自经历坎坷人生，在国内外涉及海陆空领域的生产、建设、经营管理、科研和教育部门内，力之所及、爱国荣校，做出了交大人应有的贡献。当满怀幸福与自豪的心情亲临母校百年大庆盛典后，跨出鲜花彩旗围绕的上海体育馆会场，伫立在徐家汇校园大门前时，不由地衷心祝福母校繁荣昌盛，并默念：“谢谢您！母校！”

半个世纪的生活变迁*

胡世平

我 1940 年考入北平燕京大学物理系，1941 年二年级时，发生了“珍珠港事变”，燕大被迫关门，学生都被转到伪政府办的北京大学，我被分配到工学院土木系。1942 年听说燕大在成都复课，乃于 11 月与人结伴到大后方，1943 年 1 月抵达成都。燕大初办，开课不全，无课可选，经向教育部申请，转入九龙坡交大土木系二年级，时为 1943 年 4 月。

初到九龙坡，除同来的一位燕大同学外，一人不识。这位燕大同学不甘寂寞，两个月后便离去了。到九龙坡时，已开课一月左右，一门重要课程“材料力学”由王达时先生教课。我除去要补交留下的作业外，还要应付每两周一次的小考。当时与同学不熟悉，只好晚上一人到教室做功课。至今尚记得在桐油灯暗暗的灯光下在类似手纸的作业纸上做习题。回宿舍时戴上斗笠，一手提桐油灯，一手拎着布包。校园的小道坡陡路滑，我在毛毛小雨中一走一滑，天黑如漆，桐油灯多半已被吹灭。这样的日子长达数月，我一世难忘。

九龙坡的生活，同学们都知道是相当艰苦的。宿舍中地下有老鼠、床上有臭虫，一不小心肥皂便被老鼠咬去一半。食堂吃饭站着吃，每月只到月底才能吃上几顿带肉的菜。洗脸水是在一水池打上来的黄色水，要奢侈一下便用明矾在水里转两圈来沉淀泥土。

---

* 原载：《同窗回忆录——交通大学 1944、1945 届毕业同学纪念册》，2003 年 4 月，第 245—247 页。

在设施方面，学校没有图书馆，没有实验室，大地测量要向同济大学借仪器，水力实验要去沙坪坝中大。但是九龙坡交大有一个最大的优点，这就是我们每一个系都有一流的师资，大多是“少壮派”的老学长。我们这些学生当时 20 出头，而这些老师较多在 35 岁左右，大多从美国或其他国家深造回来。他们精神充沛，思想新颖，学生们受益匪浅。根据我的记忆，电机系有张钟俊、倪俊、张思侯等教授；航空系有季文美、曹鹤荪、马明德、许玉赞等教授；机械系有柴志明、陈大燮两位年龄较大的老师；管理系也有好教授。

我们土木系的教师都是我的恩师，对我影响最深的是上面提到的王达时教授。王老师的特点是所用教材新、讲课清晰、考题难。由于考题难，大家均不敢怠慢，唯恐过不了“鬼门关”。他教我们的“材料力学”及“结构力学”我受用一辈子。

清华留美的徐人寿教授教我们“土壤力学”“水文学”“水力学”“海港工程”。徐老师的特点是许多教材不是来自书本而是自编的。我记得非常清楚，在“海港工程”一课中谈到潮水之升降时，提到阴历与阳历的关系，算出年初一一定落在阳历某月某日及某月某日之间。

庚款留英的童大勋教授教我们“铁路工程”，他的特点与徐老师相似，教材许多是自编的。他在做实习生时曾在平绥铁路工作，他教我们詹天佑如何选的路线，又提到另外还有一条更节约、坡度更小的路线。

汪菊潜教授教我们“钢桥设计”，那时候他已是一位全国著名的钢结构工程师，解放后任铁道部副部长，当时他是一位兼课教师。他给我最深的印象是讲课内容理论联系实际，以及他一丝不苟的精神。他一周来一次，九龙坡同学都记得，天下雨，由重庆到九龙坡的公路只通到杨家坪。一日天下雨，大家认为今天可放一天假，不料到 10 点左右，工友来宿舍通知我们去上课。原来他是步行两小时由杨家坪走到九龙坡！解放后我参与北京车站工程的设计，汪老师作为铁道部副部长前来视察工作。我提起这件往事，他已忘怀，直到我说我与李沅蕙同班他才想起来。

杨钦教授教我们“给排水工程”，他也是一位留美生。

我用了较多篇幅谈九龙坡交大的师资，因为这些老师给我们打下了良好的技术基础，教我们将学到的知识为社会服务。我们现在已近耄耋之年，诸多老师恐怕大多已谢世，饮水思源，我们会终身怀念他们。

1945 年我班毕业，我因为是二年级下学期转来交大的，在伪北大读的二年级课程均不被承认，“测量学”则没有学过。这些均需一一补上。到了大家毕业时我尚有“电工学”及“微分方程”待补。因此我比其他同学晚卒业半年。因此我只能算忝居我班之末。

毕业后我在石家庄平汉铁路局北段工作一年有余，1947 年赴美读书。

在九龙坡时，同学少年，风华正茂，今天我们都已接近耄耋之年。半个多世纪的风风雨雨吹白了我们的头发，国内同学都在极“左”思潮环境下度过 20 余年。其间的悲欢离合，波谲云诡，无需多说。诸同学各个遭遇不同，一帆风顺者恐怕不多。我在中央单位工作，政策掌握较好算是幸运的。九龙坡同学中不乏天赋极高、才华出众的人才，只因种种原因被磕磕碰碰或受不白之冤的不在少数，未尽其才，这是他们本人的不幸也是国家的不幸。每思至此，使我感慨万分。有一对联所表达的情意或许适合我的许多同学：

“岂能尽如人意，但求无愧我心。”

Freshman 生活点滴*

邹心俊

1942年盛暑中，我在重庆报考交通大学机械系，焦急地等到了发榜的那一天。当在报上找到了自己的名字时，激动、兴奋、高兴、满意的心情，至今记忆犹新。10月中下旬，坐上学校接新生入学的卡车，穿过市区，进入乡村，举目四望，踌躇满志，意气风发。这大概是每个跨入大学门槛，特别是名牌大学门槛的青年学生的共同心境吧！

太平洋战争爆发后，上海租界内的交通大学被日伪占领接管。在当时的陪都——重庆建立的交通大学于1942年招了机、电、土、航、运、财等新生二三百人。学校在郊区九龙坡的黄桷坪。自重庆经贵阳、昆明去缅甸的国际通道——西南公路，就在学校礼堂前百来米穿过，向右拐弯，顺着山边前行，又向左向右拐弯，越过成渝铁路路基直达长江边上。学校周围尽是坡地、水田，景色荒凉。校舍虽然是新建的，除了礼堂较为壮观外，其余都是些竹木结构的简易平房。校内的通道也还宽大，可都是土路，在多雨的重庆，常常都是泥泞不堪，坑坑洼洼。而更为糟糕的是，没有电力供应，没有台灯，没有自来水。校外公路边上，有几间竹竿搭成的木棚子，是些理发的，卖河南大饼、牛肉汤、香烟的小店，以及在四川凡有人群就不可或缺的茶馆。

1942年已进入抗日战争的后期了。除了那些发国难财的奸商、贪官外，老百姓的生活比前些年更凄惨了，学生们的生活因之当然也

---

* 原载：《校友通讯——交通大学1946届》，交通大学1946届同学会编，1997年12月，第二期，第4页。

是十分艰苦的;而交通大学系新建的学校,生活条件也就更差一些。当时国民党政府为稳定青年学生,规定工、农、理、医、师范等大学的学费实行贷金制度,实际上就是公费吃饭。主食大米有定量,副食费有定额,虽然也随着不断上涨的物价调整,但总是差那么一拍,勉强维持着最低的营养水平。至于穿着,多数学生都是穿得比较破旧的,倒也习以为常了。另一方面,学习功课却很繁重。课程多,课外习题似乎总是做不完。总之,每天听老师们讲课,总觉得沉浸在知识的海洋之中,如海绵吸水,天天都有新的收获,头脑不断得到充实,确实也很快活。正是“食难果腹兮衣褴褛,弦歌不绝兮乐在其中”。在这一年的 Freshman 生活中,有几件事印象挺深,虽然过去了半个世纪,仍然没有忘记。

冷水洗脸精神爽。学校里没有自来水,宿舍里是否有什么储水设备,已记不清了。为了洗脸漱口,东找西寻,终于在食堂旁的水田里找到了一口水井,那里搭有井架,备有吊桶,我便在那里汲水洗漱,以后就天天跑来洗脸。季节由深秋而初冬而严冬,井水也随之由凉而冷而寒,手脸经冰冷的水一激,晨起的慵懒困意也一扫而光,精神为之一振,神清气爽。从此养成早晨冷水洗脸的习惯,真是终身受用。不仅对预防感冒大有裨益,想不到多年以后下农村、上干校,竟也感到了方便。这的确是个好习惯,我已将之传给我的第二代、第三代了。

臭饭难咽莫奈何。当时学生公费吃饭的主食是国民党政府供应的大米,这种米是作为农业税在农村征收的实物稻谷辗制的。据我所知,征收时对稻谷的质量要求是很高的,可是供应到消费者手中时却严重变质了。掺杂掺水、砂粒、稗子、老鼠屎等杂物挑不胜挑,有时还发霉变质。在冬春之间的某一天,饭吃到嘴里一股奇臭味,令人作呕,实难下咽,这可是过去从来未有过的。原以为就此一顿,大家于是就少吃或不吃。那知却一顿又一顿地持续了好长一段时间,直到这批米吃完才结束了这种苦难。虽满腔怒火,却也莫可奈何,只能吞下这难以下咽的臭饭。

烟沉沉污染白壁。抗战以来，由于日寇的封锁，市上煤油已经绝迹。没有电灯，也点不起煤油灯，因此学校总务部门给每个学生发了桐油灯草点灯，作为晚上自修之用，桐油是我国西南地区的特产，本来是出口换取外汇的紧俏商品，也是因日寇的封锁运不出去而再度成为农村中普遍使用的灯油。桐油灯心大、烟尘多，对看书写字亮度实在不够，于是大家便加多灯草，亮度是大了些，可是烟尘却也更大了。每到晚上，宿舍里上层床上只见股股上升的黑烟，在那下面便是同学们在聚精会神地做功课。不久，宿舍里雪白的天花板便开始熏成黑色，积上了一团一团的烟尘。更为严重的是连人也受到了污染，不知何时起，我吐出的痰竟然成了黑色，尤其令人骇异的是，这黑痰持续了十多年才消失。

练提琴惊煞室友。当时宿舍很挤，一间房里上下铺住着三四十个学生，按报名顺序安排，不分系列。我们那间房里一位同学，大概是为了调剂学生生活的单调，拉起了小提琴。可能是初学，每天那一段或几段“杀鸡杀鸡”的琴声，确实不大悦耳。但大家都理解，要想达到美妙动听的程度，一定要经过刻苦的练习，练习过程中听到的只能是不成熟的、不大入耳的声音了。大家都没有因此说过什么抱怨的话。想来这位同学早已拉出一手好琴了。

补考《三民主义》。第一学期期终考试后，教务处公布了同学们的考试成绩。这当然是大家关心的大事，争先恐后地去看。我是怀着颇为自信的心情去看的，可是看了之后，却令我大吃一惊，《三民主义》这门功课竟只有我一个人没有及格。惊讶之后，便不免怀疑。我的学习成绩虽然不是很好，但自上学以来的各种考试，还没有过不及格的。就是这次期终考试，主课分数都是不错的，为什么只有《三民主义》不及格呢？而且这门功课的试题答案只是些论述的内容，给分是很灵活的，哪会有 57 这样的分数。心中愤慨不服，怀疑有人做了小动作，却也不得不去补考。这是我一生中十几年的学生生涯中唯一的一次补考，实在难以忘记。

回忆九龙坡生活中一件往事*

崔伦元

那时的学生食堂是由学生们自己管理的，为了用好有限的菜金，每隔一段时间，就要去渔洞溪买一批菜回来慢慢地吃，可比当地买菜便宜得多。有一次我也轮到了去买菜的任务。在清晨二点钟就起床出发，一共是四五个人，由比我高一班的一位同学带队。摆一个渡，再步行二三小时，正好可赶上渔洞溪的早市。选菜和讲价是厨师事，但他不经手钱。买好以后，就在当地饭店里吃饭，再搭乘木船顺流而下回九龙坡。那一天搭的船上满是橘子，说是可以随便吃，只要把橘皮和橘络留下就可以了。原来那时橘子的产量很多，这整船的橘子运进城，还要雇人剥取橘皮和橘络用作药材，肉就不要了。

船到九龙坡，先在汽车渡口靠了一靠，叫我们先上岸回校找厨工去九龙坡镇码头搬菜，我看厨工去后就回宿舍睡觉去了。大约到晚餐前，有人叫醒了我并说买菜的人出了事，晚餐时，有同学正式宣告，买菜的人回来时和当地农民发生纠纷，说是偷了他们种在地里的豆，有两位同学还在警察局里，要大家饭后去警察局解救两位同学。当时田间路旁种满了豆，搬重物时碰坏一点是很有可能的。我估计最大的可能是因为我们出去买菜，影响了当地老百姓的收入，是故意挑起的事端。当时大约有好几百人去了警察局，公路上满是人，气氛很紧张。后来驻地在九龙坡的蒋介石的警卫团还在公路上布了岗，还有人到宿舍里来传话，叫大家晚上不要出去。大约还是那个警卫团出面作了调解，事态才得到平息下来。

---

* 原载:《校友通讯——交通大学 1946 届》，交通大学 1946 届同学会编，1997 年 12 月，第三期，第 15 页。

五十年前参加二次出国考试记[*]

陈　镐

1944年暑天，我悄悄别离了我国第一大都市上海，从沦陷区进入大后方。两个月后的同一天，安然到达了重庆。工作是事先接洽好的，休息了三五天就搬到郊外工作地点去住，生活很快就安顿下来。每天公余之暇看看书，或是三五友人摆个龙门阵，生活顿觉轻松而安闲。

9月中旬的一天，报上刊出了一则自费生停考后最令人兴奋的消息：教育部定期招考英美奖学金生。它给我带来了无限的希望，同时却也立即激起了我不小的烦恼。刚脱离了水深火热的虎穴踏进安闲的生活阶段，紧张的决定性工作又将降在我的双肩。刚巧在这时我因调换工作之便迁往市梢，乃采购了几册重要的主科书开始准备起来。最初本是有计划的支配着的时间，终因工作之累不免延误。只得利用每天晚间的时光来补足。10月间报端又公布了考选委员会将于11月下旬举行派遣农工矿技术人员出国实习考试。经过一番思考之后，决定再报考一部门科目与教育部的考试科目相同最多的，以求在准备此两次考试时间上的经济。考期一天一天的逼近，一切报名手续都要办。在10月底到市民医院去登记检查体格，那里已登记到了下月18号。幸而临时加班，才算顺利地向考委会报了名。

19号天气分外的晴朗，是重庆少见的好天气。我吃过饭约了中学的同学老赵，两人到复兴关中央训练团去报到。过跳伞塔后峰回路

---

* 原载：《师生永契——庆祝母校成立一百周年纪念册》，1996年1月，第28—30页。

转，渐渐走上坡路。引颈一望，是无底的数百级石阶。我们就决定先在坡下略事休息，顺便俯瞰一下那江与关环抱成的“带砺山河”的雄姿，不禁心胆为之一壮。继续上行，到达顶上已颇感气喘。报到处窗口早挤满了人，据说本区报名的约有 1 000 人。这么大的数字，真出乎我的意料。报到手续办完后和老赵一同步入仁爱门直趋试场作一次预先的巡礼。出来时碰见另外几位同学，他们提带被毡箱匣准备在关上枕戈待旦，明朝严阵以待。我深深佩服他们的精神。回到宿舍里，感到阳光和柔地透过了玻璃窗斜扫在我书桌上。凭窗运眺，只见窗外青山绿水，江中风帆往来。大自然的一切都沐在金色的斜阳里，我陶醉在这美丽的画中了。猛地想起明天的考期，速从满桌零乱的书堆中挑出明天的科目约略地翻了一遍。晚上特别提早入睡。

次晨一早醒来，匆匆盥洗一过，沿着羊肠曲径向关上进发。天公不作美，偏下起雨来。翻过一个小丘上去便是跳伞塔在望了，再行里许就到达目的地。大礼堂四周入口处早已挤得水泄不通。考生中有的打着伞挺立在雨中，有的抽着烟向天嘘气，有的还在临时抱佛脚，恨不得一口气将他手中所抱的几大册书本吞了下去。入口处不久有人在点名，点着的一个个依次步入试场。约过半小时，才算挨到了我。我找到座位，打开墨盒，试卷接踵就发到。第一场考国父遗教，因为隔天猜中了一角，做来自感顺手。休息的时间考生三五成群分聚在各处谈论得起劲。同学贵、荣、华等会见后，各人露出了会心的微笑，并不表示什么困难。第二场考主科，考场空气紧张起来，其中一题是需要工厂经验来解决的，纸上谈兵的朋友就不免要感到棘手。幸运的我，考前因翻着庚款老题而碰到了相似的题目，就将那题目中的图样和数字丝毫不用改动地搬过来。打过铃交卷后在试场门口会齐了同学，步出仁爱门走向那附近几家平日门可罗雀的小铺中，去找充腹的东西。那知捷足者已括一空，最后在较远的一家买到十几枚面包分食了充饥。这样紧张、无秩序、拥挤、狼狈的情形，在我到内地来的征途上已司空见惯，毫不稀奇，而且我富有相当经验，此时要把英雄本色放出来才不吃亏。午后考的专科，题目冷门而零星，只得勉强将所知的写了些。有些不甚熟知的就花了一小时左右，一边沉思一边下笔。神经的紧张几乎达到了破裂点，直到暮色苍茫时的铃声才解了我的围。我连忙跑到外边舒口气，顿时头脑清醒不少。再约齐了同学蹒跚地走下关来，同声叹气："一切都完了！"那时各人伤感的情绪和当天清晨雄赳赳步上关的神气对比，煞是真个英雄末路！

第二天上午的科目在轻松的氛围中结束。中午天气十分晴朗，碧空一色，真漂亮。虽然考得连自己都不大满意，但老天偏放出无限的光芒来预祝我们的前途。乃约了同学贵、荣、华等到中缅文化协会吃了一餐痛快。两日来紧张的情绪顿时云消烟散。

饭后又回去信谊堂报考教育部的英美奖学金考试。先我们去的人已将小小的礼堂挤得水泄不通。堂中放的几张桌子早为捷足者占去，大家埋头在填写。我们就取了几张报名书在外边石墩上写。顾盼左右，填写的人都是些熟面孔。原来上午参加考委会考试的原班人马转移阵地，都到达此地了。取得报名许可单后，我们分道扬镳各返原处。按指一算离考期还有一个星期。准考证是考前三日才换发。于是利用这短短的一周看些史地类的书，不过因陋就简地翻一遍。

12月的第一天，隔夜天公下雨，直到天明还是点滴不住。清晨起身盥洗完毕，看看昨夜借宿在对房的老张犹呼呼在梦中，将他唤醒同吃早点后慢步向求精中学走去。从宿舍去不过十分钟的路程，跨入大门左边墙上贴有一张教室号码分配的布告，按号码在一座巍峨的久经失修的大楼三层楼上找到了自己的座位。墨水笔砚一切齐备。教室中的人已是坐得满满了，还不见主考官来到。虽然坐在这一间的人都是投考同一科目的，然而他们一切的一切都显示出很大的差异。各人的本领在未考之前是很难以貌相来判断，但至少头发胡子留得挺长、不修边幅的形貌不易引人们好感。的确这一次的考试具有极大的吸引力。以前大学毕业出国的机会太少,因此这空前的盛举便吸引每个角落里的人物:有的年近不惑,有的地位已很高;更希奇的是我认得一位在美国已得了学位的,他居然和后生小子较一日之短长,精神可佩。八时半,外边草坪上发出了震耳的号角声,主考人夹了试卷步入试场,令各考生暂时回避。又是一阵喧哗和拥挤,大家挤出了教室。这时有的面呈灰白,有的却胀得绯红。大多数还是手不释书本,尽量利用最后的五分钟。开门后又蜂拥而入。在顺利的气氛中我考完了国父遗教及史地。接着考作文,题目是"论自由与法治"。离开学校两年来就没有写过一篇正式文章,提起笔来不时感到摇晃。我对于这类题目向来是敬而远之的,当然没有什么新颖的立论,不过照常人的一般见解略加发挥而已。第二天的英文考得自鸣得意,但这一次的专门科目考得很灰心,甚至较上次犹不如。这两月来的准备工夫考完了专科后深深感到付诸东流。第一是我对于这两门专科荒疏已久,离开学校之后就没有机会接触。第二是我把这次的奖学金看得太重,因此准备时拼命幸从前的庚款题目做对象。哪知这次的题目完全是考个"熟"字而非考"智"。方向没有摆准,结果自然不能满意。但考试终究是过去了,懊悔往事的人是最懦怯的。因此第三天我仍是洋洋自得地一早跑去中央图书馆静候口试。口试共分十五组同时举行,我被排入第六组。主问的据说是某最高学府的教授,因此只问了些专科方面的知识就轻易地过去了。并未像有几组涉及政治、外交、外国党派等为工程师不大介意的问题,不然恐怕也像有几位仁兄那样向主考者瞠目无言不欢而散。

两月来的紧张空气至此算过去了,自己的命运这时恐怕只有天晓得。的确这两次考试几乎动员了每个角落里的公务员、工程师、大学助教、讲师。考试的那几天复兴关上、上清寺街头挤得满满的景象真是漪欤盛哉!我深深感到幸运,因为我刚刚来到此地不久就躬逢这一千载一时的机会。但同时心头也浮上了一层暗影,抱怨不能把握时机，考得连自己都不能满意。现在一切都过去了，考生都回到各人的工作处。助教仍是助教，工程师仍是工程师，我还是我。等待着吧，一切听老天主宰。果然隔不到一个月，记得是 12 月下旬的一天，《中央日报》的第二版上登着“农工矿技术人员出国考试发榜”。在紧张的情绪中很快找到了自己的名字，真使我喜出望外。一月底，同一报纸上又刊出了几个最引人注目的字：“英美奖学金考试揭晓”。近 200 名考生的名字很整齐地分门别类地排列着。我以为这次无论如何失败的了，但出人意料的是在机电工程门中找到了自己的名字。一时我发怔了。这几个月的生活真像一场好梦，从沦陷区来到重庆，不久的将来又将离开重庆去异国进修，感谢苍穹！

（原载 1945 年 7 月 14 日《学生杂志》二十二卷第八期，有修改）

难忘的毕业论文*

严似松

1944年重庆交通大学造船工程系的最后一个学期，系里规定我们班级每一个学生必须完成一篇毕业论文，论文的题目可以由学生自行选定后报系里备案。当时，我选定上报的论文题目为《数学船型(Mathematical Lines)》。

我为什么选定这个题目呢？我想船体线型的优劣，直接影响到该船体的快速性、耐波性、操纵性和稳性等性能问题。如何掌握船体线型的好坏是相当复杂的工作。一个经验丰富的设计师，可以较有把握地设计出较好的线型来；对一个初学造船的人来说，却不知从何着手，总感觉有些摸不着头脑。我分析船体线型是由无数的几何曲线组成的，而几何曲线可以用数学方程来描述，也就可以用数学的计算方法来求解。数学方程由许多参数来代表，对一艘船舶来说，诸如船长、船宽、吃水、干舷、排水量、浮心、漂心、进水角、方形系数、棱形系数、水线面系数、平行中体等都是她的参数。这些参数是可以改变的，只要选择合适的参数组合，就可以决定线型的好坏。因此，从这个思路考虑，产生了数学船型的想法。当然，如何去进行计算，而且是大量的计算，在当时还没有电子计算机的年代，还是很难实现的；但是作为一个设想，还是可以提出来讨论的。因此，我就把这个设想作为论文题目上报给系里。

---

* 原载:《同窗回忆录——交通大学 1944、1945 届毕业同学纪念册》，2003 年 4 月，第 90—93 页。

在着手写作论文时，我必须收集有关资料。但是，当时正值抗日战争时期，在重庆图书资料缺乏，外文资料更贫乏。在这样困难的条件下，我选择这样的理论性题目，自知难度一定很大，花费的时间特别多。后来，我终于找到几份英文与德文的有关资料，就凭这一点资料，迎难而上，冥思苦想，最后完成了毕业论文。

论文送交系里后，系里送请辛一心教授评阅。辛教授是庚款留英回国的，是当时系里的台柱教授，他对理论研究比较重视。最后揭晓我的论文被评定为 90 分，听到这个结果，我当然十分高兴，也是我意料之外的事。

大学四年学习完成后，接下来的就是毕业分配到社会上去工作，把学到的知识学以致用，报效国家。在抗日战争的大后方，前方战事吃紧，后方人心惶惶，人浮于事，就业困难，大家忧心忡忡。我是一个从沿海流亡到重庆的学生，举目无亲，要想去谋求一个工作岗位，已经很不容易；要想得到一个满意的工作，更是难上加难。当时听说校方可能要留助教，班上想留校的同学有好几位，我也有此想法。事后晓得，校方分配给造船工程系的助教名额只有 1 名，辛教授决定选我。我考虑可能是由于我的论文是理论性的，属于他爱好之列。这样既解决了我的工作去向问题，又可以在辛教授的领导下工作。故这篇毕业论文对我自己所产生的影响，是我终身难以忘怀的。

母校航空系十年回忆(1942—1952)*

曹鹤荪

1941年,吴保丰到重庆小龙坎交通大学分校接任分校主任后不久,有一天他找我去谈话。他说交通大学过去只重视陆上交通技术人才的培养,现在是否应该考虑也培养些海空方面的技术人才,这样陆海空全面培养才能说得上是名符其实的交通大学。他问我如果办起一个航空系来有没有困难。当时我听到交大要办航空系,心里万分高兴。我说:"困难当然有,但教师是最主要的,有了教师,其他事情就好办了。请教师我可以负责。"过了几个月,吴保丰主任告诉我说,"重庆交大分校将改称总校,交大增设航空系一事,教育部已经口头答应,交通部也同意"。

1942年秋,学校搬到九龙坡新校址,并正式成立航空系。一年级招收新生30名,在校机械、电机两系的同学听到了,有的也提出要求转航空系。为了满足学生的要求,学校同意增设二年级一个班。这样一、二年级同时上马,加速了航空系的建设,但也增加了困难。

第一个困难是准备时间太短。1942年航空系的教授有季文美、许玉赞、马明德、岳劼毅和我共5人。季、许、马三位都是陆续从工厂转来的。约一年后,杨彭基从滑翔机厂转来。他们都是一到校就安排讲课,还要准备下学年三年级开设的新课程,一点喘息的机会也没有。我是一直教书的,但也有困难。我来交大之前,教过航空机械学校高级机械班的"理论空气动力学",到交大后因为只有电机、机械两班一

---

* 原载:《交大校友(1987)》,西安交通大学出版社,1987年5月,第93—97页。

年级学生，我只得改教“物理”。第二年我和学生一起“升级”，我改教他们的“应用力学”。这种年年要准备教新课的局面，在航空系初创的三年内总是存在的。但航空系的教师都没有被这种困难难倒，出色地完成了教学任务。

第二个困难是缺少教材。当时交大没有图书馆，只有一个十分简陋的图书室，藏书很少。学生的教材，图书馆内不易借到，校外也不易买到。因此，教师的备课和讲课，都必须考虑到学生没有教材这一特殊情况。例如，黑板就得多写些，讲课速度就得放慢些，内容就得精简些。1945 年冬搬回上海后，情况有所好转，但合适的教材仍然很少，因此我们开始自编教材。我们和龙门书店及上海科学图书仪器公司商定好，或由他们选定教材，我们翻译；或由我们自己编写，请他们印刷出版。在短短的三五年内，马明德翻译了《机械设计》，季文美编写了《应用力学》，我编写了《流体力学》，并和大连工学院张理京合译了《工程数学》等。缺少教材是件坏事，但它促进了我们自己编写教材，把坏事变成了好事。

第三个困难是没有经费和缺少实验实习设备。自从成立航空系以来，还没有拿到开办费，也没有拿到逐年添置仪器设备专款。无论在重庆还是上海，都是在外单位的支援下，自己设法建立实验室和实习室。在重庆，南川飞机制造厂等拨赠我校一架飞机、一架滑翔机、三台飞机发动机，以及不少航空仪表和飞机部件。我们在这基础上建立了一个实验室，迁回上海时因运输困难，绝大部分器材留在了重庆。幸得航空委员会上海办事处的帮助，拨赠我校三架飞机、几台航空发动机以及各种仪表零件。王宏基、马明德和我曾同到江湾仓库去挑选日本投降时留下的航空器材。助教贾日升、吴耀祖自告奋勇，发动并组织了高年级学生，带足干粮，提前一天到达大场。至深夜路上车辆稀少时，把停留在大场机场比较完整的一架运输机和一架教练机推出机场，穿过闹市，于第二天早晨推到徐家汇校部。交大航空系的建立就是这样一靠外单位的支援，二靠全系师生员工的努力，一点一滴、白手起家的。

航空系的课程表、课程设置、教材内容和教学要求，主要有以下四个特点：加强基础，更新内容，一专多能，严格要求。

在加强基础方面我们主要抓了“数学”与“力学”两条线。举例来说，老的交大机械系二年级数学，安排了两学期每周二小时的“微分方程”，我们把它改为每周三小时一学期讲完。授课时间减少了，但要求提高了，即要求加强偏微分方程的内容。第二学期增设“工程数学”这门新课程，内容包括矢量、矩阵、复变函数与保角变换、拉氏变换以及几种特殊函数等。在“应用力学”这门课程中，我们大大削减了与“物理”重复的部分，增强了哥氏加速度和分析力学内容，应用拉格朗日方程导出运动方程，与“微分方程”这门课程衔接起来。

航空技术是一门正在不断发展的学科，因此，不断更新教学内容是航空系课程内容和课程设置的一个特点。例如“空气动力学”重点逐渐从理想流体到粘性流体，从不可压缩到可压缩，从亚音速到超音速，从二维流动到三维流动等的转变，并出现了独立的学科分支。如超音速空气力学，粘性流体力学机翼理论、边界层理论；又如飞机结构从桁架结构到薄膜薄壁结构的转变，航空发动机从活塞式发动机到喷气发动机和涡轮喷气发动机的转变。这些转变必然反映到航空系的教学上来，主要是课程内容，其次是课程设置。为了避免教材的经常变更，我们允许并且鼓励教师逐年编写补充教材。

航空系鼓励教师多开课、开新课和一专多能。航空系的教授都能开几门课，其中包括基础课和专业课。这是航空系教师少，课程门数多，选修课逐年增加造成的。航空系是一个小系，但航空系的教师还经常为其他的系开基础课和专业基础课。我经常同时担任两门不同课程的讲授。我任课次数最多的是“工程数学”和“理论空气动力学”，但我在交大几年间也担任过“物理”“应用力学”“流体力学”“机构学”

和“振动力学”等课程的讲授。

严格要求是交大的好风气、好传统，航空系教师都以老一辈裘维裕、周铭、徐名材老师为榜样，对学生严格要求，一丝不苟。大家也认识到对学生严格要求，首先要对自己严格要求。在抗战时期，航空系教师的生活是清苦的，但心情是愉快的。九龙坡是个小镇，只有三四十户人家。在那里买不到报纸，听不到广播，看不到电影。因为离城较远，有警报可以不进防空洞，没有重庆市区慌乱的紧张局面。平时的文娱活动很少，偶而打几次桥牌，约几个人同去玩南温泉，或进城去买东西。回到上海后环境大不相同，但航空系的教师也很少进城，很少看电影，很少聊天，而把主要精力放在教学上，抓紧时间搞编译工作。我们翻译和编写的几本教材都是在这段时间内完成的。

航空系教师之间一直是很团结的，但在上海解放前夕，校内出现了“少壮派”和“元老派”两派之争，伤害了和气，影响了工作。这种不团结也出现在航空系内。“少壮派”在朝，“元老派”在野。我是“少壮派”的“派头头”之一，对这种不团结，我是有责任的。

1952 年，全国高等院校进行院系大调整，交大航空系和南京中央大学、杭州浙江大学两校的航空系都被调整到南京，成立华东航空学院。后来华东航空学院又迁来西安，成立了西北工业大学。

航空系的十年在交大校史上是一个短暂的时间，但它标志着交通大学事业的一个新发展，也为后来建立西北工业大学奠定了一定的基础，是值得自豪的。我能参加交大航空系建立这一工作是终生难忘的。今年 6 月我能有机会参加西安、上海两地举行的庆祝建校 90 周年和迁校 30 周年的纪念活动，联想交大航空系的过去十年，深有所感。谨作此文，聊志纪念。祝西安和上海两个母校繁荣昌盛，为祖国四化建设事业做出更大贡献。

悼念李嗣尧同志*

张攸民　方　熊　朱一新

1946届校友聚商迎接母校建校百年暨毕业50周年活动时，我们曾在各系联络员会上见到过李嗣尧同学。那时他身体不很好，步伐缓慢，语音乏力。问他健康状况，他说近来发过烧，热度已退，正在复元中。后来在6月份返校团聚会上却没有见到他，听说他住院了。我去看他时，他相当吃力地告诉我，1946届级友在筹出通讯，他也准备投寄稿件，殷殷之情，溢于言表。可惜，他的病情已不容他了此愿望了。噩耗传来，我们感伤不已。

50多年前，我们和嗣尧同志相识于重庆九龙坡交通大学内。那时，尽管抗日战争已到了最后阶段。国民党政府不仅不依靠人民，积极组织力量，加强抗日斗争，反而倒行逆施，加紧镇压主张团结抗日的民主力量。特务横行，教授失踪，民生经济凋敝。官僚资产阶级巧取豪夺，广大群众衣食难继，前方吃紧，后方紧“吃”。国民党政府寄希望于其盟国的军援，武装嫡系部队，保存实力，准备依仗盟军取得抗日战争胜利，下山摘取果实，全面剥夺人民在抗日战争中取得的胜利。这种消极抗日政策直接导致了湘黔千里大溃败的严重局面。

在这一形势下，九龙坡交大的学生对于抗战前途、祖国命运产生了极大的困惑。高年级同学中，有的怀着满腔抗日救国的热情应征当翻译官，参加海军、空军、青年军。留在校内的同学却想了解中国真正

---

* 原载：《校友通讯——交通大学1946届》，交通大学1946届同学会编，1997年12月，第二期，第10页。

的命运如何，提出了我们应该做些什么的问题。这样，九龙坡校内一些进步同学便自发地走到了一起来研讨，我们就是这样认识李嗣尧同志的。我们并不同系也不同届，当然更不知道他早在 1938 年便加入了中国共产党。

根据党在 1942 年 1 月对白区工作作出的“隐蔽精干，长期埋伏，积蓄力量，以待时机”指示和周恩来同志对白区工作的党员所提出的“勤业，勤学，勤交友，实现职业化，社会化，合法化”要求，以及当时重庆交大的情况，嗣尧同志和我们一起商讨筹建一个合法的学生社团。意在通过社团来宣传民主、进步的思想，团结更多的进步师生，影响广大要求进步的同学，为革命积蓄力量。我们讨论拟定这个社团的宗旨是“重视现实，研究现实，改造现实，从今天做起，争取民主、进步”，定名为“今天社”。同时，他将这些想法向他所在的党组织——中国共产党重庆市中区党支部作了汇报，得到了党的肯定与支持。我们向九龙坡交大校方办理社团登记手续，于 1945 年初正式成立今天社，嗣尧同志还负责刻制今天社的印章。

今天社成立后，有时我们在空教室里聚会商谈，有时在去后山的路上边散步边讨论。我们还秘密组织了马列主义讨论，学习毛泽东著作，研究国内外形势，其中有些材料就是嗣尧同志提供的。他常向我们介绍外校的学运，并且组织过救援外校进步活动的信件，还主动承担了寄发工作。今天社成立后，还创办了以宣传团结抗日民主进步思想为内容的壁报，多次举办形势、文艺座谈(如纪念高尔基)；收集进步书刊举，办了今天社阅览室，在课余时间开放阅读。在这些活动中，用辞虽含蓄，态度却很鲜明，敢于触及时弊，又注意采取灵活的策略，避开学校当局与三青团的监视阻挠。在政治空气沉闷的重庆交大，树立了第一面民主进步的旗帜。经过短短半年的努力，抗日战争胜利时，今天社已团结了不少进步同学，争取和影响了一大批中间同学，联系了一些进步教授。当时在校失去组织关系的党员，以及进步同学基本上都汇集到今天社来了。在抗日战争胜利前后，在一些今天社社员和进步同学的带动下，交大相继成立了不少进步学生社团。可以说，今天社的活动为抗日胜利渝校返沪后更大规模的进步学生运动起到了培养和积蓄骨干力量的作用。在所有这些活动中，嗣尧同志常提出一些很实际的工作部署，并承担了不少具体工作。

今天社的进步作用与嗣尧同志坚持党的方针路线，根据具体条件巧妙贯彻的努力是分不开的。他当时沉着冷静地工作，至诚待人，以实际行动来带动我们。在党的正确路线上前进再前进，不暴露自己，不指手画脚。这些情况直到解放后，他才告诉我们。解放后，不少九龙坡交大同学想了解当时校内地下党组织情况。实际上当时校内并未成立过基层组织。抗日战争时期，在“皖南事变”后，国民党当局对共产党迫害公开而猖狂，为了避免遭到破坏，造成更大的损失，在国统区各地，共产党停止了发展工作（这和沦陷区的情况完全不同）。因此，由党组织领导的地下党员的个别活动是弥足珍贵的。我们悼念嗣尧同志，特别提出他这一独特的作用，这是我们永远不会忘记的。

嗣尧同志自交大毕业后，一直从事造船工业，在国防科工委从事舰艇科研工作，以毕生精力献给了我国的舰船科研设计和管理工作，特别是海军装备现代化，为我国第一艘核潜艇的研制做出了卓越的贡献。到了80年代，他退居二线后，还不辞辛劳，主持海军船体规范中水面舰艇部分的编制、撰写工作以及《当代中国的船舶工业》卷的编纂工作。

半个多世纪以来，嗣尧同志为了中国人民的解放事业和祖国的繁荣富强，始终以无产阶级先锋战士的姿态忘我工作，艰苦奋斗。他平易近人，团结同志，的确是我们这一辈爱国知识分子的典范；他所追求的社会主义事业正在祖国大地上日益壮大，他的理想经过后人的持续努力，必将实现。

怀念张钟俊教授*

何国森

回溯1940—1944年代，交大在重庆市郊区小龙坎初创时，抗日战争带来无数艰难困苦，但刚从美国麻省理工学院(MIT)荣获科学博士学位回国的张钟俊老师，仍勤恳踏实地、循循善诱地培育着几十个交大学生。张老师确是全心全意地培养我们这些工科青年学生，困难丝毫没有动摇张老师专心教育事业的热忱。

记得那时候我们电机及机械专业的各门基础课程，如数学、物理、化学、电工学、力学、英文等几乎统由张老师及刚从意大利都灵大学学成回国的曹鹤荪老师执教。张、曹两位老师备课认真，讲解及分析重点突出，综合及举例精辟透彻，启发及引导清晰确切，学生们连续几年的各门基础课程都学得很扎实，能够举一反三地自学。譬如张老师教的“物理学”及“电工电子学”，不仅仅采用当时MIT等著名大学新教科书作主要教材，并且常常辅以最新的科技参考书刊内容，还讲些MIT实验及设计的新内容，更不时渗透高级练习题目和解答。我们青年学生都不怕难或繁重，深感幸遇优秀教授的教导，真是抗战困难艰苦时期不幸中的大幸！

我们青年人都有好胜心，也常和别的大学比较，总是深感我们有了张、曹老师的教育和关怀，并不比当时其他著名工科大学差。相反，我们和西南联合大学(即清华、北大、南开等联合的抗战大学)、浙江大

---

* 原载：《同窗回忆录——交通大学1944、1945届毕业同学纪念册》，2003年4月，第23—25页。

学(当时在贵州省平越遵义等处)和同济大学(当时在四川省宜宾县李庄)等相比并无不及之处。

比如,当时有些基础课程还不能完全做好实验和工厂实习,但是我们的教师想尽办法带我们去别处借做好实践,照样规规矩矩写好、评好实验报告书及实习报告册,而且最后还得到对方负责人的种种好评。在重庆磁器口镇的第 28 工厂、合金材料科学研究所,以及重庆唐家沱镇的第 50 工厂、精密检测研究室等处实习后,我们交大学生的实习报告册都被赞赏超过当时的中大与同济等校。我清晰地记得,周志宏校长当时任第 28 工厂厂长及合金材料研究所所长,就亲自夸奖过我们那次去厂所实习及工作的成绩,并且还勉励我们回交大后继续努力攻读并注意理论联系实际。尽管重庆天气晴朗时就会不断遭到可恶的日本敌机轰炸,但我们交大同学在暑期下工厂实习,却是绝好的学习良机。有周志宏校长那样的老前辈指引、关怀,那是别的大学学生想求而不得的。

九龙坡交大的初创阶段,条件的确是很艰苦的。虽然只有一个篮球场,可是张钟俊教授常常以身作则,在下午下课后引导学生们去运动,甚至他也参加到我们青年学生的篮球比赛中来。我们的学习生活是这样有劳有逸的,而不是老口头禅“交大学生死读书”的。还有乒乓比赛也是师生同乐的,这样既增加了师生感情,又有机会让教授了解学生的动态。譬如那时候每周、每旬、每月的测验与考试前后动态,可以说教授们最关心了。记得有次“物理学”及“工程数学”测试,分数全班都不太好,个别有开红灯的。于是张老师立即找来比较优秀的同学蔡听涛、冯大千等,了解实际困难和核心问题,找出原因后再由师生及时解决。大家从失败中吸取教训,吃一堑长一智了。那样的师生沟通和关怀,激励着每个学生认真学习、踏实钻研。在那样困难的条件之下,却从来没有一个人在考试或测验中作弊,也没有误解或怀恨严师的学生。张钟俊教授是以身作则地全面教导学生,才能获得如此优秀的教学效果,才能使每个学生始终尊敬他,这就是真正的尊师爱生、全面培养教育的典范。

记 1934 届 15 位级友在母校耕耘的点滴事迹*

张钟俊

交通大学 1934 届级友在毕业时共有 137 人，分别属于机械（20 人）、土木（42 人）、电机（35 人）、管理（28 人）、科学（数、理、化，14 人）等学院。在母校发展的各个时期，前后共有 15 位级友在母校工作，做出了一定贡献。其中，在母校工作时从事教育为主的以电机学院专业的最多，有林津、张思侯、张煦、赵元良、张钟俊、朱兰成、曹鹤荪、季文美、辛一心、方文均等 10 位。其中，曹鹤荪、季文美为母校建立了航空系，辛一心为母校造船系的建立起了不少作用，而林津等 6 位则在母校电机方面从事教育和科研工作。在 1934 届土木学院级友中，先后有丁观海、宋家治、徐人寿、王达时、俞调梅 5 位在母校担任教学工作。

世界各国的大学，都有毕业生回校工作，为母校的教学科研事业做出贡献的史料。但从拙文收集的材料来看，在 137 位级友中，总数达 15 位的级友（占全级总数的九分之一，特别是电机学院级友占总数的三分之一），回到母校耕耘，这在国内外都是罕见的。因此，欣逢毕业 60 周年出版纪念册的机会，提供这方面的一些史料，从不同的角度充实母校校史，并表达出 1934 届对母校哺育恩情的反哺。

兹将上列 15 位级友在母校的工作的情况按母校的不同阶段简叙于下：

---

* 原载：《交通大学 1934 届同学毕业 60 周年纪念册》，1994 年 8 月，第 4—14 页。

抗战前交大

林津级友于1934年毕业留校，在钟兆琳老师的领导下在电机学院电机实验室工作。除辅导学生做实验外，还为上海民族电机工业提供开发和鉴定服务。抗战开始后，林津同学即赴昆明，在资源委员会属下唯一的电工器材制造厂电器制造组工作。后赴美国西屋电机制造厂进行合作研究，1949年回国到一机部工作。

抗战时期重庆小龙坎交大分校

抗战时上海沦陷，徐家汇的交大校址由日人设立同文书院，交大则被迫暂借于绍兴路中华学艺社上课。当时，北大、清华、南开大学到昆明合并为西南联大，中央大学由南京迁到重庆沙坪坝，复旦大学迁至重庆北碚，武汉大学迁至四川乐山，浙江大学历经数省，最后到达贵州遵义办学。在重庆工作的交大校友，希望在抗战后方重庆建立交通大学，于是推举原交大化学系主任徐名材老师（当时在资源委员会动力油料厂任厂长）筹备重庆交大。适有当时教育部提供的增设机电两个班（每班学生定额40人）的经费即用于复校，校名定为重庆交大分校，借重庆小龙坎中央无线电器材厂（厂长是现在电子系王端骧教授）的工人宿舍于1940年开学。由于教育经费极少，大部分教师由中央大学交大校友兼任，专职教师则由徐老师约聘当时由国外留学回来的1934届级友曹鹤荪、张钟俊、季文美、丁观海等来出任。兹分别叙述这四人在重庆交大分校的耕耘情况：

（1）曹鹤荪级友留学意大利，学习空气动力学，获博士学位。

回国后原在成都航空委员会航空研究院工作，1940 年转来重庆交大分校，担任机械系主任。第一年讲授一年级的“普通物理学”，第二年讲授二年级的“理论力学”，备课及讲课非常认真，深得学生爱戴。

(2) 张钟俊级友留学美国麻省理工学院，获博士学位。1939 年回国后，先后担任四川乐山武汉大学电机系及重庆中央大学电机系教授，1940 年夏由徐名材老师约聘至重庆小龙坎交大分校工作，担任电机系主任。第一年讲授“微积分”，第二年讲授“微分方程”“矢量分析”。因张钟俊级友在麻省理工学院攻读博士时，数学是其第二专业，故所有数学课程均能胜任。

(3) 季文美级友留学意大利，获飞机结构博士学位。1941 年由航空委员会南川飞机制造厂应召转到重庆小龙坎交大分校，担任二年级的“应用力学”及“材料力学”课程，讲课内容新颖，深受同学欢迎。季文美编写的教学讲义出版后，风行一时，多次重版，未曾发现一个错字或公式误植，足见季文美级友的认真负责。

(4) 丁观海级友留学美国密执安大学。1935 年与同学王隽英结婚，次年生了个男孩取名丁肇中(诺贝尔物理学奖获得者)。丁观海在导师美国教授铁木辛科的培育下取得硕士学位后全家回国到重庆工作，担任重庆大学土木系教授，其夫人则在重庆师范学院任教。由于当时交大分校二年级“力学”课程较多，丁观海自告奋勇每周来兼课三小时，为交大分校添注新活力做出了很大贡献。丁观海在抗战胜利后赴台湾工作，曾任台湾大学工学院院长一职多年。

由于当时在交大分校工作的几位级友都在国外得到名师传授，其教课内容及观点新颖，理论联系国内外实际，对学生能力的培养很有好处，可以作为这一时期交大较突出的优点。

抗战时的重庆交大

在重庆工作的交大校友迫切地希望通过各种途径使交通大学在重庆复校，1941 年夏改聘吴保丰校友（重庆中央广播事业管理处处长兼交通部技术人员训练所所长）继任重庆小龙坎交大分校主任，利用交通部技训所在重庆九龙坡建设校舍的机会，建立重庆交通大学。1942 年夏，重庆交通大学在九龙坡正式诞生，成立了机械、电机、土木、造船、航空、工业管理和运输管理等七个系，并筹建电信研究所，招收两年制的硕士研究生。当时在校耕耘的 1934 届级友有曹鹤荪、季文美、张钟俊、张思侯、张煦、朱兰成、宋家治、徐人寿、王达时、辛一心等 10 位，兹分别叙述一下他们的工作岗位：

（1）曹鹤荪和季文美共同筹建航空系，由曹任系主任。曹鹤荪讲授“空气动力学”，季文美讲授“飞机结构学”，他们成功地建立了交大航空系，开始为母校培养航空工业专业学生。

（2）张钟俊除了担任电机系的“交流电路”“配电工程”“电力传输”等课程的讲授外，并任电信研究所主任，招收两年制电信工程硕士生。课程设置以美国哈佛大学应用物理系为蓝本，加强基础课程的训练，例如开设了“近代物理”“近代数学”及“电磁学”“电信网络”“无线电理论”等课程。所招研究生由交通部电信总局、中央电工器材厂和中央广播事业管理处拨给与助教工资相同的奖学金。研究所教授主要由校电机系、交通部电信总局和电工器材厂的高级工程师兼任，两年内开设了近 10 门课程，为研究生打好了基础。张钟俊在所内开设了“高级电工数学”（应用复变函数）和“电信网络”两门课。

（3）张煦和张思侯级友，两人首先在交通部技训所工作。张煦1940 年在美国哈佛大学获得博士学位后回到重庆，担任技训所高级班主任。张煦和张思侯都在重庆交大电机系兼任课程，为建立电讯组的课程建设做出了很大贡献。张思侯兼任“无线电工程”一课，一直讲授到他被公派去美国哈佛大学攻读博士学位为止。

(4) 朱兰成级友是1938年在美国麻省理工学院获得科学博士学位的，后来在美国国防科委担任无线电方面的领导工作。1943年，他担任美军驻华统帅魏德迈的技术顾问，指导在昆明飞机场建立盲目降落设备。某日，在重庆市区与级友张钟俊相遇，因朱已完成他的昆明任务，由张钟俊级友邀请他到电信研究所为研究生开设“微波电路”一课。他是我校聘请国外专家讲学最早的一位，精力充沛，课程内容非常熟悉，介绍了不少美国最新的微波技术，深得研究生欢迎。

(5) 宋家治级友。重庆交大成立后设有土木系，由校友薛次幸兼任。但薛另兼交通部西南公路总局局长，不能经常来校，因而请宋家治级友兼管业务。抗战胜利后，宋去台湾公共工程局及台湾电力公司工作。

(6) 徐人寿级友于1939年获得美国麻省理工学院土木工程硕士学位，回国后在福建省工作。重庆交大成立后，即由厦门大学回母校土木系任教，开设了好几门新课程。抗战胜利后徐人寿首批到台湾工作，任基隆港务局局长，主持港湾恢复，1948年任台湾铁路局处长。

(7) 王达时级友于1938年获得美国密执安大学土木硕士学位，回国后在重庆大学土木系任教。重庆交大成立后，即到母校土木系任教，不久继宋家治级友兼代土木系主任。王达时级友为恢复和发展交大土木系做出了卓越贡献。

(8) 辛一心级友于1938年获得英国新堡杜伦大学造船工程硕士，曾与英国格林威治皇家海军大学合作科研。于1940年返国，先在陕西城固西北工学院任教，不久即来重庆。在重庆招商局主持船务处，并兼任重庆交大造船系教授，先后讲授“船舶静力学”“船体结构振动”“船舶摇摆”“船舶推进学”“船舶结构力学”“船舶流体力学”

“船舶动力学”等课程，为母校造船工程系的建立和发展做出了卓越的贡献。

以上10位级友是在重庆交大时期担任主力教师，为交大航空系、造船系及电信研究所的建立，土木系的发展，做出了很大的贡献。

抗战胜利复员回上海时期的交大

1945底，重庆交大复员回上海，在徐家汇原校址开学，恢复了三院制（工学院、管理学院及理学院），增设了不少系科。1934届级友，除了徐人寿、宋家治去台湾工作，张思侯、朱兰成去美外，其余曹鹤荪、季文美、张钟俊、张煦、王达时、辛一心6位级友都在徐家汇母校任教或兼任，并有俞调梅级友来母校任教。俞调梅于1938年获得英国伦敦大学工程硕士学位后，于1940年回国，曾任教东吴大学、中正大学等校，是在母校较早开设新课程“土力学”者。

在这一时期，交大发展很快，分散在全国高校执教的交大校友，纷纷回徐家汇母校工作，人才济济。1934届级友当时在母校工作的只有7位，但都是骨干教师，并都担负了一些行政工作。如曹鹤荪兼任教务长，季文美兼任总务长，王达时兼任工学院院长，张钟俊兼任电信研究所主任，辛一心和俞调梅分别兼任造船系和土木系主任。有人称1934届级友是当时交大教师中的“少壮派”。

1949年后院系调整时期的交大

1949年后由于学习苏联，自1952年起进行院系大调整，交大只保留机械（包括造船）和电机两方面专业。王达时和俞调梅调整到同济大学，曹鹤荪调整到哈尔滨军工学院，季文美调整到华东航空学院（后又到西安的西北工业大学），张煦调整到成都电讯工程学院，留在母校工作的只有张钟俊和辛一心两级友。方文均于1949年获得美国密执安大学造船工程硕士学位后于1950年回国，在中央重工业部船舶工业局工作，负责筹建船模试验池。他于1955年来母校兼课主讲“船舶阻力”等三门课程，为母校船模试验池的建立做出了贡献。

迁校西安及分设两地后的交大

1955年，国务院决定将交通大学迁往西安，1957年又根据当时实际情况及西安和上海两地的需要，分设西安部分和上海部分，1959年又将两部分分别独立，称为上海交通大学和西安交通大学。在交通大学全部迁往西安后，在徐家汇原校址设立了上海造船学院，内分造船、船舶动力和船舶电机三个系（造船学院后来成为上海交通大学的重要部分）。赵元良级友是在那时来母校船舶电机系任职的。赵元良在意大利留学获博士学位后，回国到四川乐山武汉大学任电机系教授。他是从闵行电力专科学校调到造船学院，俟后即在上海交通大学主持电工基础教研组的教学工作。

总之，在上列的交大六个时期中，1934届级友在重庆时期对母校的贡献最大。当时各位级友刚好学成回国，都是年龄在30岁以下的青年，风华正茂，而今都已经从交大毕业60年了，已入耄耋之年。

特别值得在纪念册上一提的还有：钱学森级友由于在我国的航天事业中做出了极大的贡献，张光斗级友由于在我国水利工程事业中做出了卓越的贡献，被中国科学院推选为学部委员——国家学术的最高荣誉称号。级友张煦，由于在我国通讯技术政策及传授通信新技术，从载波电话、数字通讯到光纤通信，做出了突出贡献，被中国科学院推选为学部委员。张钟俊则因其半个世纪来对推动我国自动化技术和推广高级自动化的应用做了重要工作，也被中国科学院推选为学部委员。1934 届级友中，共有上列 4 人获此殊荣。

杂忆九龙坡校园生活*

魏凌云

将时光倒流37年，引起我不少温馨愉快的回忆。记得是在1944年"双十"节，我新婚之后不久，考入了重庆交大电信研究所，正是"洞房花烛夜，金榜题名时"，人生最春风得意的时光。交大渝校设在九龙坡，在嘉陵江畔，离开市区约20公里左右，有汽车及汽船可通。我那时家住在江北，只好住读，每星期或隔星期回家一次。"小别胜新婚"，个中滋味，倒是领略不少。

九龙坡的交大，是借用交通部技术人员训练所的房屋。虽然"人在屋檐下"，不但不低头，而且个个昂首阔步，趾高气扬。因为环境幽美，远离闹市，九龙盘踞，唯我独尊。校长吴保丰先生，真似活菩萨，腹似如来，心似观音，和学生在一起，亲如家人父子。教务长为李熙谋先生，李先生那时仅四十几岁，风度翩翩，仪表堂堂，在学术界，夙有"美男子"之称。后来是台湾新竹交大的第一任电子研究所所长，我曾拜谒过他好几次，仍然是神情依旧，风采不减当年，英俊挺拔，养生有道，令人钦羡不置。数年前才高龄仙逝。目前新竹光复校区的振吾亭，就是学生们纪念他献建的。

当年交大开创电信研究所，在交大校史上，正是"欲穷千里目，更上一层楼"。我很幸运成为电信研究所的第一届研究生。所长是张钟俊先生，麻省理工博士，短小精悍，目光炯炯，说话中英并用，快如射矢。他的同宗张思侯先生，却是温文典雅，静若处子，完全是中国书生

---

* 原载：《老交大的故事》，江苏文艺出版社，1998年12月，第383—389页。

本色。教“近代物理”的是黄序棠先生，讲课声如洪钟，笑容可掬。兼课的有包可永先生，那时他是资委会的材料处长，在资委会及工业界是响当当的人物，来去匆匆，忙得不可开交。

记得是第二学期开学不久，突然来了一位美国空军上校，身穿美军制服，高头大马，由张钟俊先生引来讲“微波原理”。这位空军上校不是别人，乃是鼎鼎大名的朱兰成博士，他因为在麻省理工研究微波导管，用于雷达，在那时大红大紫，由美国空军派到重庆大使馆作技术顾问。他与张钟俊先生在交大是同班，同时去美，同进麻省理工，又同时毕业。张先生回国，朱先生的“微波”却是红运当头，便留在美国，青云直上，名扬国际。朱先生的学问当然顶呱呱，但是讲书并不高明。老实说，我的“微波”根底，还是几年后，在美国伊利诺大学学扎实的。

在研究所的同班同学不到 10 个人。现在记得的只有董春光与易晓东。董兄后来到台湾电信局，我在 1949 年自美归来与他同事；随后我又去美，他也去美，经常过往。最近在《我的第六感》一文中，特别提到与他在纽约的巧遇，足见我与他心灵相应，已非一朝一夕了。易晓东是女生，为湖南名门望族易家（与易实甫、易君左同宗）的闺秀。班中另有一湖南陈君，因同乡关系，近水楼台先得月，他俩日日形影不离，羡煞班中其他光棍。后来是否结为连理，不得而知。

九龙坡因在嘉陵江畔，每当夕阳西下，便见俪影双双，情话绵绵。我在新婚之后，虽有如花美眷，却不能天天奔波回家，真是“良辰美景奈何天”，闲时只好拉着同学，大摆龙门阵。记得有一次，我在重庆看过《魂断蓝桥》后回九龙坡，当晚陪着董春光沿路散步，边走边谈，将费雯丽与罗勃泰勒的绮情恋意说得眉飞色舞，然后又将他俩的肠断魂消，诉得凄怆悱恻，辛酸堕泪，直到金乌西坠。春光兄听得如醉如痴，他对我说：“你讲的《魂断蓝桥》，真比演的还动人心弦，听得实在过瘾，我再也不想看电影了，以后就请你说书吧！”

我因为曾在空军服务两年，对于航空无线电颇有心得。到交大研究所后，我也不找指导教授，开始自己写名为《飞机的无线电自动控制》的论文。利用近乎雷达的原理，使无线电射到地面及四周，遇到地形奇特的区域，由于反射电波，飞机可以自动提升或趋避，免致撞山或触地的危险。在那个时候，还没有“自动控制”的观念，我的思想在当时够得上是“先知先觉”。所以在一年中，我的课修完了，论文也完成了。但是硕士学位规定两年毕业，恰好 1945 年，日本投降，抗战胜利，我首先离开研究所，到电信总局报到，被派到汉口第三区电信管理局工作。正好“衣锦还乡”，带着妻儿，乘舟东下，“两岸猿声啼不住，轻舟已过万重山”，几天后便看到“晴川历历汉阳树，芳草萋萋鹦鹉洲”，江山依旧，故乡如画，真是喜极欲狂。

本来我在考取交大研究所之后不久，稍前曾投考的租界法案派遣“农工矿技术人员出国实习”项目，也被录取。张钟俊先生当然希望我出国，可是经济部因为战时需人，要求凡与战时工作有关者，一律暂缓出国。我报考时填的是航空委员会的职务，便被排入“暂缓”之列，因此只好在交大研究所耽下来。一年时间，在校优哉游哉，在家有娇妻幼子，居校愉快，回家温馨，真是“不亦快哉”。

1947 年，我在汉口接到经济部通知可以出国，由经济部派遣。于是离妻别子，束装东下。到了上海，先住在徐家汇交大，正式参加硕士论文口试，我的交大硕士学位才算真正拿到手。第二天清晨，由交大研究所第二届的同学杨渊（陕西人，是我西北工学院后期校友），送我上“哥登将军”号，离沪东去。大有苏东坡的“小舟从此去，江海寄余生”的凄凉味道。

在美两年，神州内战，遍地烽火。每念到杜工部的“香雾云鬟湿，清辉玉臂寒”，真是低回不已，思家心切。1949 年 10 月决定归国，又是“哥登将军”送我“八千里路云和月”。到了香港，全船乘客回大陆，独我一人到台湾。幸好我妻子刚由广州来台，家人重逢，恍如隔世。回忆九龙坡的那一段情景，温馨愉快，怅然若失。今年自加拿大休假应聘回新竹交大执教一年，也住在名叫"九龙"的客座教授宿舍里，编辑嘱为文，应是"此情可待成追忆，只是当时已惘然"。

记忆里的浪花*

申士标

青青学子 崭露头角

抗日战争时期，我国唯一的飞机制造厂设在美国，是由蒋介石夫人宋美龄提议修建的，并由她选聘上海交大毕业生、麻省理工学院航空工程博士胡声求为总经理兼总工程师。那时胡博士年仅 25 岁，出任要职，立即引起新闻界的注意。负有声誉的《大公报》，在社论栏连载胡声求的事迹，轰动社会。交大学生纷纷询问曾留学美国的老师，打听胡博士的详细情况。记得张震教授回答后，又告诉大家："钱学森博士在国外遐迩闻名，你们知道么？"

学冠同侪 扬名海外

1945 年的一天，重庆各报报道："美国麻省理工学院机械系主任写信给当时的教育部，三名中国留学生荣获该院机械系研究生论文前三名。"经教育部查定，其中两名是上海交大毕业生，第一名朱城，公费留学，另一名自费留学。朱城取得博士学位后，谢绝美国大学和公司的招聘，拾装回国。清华等名牌大学争下聘书，但他决心回母校任教。

* 原载：《老交大的故事》，黄昌勇、陈华新主编，江苏文艺出版社，1998 年 12 月，第 215—219 页。

在执教期间著有《材料力学》选为部定教材，各大学竞相采用。不幸早年去世，为世痛惜。

一鸣惊人　余音绕梁

1945年，电机系二年级一姓曹同学提出微积分新理论，可以简化计算程序和解算过去不易解算的20多类题目。该理论曾在校园公布，并呈报当时教育部鉴定。曹同学平素不修边幅，但勤学好问。未及毕业，一夕离去。据说因有地下工作之嫌，被迫离校云。

亦喜亦惧　惠此交大

某期《交大友声》论述："母校学生计算能力强，在国内冠冕一时，但实验能力逊于某些大学。盖因限于条件实验手段不足之故。"

得天下英而教育之

大后方每年约有4万名高中毕业生几乎全部报考四大学（中央大学、西南联大、浙江大学和武汉大学）联合招生。上海交大则单独招生，考生约四五千名，几乎全是各中学的优秀学生，擅长数理化。成绩一般的学生望而却步，不敢问津。报载，"伶界大王梅兰芳之子，立志报考上海交大电机系"，后来却无下文。

金牌名牌　生色增光

当时交大规定一年级为试读生，不算正式学籍，也不发给校徽。交大校徽有“金牌子”之称，为社会所重，行人望见佩戴交大校徽的学生，每每发出“这才是读书的学生”之赞语。

斯是陋室　唯我书馨

当时学生都住大宿舍，一个班级挤在一大间，床铺上下两层，仅有小量桌椅供放置脸盆及招待来客之用，无可据案自习。有些学生就各具匠心，睡下铺者用衣箱当书桌，用床铺当坐椅；睡上铺者用绳索吊木板悬挂在屋梁下，当作书桌，两腿下垂，高坐在上铺上，伏板自习。偶一欠身就摇摇摆摆，好像演杂技一样，然而熟能生巧，倒无出事故。

学习为纲　其他砍光

国难期间，物资奇缺，学校经费很少，校舍因陋就简，机构尽量压缩，办事人员似有若无，连教师的工资都不能保证。但学校却肯节俭各种费用，省下钱来购买灯油，发给愿开夜车的学生，要多少给多少，只要努力学习就好。

强身体育　处于偏废

彼时交大学生醉心智育，埋首课本，几乎忘了体育。学校虽也照例设一小型操场，但形同虚设，杂草丛生，深可没膝。没人去跑跳，没人去打球，也没举行过运动会。体育教师紧锁眉头，徒唤奈何？结果学生智力日上，体力日下。社会上流传起交大学生“一年级买蜡烛（开夜车），二年级买眼镜（近视），三年级买痰盂（肺病），四年级买棺材（垂死）”之说。

桃李满园　竞芳吐秀

大概是1944年秋季，交大校友近400人分赴北美西欧各国讲学、考察、留学或实习，人数之多，为各校所仅见。交大校友在交大举行欢送会，校园内张灯结彩，校门前两侧跨公路各布置了一座松柏牌坊，上书欢送字样。校园内一片欢腾，校门外车水马龙，游人瞩目，盛况空前。

炉火纯青　百炼成钢

老交大有“三分之一不及格”的说法，虽无明文规定，确有一些教授讲师这样办，即一个班级的学生，不论其考试成绩如何，教师应按三分之一不及格批卷。因之教师总是出偏题、难题，掌握三分之一不及格的主动权；学生则专攻难题，预做教科书后面的总习题，争取跳出三分之一的圈套。航空工程系一年级一学生因未挣脱三分之一的圈套而留级，发誓不再读交大，招考中央大学航空工程系。入中大一月后，又回到交大继续攻读，他说“还是交大顺眼”。另一学生原是安徽省高中毕业会考优秀生，在交大一年级即因三分之一不及格的限额，被勒令退学。他一怒之下，决心不读大学，参加工作。教务处公布月考、期考分数时，用蓝色填写及格分数，红色填写不及格分数，总是红色一片触目惊心。如此的过高要求，学生却乐于接受，口服心服。对批红色分数多的教师，则敬畏备至，认为必是学识渊博，深不可测。

低分高能　别具一格

近于苛刻的不易及格是老交大传统之一。交大学生虽属沙里淘金筛选出来的，但要考得八九十分，却如携泰山以超北海。多数学生的目标是六十分。不留级，不退学，就足以自慰并大可告慰家庭了。如果问一个学生考了多少分？他若回答“我赢了，他输了”，就知道他及格了。所谓“他输了”，是指教师而言。交大的低分标准，曾引起一次交涉。当时安徽省政府规定：“凡得八十分以上的安徽籍在校学生，可按学期发给奖学金。”交大皖籍学生一听就急了，推派代表去安徽省教育厅请愿。官员们听了代表们的陈诉也觉得把交大的分数和其他学校的分数同样看待确实有失公道。经研究特准交大皖籍学生，凡平均分数在六十五分以上者，也发给奖学金。

投笔从戎

——知识青年从军

赴缅甸接收战斗机及随“飞虎队”在仰光作战的回忆*

李永熹

1941年春，我辗转分配到当时的国民党空军第三飞行大队当仪表员。不久，就接到当时的航空委员会命令，要我们大队派人去缅甸仰光接收飞机。我们一行以机务长梁增光、军机长吴君干为首的地勤人员20多人于6月上旬(或中旬)乘卡车从成都出发，经宜宾、毕节等地先到昆明，在昆明稍事休息并办好出国手续(即每人发一张军人身份证)后，就换乘另一辆卡车沿滇缅公路，经过中缅边界城镇畹町直达缅甸的北方重镇腊戌，再换乘火车，于6月底(或7月初)抵达缅甸的首都仰光。飞行人员以大队长罗英德为首，包括中队长、分队长及技术较好的飞行员共约20人，则由成都乘飞机经昆明直接飞往仰光。

我们到达仰光的同时，美国寇蒂斯·莱特飞机公司的P-40C型战斗机就陆续运到了仰光，总数原为100架，有1架掉入海中，实际为99架。这批飞机的组装和试飞工作，由原在杭州最后迁至中缅边界垒允的中美合办的旧中国中央杭州飞机制造厂(简称“中杭厂”或“垒允厂”)派工人、技检人员和试飞员共约40人负责。飞机的组装工作，大致7月开始，年底前结束。另有二三架零件不全，实际交付使用的在95架左右。

我们大队人马到达仰光不久，就有2位刚从美国回来的留学生来

---

* 原载:《同窗集——纪念上海交通大学1939届级友毕业60周年(1939—1999)》，1998年9月，第178—181页。

给我们上课。一位姓熊，听说是熊式辉的儿子，主要给我们地勤人员讲飞机的构造和维护；另一位是顾德昌，听说是顾维钧的儿子，主要讲发动机的构造和维护。课程大致2个多月后结束，然后就分配到装配现场按各自的分工观察实习。我当时虽是仪表员，但也全面学习飞机的装拆和维护。

大致在9、10月间，这批飞机决定交给陈纳德组织起来的美国志愿队(American Volunteer Group，简称AVG)，绰号“飞虎队”。这批飞机交给他们后，他们要求装配人员根据该飞机所用液冷V型发动机整流罩较长的特点，在左右两侧喷上像是鲨鱼张着大嘴露出牙齿的油漆。上级考虑到这批志愿队人员大都是美国军队的退役军官，他们来华参战，我国是要付给报酬的。为了尽量减少他们的地勤人员，决定我们大队的地勤人员除机务长外，全部留在仰光帮助AVG做地勤工作。由于当时国内汽油供应非常紧张，而仰光附近又有油田和炼油厂，这批志愿人员原拟在仰光训练一段时间再飞回昆明。待至12月7日，日本偷袭珍珠港，从而爆发太平洋战争之后，我们就奉命随志愿队留在仰光，与英缅军队共同对日作战。当时，地勤人员中只有我还会些英文，从此我就兼做翻译，工作就开始忙起来了。

随后不久，日军就进攻缅甸，经常派飞机轰炸仰光机场。当时英国皇家空军留在仰光的只有几架惠灵顿轰炸机，有的还趴在机窝里飞不起来，地面防空部队的力量也不强，因此，仰光区域的空防及前线陆军的地面支援，几乎全靠志愿队配备的P-40C这批飞机了。P-40C飞机的性能，相对于日本当时较多的“九九”式飞机来说，还是较好的。加之，当时志愿队又采用了各机都能灵活应急的6机串列编队队形(当时日本和我国一般都采用9机“品”字形编队队形)，并根据我机速度、爬高率相对快的特点，采取“打了就跑，爬高后再攻击”的战术(意即避免与敌机缠斗或格斗)，每次空战都获大胜。当时志愿队有一个默契：凡是作战回来，先对机场作一个俯冲，然后拉1个快滚表示打掉

1架敌机,拉2个快滚表示打掉2架敌机,等等。

我们知道这种默契的真意之后,都把快滚看作是对我们地勤人员的莫大安慰和鼓励。大致在1942年元旦过后不久,几十架日寇飞机空袭仰光,志愿队及时起飞应战。空战结束后,我数了一下,我方飞机作的快滚有15或16个之多。当时,日寇飞行员的士气还是挺高的。当天,我们看到有一架日机在机场上空摇摇晃晃,盘旋不久就来了一个垂直俯冲,轰然一声,直撞地面。事后在现场一看才知道,该飞行员是准备撞毁我方地面趴在机窝的英国轰炸机的。只差一点,虽然那架轰炸机没有被撞坏,但该飞行员的武士道精神还是很足的。为此,英军还是按军礼对他实行了厚葬(据说这是国际惯例),"表彰"他的勇敢。

据杨辉健所著《陈纳德和他的十四航空队》(中国青年出版社1989年2月出版)一书中统计,美国志愿队在仰光作战两个多月期间,由于P-40C飞机的性能略胜一筹,又由于他们有针对性地采用一些较好的战术,加之他们也比较勇敢(当时大家都说这些志愿人员是些亡命之徒),总共击落敌机217架,自己仅损失14架,获得了巨大的胜利。仰光最终失守,完全是由于英国陆军太弱了。直到后来中国远征军出兵缅甸,才阻挡了日军的锐利攻势。

大致在2月上旬,听说有一架日本零式飞机迫降在距仰光约有二三天路程的农田里,飞行员靠缅奸的帮助跑了,飞机还相当完好。为了研究敌机的性能,志愿队派我和一位机械士随英军的一位军官前往拆运。经过几次车船转换,好不容易才找到飞机的所在地。由于该机的结构有些特殊,我们所带的工具是英制的,而日本使用的又是公制的等原因,我们费了九牛二虎之力,来回花了大致10天时间,才把这架飞机运回仰光。当我去交待这一工作时,志愿队就告知:日军已迫近仰光,飞机将于次日飞往昆明,地勤人员将于第三天也撤回昆明。

大致2月下旬一天的清晨,我们开着志愿队管辖的卡车、加油车、吉普车等各种汽车约 10 辆，浩浩荡荡撤离了仰光。当时，我独自驾驶一辆卡车。几天之后，车到腊戌，但我们大队姓梅的机务员不幸患病死亡了。可能是中暑，因为缅甸属亚热带气候，2 月份气温已经很高了。他为抗战献出了宝贵的生命。大致在 3 月中旬，我们安全地回到了四季如春的昆明。随后不久，就接到命令要我们原班人马到印度接收飞机。于是，我们从 4 月初开始又走上新的征程。

奔赴内地完成学业　作美军翻译纪略*

程学俭

"孤岛"陷落，奔赴内地

1941 年 12 月，太平洋战争爆发，日军跟着开进了上海租界，至此，所谓"孤岛"亦告陷落。上海交大自"八一三"抗战爆发后在黎照寰校长支持下，一直坚持上课迄未中断。汪精卫叛国在南京成立伪政府后，学校迫于形势曾一度改称"私立南洋大学"，由前校长唐文治老先生主持校政。但随着日军进占租界，眼看学校迟早将被汪伪接管，不少同学出自爱国之心，不愿继续就读于汪伪交大。当时，在重庆已成立了交大重庆分校，接受沦陷区同学内迁复课。我和一些志同道合的同学在就读省立上海中学时以及进入交大后，曾一起参加过一些爱国抗日活动（如去四行孤军营慰劳八百孤军官兵，逢抗日纪念日散发传单，在汪伪上台时组织罢课等），更有顾虑在敌伪直接统治的环境下随时可能发生意外，因此在取得双亲的同意后我决定立即离沪去内地。

1942 年 2 月，我偕同几位同学告别上海，采取迂迴苏、皖进入浙江的路线，准备到达金华后再作继续深入后方的打算。我们先乘火车去常州，然后改坐汽车到宜兴和桥镇，次日坐船驶向当时后方的前线徐舍镇。中间必须经过一道敌伪封锁线，在一位同学亲友（家住和桥镇）的帮助下，我们有惊无险地通过了。过徐舍不久就进入安徽省界，在

---

* 原载：《逝波集——交通大学机械工程系 1943 级同学回忆录》，1999 年 9 月，第 200—204 页。

一段自行破坏的黄泥公路上走了一天到达广德县。这是我们进入后方的第一个县，街头墙上到处刷写着抗日备战的口号，使才使从沦陷区来的人有一种新鲜感。从广德开始，公路路况已较正常，但却无公路车辆行驶，故仍须依靠徒步跋涉。我们每人都带着不轻的行李，所幸当时在靠近前线一带的每个镇公所都有军民合作站点设置，负责征派民伕沿途为军队运送物资。数十里为一站，一站一站地接转，就像过去的驿站。我们从沦陷区来的大学生凭证明他们也派民伕帮助担运行李，按里程付给很少的代价，也是站站接转，并且到宿地还为安排住宿。虽然住的多半是学校的教室等，但对我们帮助很大。我们大概日均赶路八九十里，由广德起经宁国(河沥溪)而绩溪而歙县。从歙县乘船进入浙江直抵兰溪，然后再坐火车去金华。1942 年 4 月，我们经过两个月的跋山涉水，住过“鸡鸣早看天”的乡村小客栈，睡过镇公所的会议室、农村学堂的课桌，日出而行、日落而息，总算安全到达浙江中部的金华——我们离开上海时确定的第一个目的地。

当时在金华筹设了一所东南大学，专门接收来自沦陷区的大学生。我们抵达金华后就到东南大学报到，解决了住宿问题。在那里遇到施增玮、杨大雄等十多位同学，并得知交大校友会有通告，期望交大同学都去重庆交大复课，沿途可以得到在铁路、公路、资源委员会校友们的帮助，给予种种便利。施增玮、杨大雄等已办好手续即将启程赴渝。我们稍事休息后去造访了赵曾珏学长，他是当时第三战区电信特派员，也是交大校友会负责人之一。他让秘书为我们办了浙赣路铁路免票，以及以后有关方面的介绍。其时日军又继续深入进占内地，每天有日军飞机来金华轰炸。我们决定尽早离开金华，先搭火车到鹰潭辗转至衡阳，再经湘桂路抵桂林。从桂林开始都是搭乘资委会运钨砂的卡车，一路颠簸到达最终目的地重庆，那已是 1942 年的夏天了。我们从金华到重庆，路途遥远，历尽艰辛，倘若离开了一路上交大校友们的帮助，很难想象如何能走完全程。真是交大校友是一家啊！

重庆交大作为分校先在重庆西郊小龙坎办学，与沙坪坝中央大学为邻，1942 年 10 月分校改称总校，搬到南郊九龙坡新址。重庆交大开始时只设机械系、电机系，后来增开了航空系、轮机系，并且只有一、二两个年级。我和杨大雄在一个班，从三年级读起，稍后罗祖道也来了。从上海来的电机系同学较多，如施增玮、陈华伟、唐宗炎、邵昌祺等。宿舍里我们都同住一个大房间，睡双层床。1943 年 4 月，我们参加了在学校大礼堂举行的庆祝交大创办 47 周年大会。

协同来华美军，训练装备国军

1943 年，第二次世界大战将转入战略进攻阶段，反法西斯同盟美军来华助战。当时中印缅战区在美军史迪威上将的指挥下，计划以美式武器装备国军 36 个师。其中一部分军队派到印度受训，接受美式装备后沿印缅边界打通中缅公路回来；另一部分军队则在国内受训，受训后接受由印度运来的美式装备，然后开赴前线与日军作战。为此，需要大量英语翻译人员协同工作，当时军事委员会外事局就公开招聘志愿军中通译以应急需。记得同学施增玮、陈华伟等五六人就在那时报名应聘而提早一年离开了学校。但是公开招聘的译员人数完全不能满足需要，于是 1943 年末蒋介石下令，从 1944 年开始，全国大学的每年应届毕业生全部征调担当军中通译，为期两年，两年后始能发给毕业文凭。当时我们班级正进入四年级下学期，均在被征之列。

1944 年 2 月，我们离开九龙坡，到设在北碚复旦大学的译员训练班接受短期训练，主要是军事操练以及熟悉一些礼节性英语。3 月份短训结束，按照个人英语水平陆续正式分配任务。我们一批从上海到内地的同学都最先得到分配，我和杨大雄被分配到桂林美军乙兵团(Z Force)，罗祖道被分配到昆明甲兵团(Y Force)，均属中印缅战区中国战场作战指挥部。离开译训班先到军事委员会外事局(Foreign Affairs Bureau)报到，领到了第一个月的工资以及陆军军服。第二天清晨就被送往白市驿机场乘上美军运输机，先飞至桂林。我们派到乙兵团的就下了飞机，罗祖道等派往甲兵团的则继续飞往昆明。从桂林机场我们又被送往乙兵团的步兵训练中心(Infantry Training Center)。在那里美方派了一名中士照料我们的膳宿，给我们换发了美式军服。我们每天随同受训中国官兵一起上课，见习美国教官和中国翻译的协同讲课。1944 年 5 月，日军发动湘桂战役，占领长沙后向衡阳攻击。美军乙兵团奉命逐步向昆明转移，我们也随同撤至昆明。抵昆后先被送至昆明步兵训练中心待命，在那里与罗祖道以及早一年志愿应召的施增玮、唐宗炎、邵昌祺等同学相会。其时，施增玮已是步兵训练中心主管翻译(Chief Interpreter)了。1944 年 5 月中旬，我和杨大雄等奉命分派到昆明炮兵训练中心(Field Artillery Training Center)，从此我正式开始了翻译官的工作。

昆明炮兵训练中心顾名思义，是来华美军实施训练与装备国军炮兵的场所。中国军队派来受训有两种方式：一种是从炮兵团营中抽调部分校尉士官来受训，一种是调派整个炮兵团营前来受训。前者学员编由东南干训团大队部管辖，集中住在两座美式大活动房屋内；后者按原来编制另立专门的营地。每期受训结束就给以美式装备，75 驮载野战山炮或 105 榴弹炮，同时由美方派出由军官、士兵、译员三组人员组成的联络组(Liaison Team)作为随军顾问，继续帮助操练或者作战。训练中心在总部下面按照训练课程内容分设若干个组，有战术组、兵器组等。我是被分派在兵器组(Material Section)，由美军少校 1 名、中尉 1 名、士兵 2 名以及译员 3 人共 7 人组成。组长是美少校教官，我是少校教官的译员，也是译员组长。兵器组讲课内容包括：火炮的性能、作用；火炮的结构与零部件的拆卸、名称；火炮的维护、保养，等等。讲课是通过教材、挂图与实物等进行的。我们主要是对干训团学员讲课，偶然也去炮兵营地。炮兵训练中心是外事局译员较集中的地方，共有译员近百名（不包括美军直接雇用的译员），主管译员就是陈华伟。我们除直属昆明外事局办事处管辖外，从协同工作的考虑也受训练中心美军总部的管理。我们有自己的宿舍，是与大队部学员宿舍相邻的两座活动房屋；我们有自己的食堂，在一名华裔美军中尉的帮助下自办膳食；我们还利用食堂自办译员俱乐部，每晚开放，设茶座、棋弈等，还有一个小小图书阅览室。我们的工资仍按外事局标准，每月由训练中心美方总部代发。在征调时当局曾许诺我们的待遇为三级翻译官，是少校或上尉待遇，但从未落实也从未授衔，实际上是非官非兵的身份，在工作中时常感到不便，甚至在中美两方受气。我们通过主管译员向外事局作了强烈反映，于是在1945年初外事局发给每人一副特制的仿美军式样的领章，一边是“IO”（Interpreting Officer）两字母，另一边是美军中尉两条杠的符号。大家非常气愤，一致予以拒绝。

有一事如今回忆起来缅念犹深。1944年6月底，湘桂前线吃紧，炮兵训练中心要派联络组随同美械装备了的中国炮兵团开往前线。杨大雄同学协同工作的上尉教官也是联络组成员之一，于是杨大雄作为译员也被抽派，从此他随军转战于湘、桂、黔一带的西南战线。1945年5月德国投降后，中国军队在西南战线开始反攻，节节胜利。1945年6月21日，杨大雄随同美军炮兵上校等7人（均联络组成员）赴柳州前线视察以确定炮兵阵地的部署，不料遭遇日军狙击兵的射击，杨大雄首先举枪抵抗，不幸中弹牺牲。一起牺牲者还有2名美军士兵，余4人则被俘。死者遗骸曾葬于贵阳美军公墓。消息传到训练中心，大家莫不悲痛，我和杨大雄是从中学到大学的同学，也是志同道合的挚友，对他的大义凛然、临危不惧、为国捐躯的精神亦觉又敬又悲。同时他的光荣牺牲正说明了我们译员在抗日伟大事业中是有所奉献的。近闻，经过杨大雄胞弟等提出申请、交大校方帮助查找档案积极支持，上海市民政局已批准追认杨大雄同学为革命烈士！

1945年8月15日，日本投降。一个月后我们全体译员被告知光荣遣散。在近两年的译员经历中，我信守在工作上密切配合并肩作战，在人格上相互尊重平等对待，与美方人员接触中有官亦有兵，他们都有一定的学历，虽然他们有些生活作风我们看不惯，但他们工作时认真，绝少因循苟且，极富进取心与乐观精神，这些足资我们学习。

我和抗日烈士杨大雄*

施增玮

大雄和我是省立上海中学初中部与高中部的同学，他比我低一个年级，但同住一寝室。上海在发生日寇侵略的“八一三”事件沦陷以后，上海中学搬迁到租界菜市路。那时我们都忧国忧民，痛恨日寇，一起参加散发抗日传单等宣传活动。

我 1939 年考入交大，大雄 1940 年考入交大，我们又在一起了。到交大以后我们和其他同学一起参加抗日活动。记得当时上海在一些汉奸主持下的维持会，要学生停止抗日活动，正常上课。有位数学老师在维持会的布告上签了名，同学们就组织起来罢他的课。这位老师很严厉，谁旷一节课，就扣他的总平均成绩一分。同学们就商量好，以拿 60 分为目标，60 分以上的分数准备让他扣，各自报一下可以让他扣多少分，然后排好计划轮流罢他的课。我的数学成绩还好，我说：“我有把握，全罢了！”那学期，我自修这门课，比任何课都用功，把书上习题全部做完，还为同学补习，结果期末我拿了 65 分。其他参加罢课的同学都得了 60 分以上。经过这一场斗争，认识了许多同学，大家增强了爱国心。我和杨大雄、冯绍畀、王湜淦等 6 人决定办“震光数理补习学校”。这所学校设在现在延安路成都路附近一所房子里，我们这些一、二年级的交大同学任教师，由我出面作校长，在租界当局注册，吸收爱好数、理的年轻人来学习，鼓励他们学完后到后方去。至 1941 年 12 月 8 日太平洋战争爆发时，一共派遣了 300 多名到后方从事通

* 原载：《交大校友(1991)》，中国铁道出版社，1992 年 2 月，第 239—241 页。

信技术工作，参加抗战。

太平洋战争爆发的第二天，日本人占领租界。他们从租界地下电台查到我和杨大雄同学的名单，发现我们参加抗日活动，就派宪兵到交大课堂上来抓我。听说宪兵厉声问上课老师马就云教授："有没有施增玮"？教授不吭声，又问同学们，大家都不吭声。宪兵们无奈才走了。幸好那天我生病在家没去上课。课后一同学赶到我家报信，我就逃到松江我父亲的朋友家中避风三个月，然后准备到重庆去。我是萧山人，先到绍兴，再到金华一个临时的东南大学报到，那里收沦陷区大学生。杨大雄也躲到那里，我们又在一起了，冯绍畀也在。我们打算在东南大学读下去，顷接交大校友会通知交大同学可以去重庆复课，沿途可以得到各地铁路、公路部门和资源委员会校友们的帮助。于是我们十多人坐火车到鹰潭，又坐过一段船，遇到翻船，好在水浅未死人，可是我得了疟疾。那时日本人炮火声声，金华、衢州都已沦陷。于是决定大部分人先走，杨大雄一人留下陪我。我们上街找到一剂针药，冒险让药师注射入静脉。第二天就继续上路，一天赶一百多里，走了三天才到火车站搭火车到衡阳。桂林有校友接，从桂林出发乘资源委员会运钨砂的卡车颠簸到了重庆。

交大先借沙坪坝中央大学房子上课，后搬九龙坡，这时我和杨大雄同班。刚学完一学期，1943 年政府招聘志愿翻译，我去报名为美军当翻译官。在缅甸前线的中国军官轮流到昆明由美国军官训练，掌握新式兵器。我后来升任当步兵主管翻译，交大同学陈华伟当炮兵主管翻译。1944 年全国各大学毕业生都征调当翻译，杨大雄也来了。在我主持下前后有 1 000 多人，先学习步兵兵器知识，然后分开当翻译。杨大雄当美军顾问团的翻译，每次回到昆明休假，常到马街子步兵训练中心来玩，我们拍了许多照片。

1945 年，我被选为去美国的一百人之一，任务不明。有的说去帮助训练空军，有的说到日本登陆。在我到美国后不久，听说杨大雄牺牲了。他是和美军到广西南部前线视察时，被日军包围了，战斗很激烈，结果美军军官投降了，他顽强抵抗到最后牺牲，日军还砍了他的头和手脚。抗战胜利后交大为他开了追悼会，在校内建了杨大雄烈士墓。

杨大雄同学与我患难与共，情同手足，至今我一直想念他。杨烈士墓在校园的是衣冠冢，现在上海交大徐汇校园第三宿舍南侧。

纪念杨大雄烈士*

吴保丰 等

杨大雄其人其事

1944届机械系校友恐怕还记得，1940年秋，我们进交大教室的第一天，坐在第一排第一座的同学——入学考试第一名——我班班长杨大雄。他年少英俊，读书勤奋，是我班楷模。1942年春，他去重庆交大读学。1944年春，为救国家于存亡，拯人民于水火，他投笔从戎。1945年6月21日柳州战役，他在抗战前线，与日寇直接拼搏，光荣殉国，年仅25岁，时距日寇投降，不到2个月。母校为纪念他伟大的爱国主义思想与精忠报国之精神，于1947年6月21日在徐家汇校区建立纪念碑，用以激励交大后来人，要置个人名利与生死于度外，抵御外患时要拼命战斗，建设国家时要拼命奋斗。杨大雄烈士高大光辉的形象，永远活在我们心中。

杨大雄烈士二周年祭会，交大前校长吴保丰挽联

(1947年6月21日)

为国增光为校增荣通译竞前驱学业精神皆足器

已入虎穴已得虎子反噬遭意外将军志士共成名

---

* 原载:《同窗回忆录——交通大学1944、1945届毕业同学纪念册》，2003年4月，第164—167页。

杨大雄烈士殉国碑记

昆山吴保丰敬撰，嘉兴王蘧常敬书

於戏！自民国二十六年军兴以来，慷慨赴义，断脰决腹，一瞑而万世不眠者，何可胜数。然有以书生为鞮译，无尺土之守，一伍之寄，而亦蹈死不顾，若杨君大雄者，则千万无一二焉，为尤可耸异悼叹者也。君为我交通大学四年级生，三十三年春，与国美利坚军大集我西南，政府徵高才生为随军象胥，君与焉，隶七十九军。自后衡阳、邵阳、独山、全县、宜山、融县、柳江诸役，君靡不从，从必列前茅，与士卒同生死。衡阳之役，日寇蠭屯蝗傅，我军困蹶山谷间，溃围西出，左次邵阳，而桃花坪，而洞口，军长死焉。君方从美赫伦上尉驻守云母山炮兵营。比退犹从容窟地埋炮，然后行，行且顾，为泣下沾衿，上尉异之。独山之役，君从二十一炮兵团驰援。三十四年春，我军始出击，君从团与二十九军为犄角，叠克独山六寨南丹河池宜山，而直捣柳江，当是时，君兜鍪挟机枪，从大军驰骤万山中。栉疾风，沐甚雨，数阅月无倦色。柳江之攻也，君已假归，中途遇美炮兵上校柯伍德，强留之曰："事方殷，非君莫可以任艰钜者。"乃复从行。六月二十一日日加未，从上校等乘广车侦敌陈，摩垒卒遇伏，竟殉国。同徇者二人。后三日，始得其遗骸於南丹境乱山水沟中，已支解为五，年廑二十有五，於戏，烈已！夫君无守土责，虽败无死理，而君不爱死，常殿行。既胜矣，且已假行，宜益无死理矣，而竟徇友以陷伏。同陷者七人，四俘而三死，则君亦宜可不必死，而君竟死矣。在君为死义，无所恨，独念以君之才之德，而不能究其用，为可痛也。俘者曰：陷伏时，君首执枪下车辂寇，中弹后犹荷荷呼杀敌，於戏，壮已。君上海洋泾人，以第一人卒业於省立上海中学，复以第一人入我大学为机械系生。二十九年春，尝集会声讨南都闰位入狱，一时义闻动东南。三十年冬，日寇陷上海租界地，大愤，以为义不可留，遂间行至陪都，入我渝校，每冠其曹。余识君于稠人中，以为温温有君子之容，而不知其感激踔厉壮烈能死国也如此。父立人，母薛，犹在堂。君殉国后十二日，葬贵阳美军公墓。又一月，而日寇降，明年同舍生谋所以永君之传者，来乞言於予。余曰："君以义死，吾校之光也。"爰伐石树碑于校，为表而铭之，铭曰：松柏之贞，与卉同春；不有岁寒，坚脆熟分；矫矫杨生，载也犹人；天降丧乱。乃莸乃薰；一夫崛起，勇夺三军；金革可衽，义泣鬼神；自古有死，浩气常存。不见牖下，槁死畴闻；嗟吾杨生，世莫与伦；予此夺彼，犹天之仁；生也奚憾？碧血如新；魂其归来，光我黉门。中华民国三十六年六月敬立。

杨大雄烈士小传

杨大雄烈士生于民国十年，上海人。父立人，上海龙门师范毕业，执教数十年。其母无锡人，江苏省立第二女师毕业。杨君少有大志，豪迈不群，安贫乐道，与乃父同。二十二年入上海中学，乃二十六年，日寇侵华战起，沪市亦遭波及，乃居乡自修。二十七年复来上海。二十八年因汪逆叛国，愤慨填膺，号召同学罢课示威，遭捕房逮捕，经同学数度交涉，始获释。适时敌伪宪警，凶焰猖獗，无所不为，乃以复社社员资格参加反抗工作。明争暗斗，敌伪为之束手。二十九年卒业，以第一名考入交通大学机械系，课余并任教震光夜校。三十年租界遭日寇占领，翌春无奈被迫内来，辗转皖浙赣湘桂黔，夏始抵渝，就学本校。三十三年春，美军来华日众，乃充翻译员，离校赴北碚受短期训练。旋又转昆全桂任职东南干训团。不二月，湘北告急，赴前线，衡阳宝庆诸役，奋勇参战，屡次被围，倖告脱险。秋返昆休息。后黔边危殆，乃星夜赶赴筑恒备战，遂至反攻胜利。至三十四年六月参加柳州之役，因事该假，归途中遇美军官，又被邀回，遂于二十一日前线遇敌殉国。杨君临危犹因公忘私，精神益堪钦佩也。

抗日从军与退伍的经历*

张明熙

1944年日本侵略军在太平洋上屡战屡败，垂死挣扎，妄想从中国大陆上打通南进东南亚的交通线，疯狂进攻我国西南诸省。国民党军节节败退，贵州独山失守，贵阳、重庆危急，国民党政府发动知识青年抗日从军。当时我在内迁重庆九龙坡的交大就读，痛恨日寇在神州大地对中国人民犯下的滔天罪行，深感国民党政府的腐败无能，深痛民族存亡的危急，在沈奏廷老师（当时兼管理学院主任）作从军动员演讲后，我与同班管绍清学兄立即响应，率先签名。当时校里有首先签名从军的同学十余人共同发表对时局的申明，要求当时政府实现"政治民主化，军队国家化"，曾登载于重庆大公报上。他们在完稿、签名、送报社前也找过我，可惜未曾找到。那天我心情低落，清晨即独去江边小茶馆里，对江独饮，心潮逐浪，傍晚始归。当他们告知我此事时，我认为只要志念相通，就与我已签了名一样。很快学校就将报名参加陆军的同学送到重庆从军青年接待站，接着转璧山县师部集中再分兵种。许多同学报的是炮兵，炮兵威力大，只我一个报名当步兵。其实我深知自己是体力单薄，无拳无勇，屡遭欺凌之辈，只是深恨日寇猖狂，愤大辱之积志，想真枪实弹与日本侵略军在战场上周旋到底。分兵种后我即转入虎峰镇步兵团，编在同一个班里的还有3位从沙坪坝中央大学从军来的学生。其余是四川各县中学报名参军的中学生，他

* 原载：《同窗回忆录——交通大学1944、1945届毕业同学纪念册》，2003年4月，第286—287页。

们对我们从大学来的都很客气。步兵训练还是很严格的，除每日基本训练外，还有夜行军、实弹射击、长途行军等训练，历时半年。那时我这个昔日在校频繁出入于校医室，各种病痛不断的人，居然变得疾病全消、体力颇健，曾随队作长途行军训练来回几百华里而未掉队。

然而我们的目标是想早上前线，为国出力，驱除日寇于神州大地之外。半年后，我渐感国民党政治动向不明，去前线无期，渐生离军他去之想。恰遇那时有美军译员训练班来军中招收译员，我与班内的几个大学生都去应试。考场里全团各部分来应考的人颇多，先是笔试，后是口试，我都还顺利。记得口试时答称在校正读四年级后又加了一句："I am a senior student in school"从而结束口试。第三天发榜，不意我竟名列第一，是"山中无老虎，猴子称大王"吧。我想应归功于在口试时这句有点自夸的话加得好，是我母校的光辉声誉夺人，照耀着我走好了这关键的一步。于是我昂首离开军队，转入重庆上清寺中美合办的美军译员训练班。训练期甫毕，1945 年 8 月 15 日，日本天皇宣告无条件投降，于是美军训练班宣布解散，我顺利地暂回九龙坡交大母校。

归去来兮

——重返徐汇校园

“复员”前后*

杨彭基

1945 年 8 月日本投降后，各大学从抗战内地（四川、云南、贵州一带）回到华北、东南沿海沦陷区的一次大搬家，那时称为“复员”。1937 年上海沦陷后，1940 年在重庆小龙坎，后在九龙坡成立了交通大学。抗日战争胜利，交通大学自然要“复员”上海了。

日本投降的消息，1945 年 8 月 15 日晚传到重庆九龙坡交通大学。校内奔走相告，爆竹齐鸣，大家热泪盈眶，快乐得跳了起来。是啊！怎能不这样激动？日本侵略者入侵中国，大批中国人，特别是青年人，不甘心于侵略者的奴役，告别父母亲友，跋涉千山万水，投奔内地。抗战八年，历尽辛苦，到云贵边陲地区，住茅屋竹棚，遭受日寇狂轰滥炸。日寇宣告投降，八年抗战终于胜利，家人终可团聚，怎能不令人兴奋？

1945 年 9 月间，交大就积极争取“复员”东返了。校长和总务长不断从九龙坡进城到重庆联系。好在交通大学在交通部门校友比较多，又热心，特别是造船系和船运公司更有联系，所以在 10 月间造船系师生就首先乘船东下了。其他系的四年级同学也沾了光，挤了上去，同船而下。这是交通大学“复员”的第一批。航空和电机系的教师从 10 月份开始就作好启程的准备，天天盼望着进城交涉的总务长带回好消息。但是在内地的各机关、学校大家都想早日东下，交涉不容易啊，一直到 11 月下旬，才算上船离开了九龙坡。这一批同行的有曹鹤荪、王达时、季文美、许玉赞、马明德、陈湖、张钟俊、祝百英、张有龄、周修齐

* 原载：《交大校友》，西安交通大学出版社，1989 年 6 月，第 72—74 页。

和我等十几家，以及钟伟成夫人和交大全体三年级同学共200余人。乘的是一艘自己不能开动的小兵船“法库号”，由一艘小火轮并肩捆在一起拖着走，这就是东下的第二批。

“法库号”很小，只有一间不大的客舱，哪能容纳200余人？所以只有妇女和小孩住在舱内，而教授、学生全都只能睡在甲板上。就是在舱内，也住不下全部妇女和小孩，所以在临上船时，把课堂中的简易双人课桌搬到船上，排列在客舱中，形成“双层卧铺”，下层的睡在课桌下的地板上，上层的睡在课桌桌面上，并且规定：有小孩的睡“下铺”。睡在“下铺”的，坐不能抬头，暗然无光，爬出爬进，实在艰难；睡在“上铺”的，爬上爬下，也很辛苦。由于住得挤、空气不流通，路上有的小孩患了麻疹，更使得做母亲的惶恐不安。好在我们交大的同事、家属能同舟共济，相互帮助，甘苦共尝，才克服了重重困难，未发生不幸事件。我的妻子陈琴英那时就带了三个小孩，一个4岁，一个2岁，还有一个才几个月，哪能照顾得过来，亏得钟师母（钟伟成夫人）帮着照料，才渡过难关。

小火轮很小，拖着比它大的“法库号”走，很难灵活驾驭。走平直的航道还可以，可是要通过三峡，真叫人担心。那时的三峡，可不比现在，暗礁多、险滩多，弯多水急，艰险得很。可是那又有什么办法？只好把命运安危都寄托在把舵的身上了。听说那把舵的还好，是一位有经验的老把式，不过在驶过三峡时还要吸足鸦片，全副精神，全力以赴，才能免于出事。我们在提心吊胆中驶过了三峡，算是幸运的。后来回到上海后，得知在我们后面，有的船是真翻了。沿途不光是三峡地势险，船上的人还几次告诫我们前方不安宁，要注意隐蔽，留心枪弹。好在我们并没有受到袭击，只是夜间曾隐约听到两岸枪声。

也因为小火轮太小，马力不大，所以拖着“法库号”走，显得很费劲，走得很慢。在长江上游，地势稍陡，还有些顺流而下之势。但是一出三峡，到了沙市，地势平坦，小火轮就更拖不动了，犹似牛车一般地爬行，真是急煞人。好容易到了武汉，经过交涉，换了一艘日本投降的小兵船来拖，稍为快些，但也快不了多少。拖拖拉拉，总算拖到了南京。据说从南京拖到上海，还要拖三天。有不少人，其中也包括我，归心似箭，实在忍不住了，就登岸换火车回到了上海，那是12月23日。从九龙坡到上海，走了30多天。

我们初到上海时，亲戚朋友是有些另眼相待的，说我们是从重庆回来的“重庆人”，想必比原来住在沦陷区的人有办法。我们在回来后的头一两个月，确实略有些优越性，因为我们的工资和“复员”费拿的是法币(即内地国民党政府发行的钱币)，而法币一元可换储备券(即南京汪精卫伪政权发行的货币)100多元，所以手头显得宽裕些。但是好景不长，大概只过了三个月，这种优越性就丧失了。实际上有些“重庆人”是有办法的，这就是当时政府的某些达官显贵，接收大员。他们到上海接收机关企业是名，接收“五子”是实，即房子、条子、车子、票子、女子(指女人)。而绝大多数抗战回来的广大公教人员，其中自然也包括交大的教职员工，仍然靠着微薄的工资过活，甚至于还要兼些课或兼些职以弥补家用。原来希望在抗日战争胜利后过些和平安定生活的愿望，也逐渐成为泡影。但是交大在新的历史阶段中，又在上海起了推动历史前进的作用。

1945年重庆交大迁校返回上海徐家汇纪实*

金立成

1945年8月，抗战胜利，日本投降。当时我们正上四年级，学校安排我们第一批乘“鸿大轮”回沪。11月24日，在重庆九龙坡上船，100多人排成“一”字形将行李一件件从山上传递至江边。“鸿大轮”就停靠在九龙坡飞机场边上简易码头上。待行李装进船舱，全体同学登轮之后，轮船便启程开航。经过长寿、涪陵、丰都、万县、云阳，又经过雄伟险要的三峡，到达湖北省的宜昌。正当行驶在江汉平原接近沙市时，轮船突然搁浅。时值晚上，又听说附近不大平静，于是船上全部熄灯，大家不免有些惊慌。与此同时，我们几位同学与船员一道，打开水坦克阀门，放去一部分压舱水，船身减轻，船舶上浮，脱险后轮船继续向下游驶去。到达汉口是上午八、九点钟，许多同学上岸休息，有的去访亲探友。当看到已投降缴械的日本兵一副狼狈相，无不大快人心。当天下午轮船继续下驶。到达南京后，一部分同学弃舟登陆，先行乘沪宁路火车返回上海，安排迎接工作；大部分同学乘原船继续向东行驶。11月30日清晨，轮船开到万里长江出海口的吴淞，然后驶进世界十大港口之一的上海港。轮船停靠在黄浦江畔十六铺金利源码头。同学们乘上学校准备好的卡车，车上扯着一面白底黑字“交通大学”大旗，经过外滩，转入当时所称法大马路，到霞飞路，再转入福开森路，最后到达海格路徐家汇校址。当时，被解除武装的日本兵还有一部分未

---

* 原载：《校友通讯——交通大学1946届（第一期）》，交通大学1946届同学会编，1996年12月，第9页。

撤走，军马还在容闳堂（今总办公厅）前草场上奔驰。我们临时住在学校对门的平房内（今改建为博学楼），睡的是“榻榻米”。大概经过两个多星期，日军撤光之后，我们与原留在上海的同学一起进入学校，开始最后一学期的学习。

我们在最后一学期里，正巧遇上母校建校 50 周年校庆。虽然有的师生还留在重庆，有的正在路途中，但已经回到上海的师生，还是隆重地举行了校庆。我们 1946 届同学定制了纪念戒，直到现在有的同学仍带在手上以资纪念。

这年 7 月，1946 届同学毕业了，100 多人戴上方帽在草场上集影留念。当晚校长吴保丰先生宴请大家，以示欢送。从此我们离开了培育我们四年的母校，奔向四面八方。

今年 1996 年是母校建校 100 周年，也是我们 1946 届同学毕业 50 周年。我们是有幸既参加毕业 50 周年，又参加 100 周年校庆的少数校友之一。

从九龙坡到徐家汇*

钱存学

抗日战争初期，上海沦陷后，交通大学徐家汇校园被日寇占用。1940年8月，在重庆小龙坎成立重庆分校，1942年10月中旬，迁至九龙坎新宿舍，改为国立交通大学本部，吴保丰任代理校长，李熙谋任教务长。1945年抗战胜利后，全校学生共1924人分3批复员回到上海，和留在上海的交大学生800余人在徐家汇校园会师。我是1944年夏从遵义浙大转学到重庆交大机械系的，1946年3月最后一批复员回到上海。

九龙坡：梦想和现实

重庆是抗日战争时期中国的“陪都”，除延安外，也是当时许多中国青年景仰的一个地方。重庆交大部分同学都是不愿当亡国奴，从敌占区千里迢迢来到大后方的热血青年。他们到这里来的目的，是要学习抗日救国的理论和科学知识，掌握今后参加抗战和战后建设新中国的本领。

但是，严酷的事实令青年学生十分失望。当同学们满怀期望进入大后方后，一路上看到的不是自由、民主和全民抗战的新气象，而是全家几口合用一床破棉絮轮流御寒的农民，是蓬头垢面、衣裤破烂得连

---

* 原载：《水之源（二）》，上海交通大学出版社，2001年6月，第51—58页。

身体都遮不住的大姑娘，是作威作福的地主、官僚和他们躲进学校逃逸兵役的子弟，是被他们的狗腿子乡保长们“抓壮丁”抓来的一串一串地捆绑着送往前线的贫苦农民。到了重庆后，又发现统治这个战时“陪都”的，原来还是战前的那个“消极抗日，积极反共”的反动政权，还是那些骑在人民头上鱼肉老百姓的贪官污吏和投机商人，以及带着“花姑娘”在马路上横冲直撞的外国大兵，只不过是膏药旗换成了星条旗罢了。进步书籍仍旧是遭查禁，报刊上还是常开天窗，民主人士和进步青年仍不时“自行失足落水毙命”，而“国军”几乎天天都在日本鬼子兵的进攻面前不停地“战略撤退”。面对这样的现实，同学们不禁产生怀疑：“老百姓能拥护这样的政府吗？”“它能够领导全国人民坚持抗战吗？”“这样的军队能够打败训练有素、装备精良的日本侵略军吗？”

交大刚由上海迁抵重庆时，也曾在当时重庆进步力量的影响下邀请过中共代表邓颖超和进步学者马寅初来校讲演。自从 1941 年 1 月国民党反动派制造了震惊中外的“皖南事变”、发动第二次反共高潮之后，交大在抗战初期刚迁来重庆时的那一点点民主气氛，至此也都一扫而空了。学生自治会完全被三青团所把持，学生的一切活动全都处于国民党、三青团的严密控制和监视之下。政治气氛如同一潭死水，十分沉闷。

中共中央南方局根据中共中央的指示，为了避免不必要的损失，在重庆暂时停止发展和新建党的组织，对许多基层党组织和党员也都暂时停止了联系。此后，重庆交大便没有了党的组织，整个学校也只有助教胡永畅一个人是有组织关系的中共党员，但是他因另有任务，在学校里并不进行活动。此时，中共南方局青年组在交大建有一个“据点”，它的两个成员熊庆生和袁嘉瑜和党的组织还能保持某种联系。除他们之外，那时的重庆交大虽还有几个在进交大前就已经参加革命或入了党的同学，但是由于各种原因，他们这时也都和党失去了组织联系。据我个人不完全的了解，周盼吾、李嗣尧、吴群敢、袁嘉瑜以及我本人都是如此。在白色恐怖的环境里，我们这些“没了娘的孩子”都只能各自分散隐蔽在群众中间，一面努力学习专业知识，一面千方百计地寻找进步书刊，了解国外形势和党的政策，提高自己的觉悟，等待时机；同时在众多的同学中努力寻找志同道合的朋友。

我于 1944 年夏转学交大时，数十万国民党军在日本鬼子发动的豫湘桂战役中不战而溃，贵州门户独山弃守，重庆为之震动，大后方一时人心惶惶。一天，我和从浙大转学来交大的陈明煌到他的福建同乡郑平的宿舍去玩，在那里认识了他的福建同乡杨福生、刘泉祺，以及他的中学同学谭西夷等一些爱国情深、感情炙烈的同学。后来我在重庆育才学校参加鲁迅逝世纪念会时，又认识了航空系同学、陶行知校长的儿子陶诚。每当一起谈及时局，大家无不为国民党政府的腐败无能扼腕叹息，尤其是谭西夷这时所表现出来的嫉恶如仇的感情和刚毅率直的性格，给了我十分深刻的印象。他出生于湖南农村的贫苦家庭，在学校里生活极其清苦，除少许公费糊口外，没有其他任何经济收入，连最必要的学习工具计算尺和制图仪器也买不起；但他的性格十分倔犟，从不向困难低头，学习努力，成绩优秀，使我非常钦佩。我们这些人，有时还加上从浙大来的助教胡永畅，课余常到附近的山头、江边散步，就各种问题随意漫谈和争论，很快就成了政治上彼此信任的要好朋友。此前，我在重庆交大一个熟人也没有，在白色恐怖的气氛中，感到非常孤单，每到周末都要步行一二十里山路，爬几个山头，到沙坪坝的“学生公社”和中央大学去，找在那里工作和学习的抗战初期上海进步学生运动中的老领导和老战友，到他们那里去吸取政治营养。自从在九龙坡结识了这些慷慨激昂的热血青年后，经常和他们交流思想，谈论时局，探讨中国的前途和命运，感到自己不再孤单，又有了力量。

1944 年下半年，世界反法西斯战争的欧洲战场形势大好，美、英已在西欧开辟了第二战场，苏联红军在斯大林格勒大胜后，已转入反攻，解放了东欧大片土地，逼近了德国法西斯的老巢。但在中国战场上，却发生了数十万装备精良的国民党军队在日本侵略军打通南下交通线的战役中大溃逃的严重事件。国民党政府的腐败无能，激起了广大人民和盟国的严重不满。9月15日，林伯渠代表中共中央在国民参政会上正式提出成立民主联合政府的主张，在国内外引起了强烈反响。美国驻华大使赫尔利亲自飞到延安，表示同意成立联合政府。在这种形势的影响下，重庆各民主党派争取民主的活动再度活跃，九龙坡的政治气氛也逐渐发生了一些微妙的变化，交大的进步力量开始动了起来。据我的不完全了解，1945年初，李嗣尧、张攸民等同学发起成立了“今天社”，由张攸民任社长。办有壁报、图书馆、阅览室，陈列了不少进步书报，举办过有关形势和文学作品的座谈会等活动。虽因政治色彩比较强烈，一般同学参加的不多，然而这是重庆交大同学成立的第一个进步社团。它的出现，对于打破交大的沉闷气氛，起到了带头的作用。1945年日寇投降后，30多个从军的同学陆续复员回校，成立了由张泽仁、方熊负责的“交大从军返校同学会”，解决回校后的一些共同的具体问题。此后，丁永康和张志平等同学在1945年冬成立了“创社”，丁永康和吴群敢之间有着良好的友谊和经常的联系，但因丁永康复员回沪较早，在重庆没来得及开展更多活动。1946年元旦，陶诚、于锡堃等从育才学校请来了该校的实验剧团，到九龙坡校园演出川剧《啷个办》和秧歌剧《王（蒋）大娘补缸》等内容进步的节目，常请该校老师到学校来教同学们唱民歌、跳民舞，生动活泼，参加他们活动的同学较多，对活跃校园气氛起到了积极的作用。陈明煌、许健、谭西夷、杨福生和我也经常参加他们的活动，有时也一起去看《抓壮丁》等进步话剧。此外，1945年上半年，周盼吾为反对校方的高压政策和团结教育同学，还曾组织运输管理系1947届全班同学并和1948届班长朱启瑞联系协调，进行了两次胜利的抗议斗争。1945年8月28日，毛主席亲赴重庆和蒋介石直接谈判和平建国事宜，于10月10日达成《双十协议》，十分振奋人心。但国民党的本意并不是和平，而是争取时间调兵遣将准备内战，因而协议的墨迹未干，就集结了 100 余万兵力进攻解放区。12 月 1 日，昆明学生在西南联大举行“反内战座谈会”时，发生了国民党暴徒冲进联大校园捣乱并用手榴弹炸死参加座谈会的学生 4 人，炸伤 12 人的“一二·一”惨案。我们几个比较熟悉并常在一起的同学商议后，投书《新华日报》，表示了强烈愤怒和抗议。1946 年 2 月 16 日，郭沫若、沈钧儒等著名民主人士在重庆校场口召开坚持《政协决议》、反对内战的群众大会，我和陈明煌、刘泉祺、杨福生、于锡堃、许健、吉菊秋等七八个同学，一起去参加了这次大会。大会在进行中又被特务破坏捣毁，主持大会的郭、沈两先生挨了打，陈明煌的深度近视的眼镜在混乱中也被挤落在地上踩坏了。参加大会的同学十分气愤，回校后又写了抗议信在《新华日报》发表。

在重庆交大，像这样的热血青年还有不少。由于当时政治环境的限制，我的接触面很窄，和许多进步同学，如我后来曾有幸与之并肩作战、并结下深厚战斗友谊的熊庆生、袁嘉瑜、曹炎、穆汉祥、雷天岳、姚欣茂等同学，当时还不认识，所以对他们当时的情况并不了解，不能在此详述，颇感遗憾。

就在重庆的政治气氛开始发生某些变化的时候，1946 年初，国民党政府为了替发动全面内战做舆论准备，利用苏联红军从东北搬走机器的事件，上演了一出全国性的以“反共”为目的的“反苏”游行闹剧。被三青团把持的重庆交大学生自治会利用同学们的爱国热情和不了解事实的真相，也煽动起一批同学，参加了他们在重庆搞起的“反苏”游行。在游行队伍经过《新华日报》社的时候，他们指使暴徒狂喊“反共”口号，打砸了《新华日报》社。但是，他们的这个行动，正如谭西夷同学后来所说的那样，促使他和许多同学清醒过来，看到了国民党政府“消极抗日，积极反共”的“基本国策”，明白自己受了他们的骗，提高了政治觉悟，气愤地退出了游行队伍，使这次反动游行的策划者们又当了一次反面教员。

复员：进了一次社会大学

1945年抗战胜利后，我随第三批、也是最后一批同学复员回沪。于1946年初出发，带着十分激动的心情，离开了沉闷压抑的重庆，从大西南经大西北和中原大地，回到了我离开已经3年的上海。

我所在的这个复员小组成员，记得有谭西夷、杨福生、刘泉祺、吉秋菊、黄世群、潘道煦、杨焕生、吴良亚、丁成翰、徐万钧、汪儒章等同学和助教胡永畅，共一二十人，多数是在重庆九龙坡时就常在一起，对国民党政府的反动、腐败和无能反感和厌恶的好朋友。在这次跋涉千里的长途旅行中，都自觉或不自觉地要对中国这个半殖民地半封建的社会，尤其是对多数人还不太熟悉的内地农村社会，做一次具体的观察。到旅途结束时，和其他小组的许多同学一样，大家都对中国的国情有了比较深刻的具体认识，带着广大人民坚决反对内战，主张成立民主联合政府领导全国人民建设进步、富强新中国的强烈要求，回到上海。

同学们离开重庆后，有时乘坐背着个煤气发生炉的破烂的长途客车或敞棚卡车，有时乘坐骡马大车，有时步行，沿川陕公路、陇海和津沪铁路，饱览了巴山蜀水、剑阁秦岭等壮丽的祖国河山，参观了西安的碑林、开封的白马寺、洛阳的龙门等历史名城的许多名胜古迹。伟大祖国灿烂辉煌的光荣历史和博大精深的文化传统，使我们深深感到作为一个中国人的自豪。同时，一路上，无论是在城市还是在广大农村，我们也处处看到严重的贫富两极分化和一小撮地主、买办、投机商人和贪官污吏相互勾结，压迫剥削广大人民的情景：富的拥地千顷、华服豪宅、肉林酒地，一掷千金连眉头都不皱一下；而穷人辛勤劳动了一辈子却地无一垄、房无一间、家徒四壁、身无分文，冬天连一件可以御寒的棉衣都没有，到了20世纪中期还在使用和几百年前并无二样的原始生产工具从土里刨食吃，有时连简单地维持生命都不可能。我们沿途更看见了日本帝国主义“三光政策”所造成的赤地千里、断垣残壁的惨绝人寰的景象。所有这些现象，无不使我们沉思：“中国物产丰富，人民聪明勤劳，老百姓为什么还这么贫穷、落后？”“中国地大物博，人口世界第一，为什么竟在短短的几年里，就被一个资源贫乏、人口不到中国四分之一的小日本打得一败涂地，丧失了大半国土？”“战后的中国应该成为一个什么样的国家、走什么样的建国道路，才能使中国尽快地繁荣富强起来？”“国共两党能不能建立联合政府？会不会发生全面内战？”大家就这些问题，随时随地联系实际，不拘形式地进行漫谈，各叙己见。都觉得途中这一个多月，让我们能有机会在祖国的腹地做了一次机会难得的实地考察，使我们对中国的国情、人心，有了进一步的理解。在这些一直悬挂在心头的带根本性的重大问题上的认识，有了很大的、甚至是突破性的提高。不同程度地认识到国民党、蒋介石政权是帝国主义利益和当代中国一切反动、腐朽社会势力的总代表，是中国人民贫穷、愚昧、落后的根本原因。国民党、蒋介石企图用打内战的办法消灭共产党，维持其反动独裁统治的社会秩序在这个政权的统治下，日本帝国主义刚被赶走，美国帝国主义马上就会来取而代之。这样下去，中国的半殖民地半封建的社会性质就不可能改变，就不可能将贫穷、落后的旧中国建成一个独立、民主、进步和繁荣、富强的新中国，就还要继续受帝国主义的侵略和欺侮。思想一通心情便格外舒畅，所以我们一到西安便情不自禁地即兴演出了一出活报剧《蒋委员长西安蒙难记》。

那天一大早，我们 10 多个人，穿着满是尘土的破旧中山装和夹克，一路兴高采烈地唱着离渝前不久才在“山茶社”从育才学校老师那里学会的“王（蒋）大娘补缸”调，踩着秧歌步，前往华清池参观。说起华清池，大家不约而同地谈起了使这个温泉浴场名扬天下的两个大名鼎鼎的人物：一个是那位在华清池温泉洗澡时忽然想起要吃荔枝，皇上一听便立即让人骑马日夜不停地800里加急，从广东往长安送鲜荔枝的唐代的大美人、贵妃杨玉环女士；另一位就是躲在峨嵋山上称王称霸8年，积极反共，消极抗日，自称是当代中国“唯一领袖”的委员长蒋介石先生。

助教胡永畅平时说话不多，这次，路经骊山脚下华清池附近，国民党西安市党部为纪念“蒋委员长西安蒙难”用灰色水泥建造的那个丑陋不堪的被人称之为“捉蒋亭”时，却情不自禁地用他的广东腔的“宁波话”说起了“单口相声”：“阿那蒋介石，只因头皮不争气，长勿出头发，故而别人又叫我……娘西皮……‘蒋光头’，美国老板照伊那名在前、姓在后格洋规矩叫我……嘻嘻……‘石委员长’，或者亲热地叫他们给我起的外号‘花生米’，阿那生来怕外国人，尤其最怕东洋赤佬，所以把东三省送给了东洋人，允许伊那在华北驻军，还找了个‘先安内，后攘外’，的说法，替伊那打要求抗战格共产党，为的就是怕伊那来打我。哎！那里想得到张学良和杨虎城这两个小瘪三，听了共产党要求‘停止内战，一切对外’的赤化宣传，居然造反在华清池把我抓了起来……娘西皮……逼我抗日。哎呀呀，气煞哉！”大家都觉得他的这段“相声”，说得实在又好又出气，好像为这些时日一路漫谈和讨论的问题做了一个结论，兴奋得用“王大娘补缸调”大唱：“气煞哉！气煞阿那蒋光头哉！唧格里格唧，格里格唧个当！”

记得是1991年，我到西安交大参加母校95周年校庆庆典时，遇见了当年我们复员小组中年龄最小，那时已是川东电业局局长和交大重庆校友会会长的丁成翰小阿弟。在我们一起重游华清池时，他对我说：“我原来总以为蒋介石是国民政府的正统领袖，领导全民抗战的民族英雄，后来在重庆看到了他的腐败无能，加上那次复员行程中所见所闻的中国现实，促使我想了许多问题，比过去读的多少书所受到的教育还要深刻。我和不少同学就是在这期间提高了觉悟，看清了国民党的反动本质，开始转向革命的。”

现在看来，这次复员之旅，客观上为我们回到上海后立刻就要投身参加的“反内战”运动，做了一次极好的“战前思想动员”。不少同学在这座“社会大学”的学习过程中，初步认识了国民党、蒋介石的腐朽和反动的本质，已经对他们的统治从在重庆时的“反感”发展成为一种“蔑视”，开始产生了一种要积极反抗它的冲动，所以后来在徐州才发生了那场和国民党宪兵的“遭遇战”。

1946 年 2 月下旬，我们第三批复员的几百名同学，历尽艰辛，跨过被战争破坏得一片瓦砾、哀鸿遍野的中原大地，乘闷罐货车达徐州后，被沿途见到的国民党政府的腐败无能和日本侵略军的滔天罪行所激起的满腔愤慨，憋在胸中几乎到了要爆炸的程度。这时，同学们在徐州站台上突然发现，除了我们乘坐的那列破烂肮脏的闷罐货车外，还停着一列装载着日本战俘的客车。有个穿着军服马靴、腰挂指挥刀的日本军官正挺胸凸肚、神气活现地在车站上走来走去。这时，几个同学走上前去质问他：“为什么投降了还佩带指挥刀?”这个日本军官倒是乖乖地立正、敬礼，解下了军刀，但这时却走来几个国民党宪兵，把这个日本军官护送上车后，又返回来对学生横眉竖目地横加训斥。同学们怒不可遏，便一拥而上，把宪兵围了起来，同他们说理。这时，大队宪兵赶了过来，对学生推推搡搡。混乱中，我手上拿着的正在为这个场面拍照的照相机，也被宪兵抢走拿去胶卷。双方剑拔弩张，相持不下。最后，在车站负责人的安排下，把日本兵乘的列车开走，才避免了更严重的后果。

同学们回到车上后，对国民党政府向日本战俘卑躬屈膝，而把爱国学生视同敌人的行径，无不感到气愤。有的同学说：“我原来对报纸上说，昆明‘一二·一惨案’中，国民党军队用手榴弹炸学生的报道还不相信，现在看来是我把国民党想得太好了。”还有同学说：“我原来对‘皖南事变’还不理解，现在已经懂了。”经过抗战时期在国民党反动统治下的所见所闻和在党的政治影响下的自我教育，广大的重庆交大同学在回到上海时，在政治上已有了不同程度的提高，大部分同学对国民党政府已不抱幻想，有些积极分子更是急不可耐地磨拳擦掌，迫切要求行动了。徐州车站上发生的这“遭遇战”，不过是后面正剧的一场“序幕”而已！

后　记

在纪念中国人民抗日战争胜利70周年暨世界反法西斯战争胜利70周年之际,《交通大学师生抗战回忆录》正式出版了。

该书从交通大学师生的视角出发,以抗战时期交通大学的办学历程为主线,从1934—1946届交大校友的回忆录中撷取师生文章66篇,展现师生在抗战岁月的经历。十余载的艰辛,十余载的坚持,一届又一届交大师生同心砥砺,以坚韧不拔的精神,直面沧桑巨变,勇往直前,留下了一串串动人的故事。

读书不忘救国——本书第一部分,作者大多为1931至1937年在交大就读的校友,这些文章中可以看到"九一八事变"至"七七事变"期间交大师生的抗日爱国运动。

弦歌断续——本书的第二部分,主要讲述抗日战争全面爆发后,交大师生坚守上海租屋上学的故事。拳拳学子心,殷殷师长情。师生坚守教学,弦歌不断,终在东南绝境开出荒漠之花。就算从未踏进徐汇校园,学子们的生命中也烙上了挥之不去的交大情结。

千里辗转求学路——本书的第三部分,讲述交大师生离开上海赴内地求学的故事。抗战期间,有许多交大学子选择奔赴内地抗日求学。"崎岖七日似登天,几见骷髅倚道边"(许国志),千里征途中他们屡涉艰险,然而,一个个坚定的足迹,开启着坚定的求学之路,也启迪着后人前进的方向。

龙骧麟振九龙坡——本书的第四部,讲述交大在重庆创校的故事。重庆小龙坎分校诞生，九龙坡分校升为本部。年轻的教师，充满朝气的学生，交通大学在重庆郊外的土坡上，迎来了学科的大发展。小龙坎、九龙坡，是交大人挥之不去的永远的记忆。

投笔从戎——本书的第五部分，“百万青年百万兵”，抗战后期，交大学生纷纷响应政府号召，投笔从戎，奔赴抗日前线。这里，有对同学战友的怀念，也有热血卫国的青春的记忆。

归去来兮——本书的第六部分，讲述抗战胜利后，交大重庆学校复员上海的历程。

本书文章主要来自1934—1946届交通大学校友同窗回忆录，以及《交大校友》(5期)、《水之源》(3期)等书籍刊物，从中选择与抗日战争有关的回忆文章，汇编成册，出版一部回忆录，以纪念中国人民抗日战争胜利70周年暨世界反法西斯战争胜利70周年。本书由上海交通大学党史校史研究室漆姚敏负责选录、编辑，并经研究室统稿，在本书出版过程中还得到各级领导部门的协助和指导。在此，向所有关心和支持本书出版的各级领导、广大校友和师生员工，致以衷心的感谢！

愿这本记载着交大人抗战回忆的书，能帮助读者从不同的角度解读抗日战争对个人、对高等院校乃至对国家的影响和意义所在。由于书中作者多为20世纪20年代生人，文章形成年代也普遍较早，现时难以做到逐一联系校对，也由于编纂时间与编者水平所限，书中难免有令人遗憾之处，祈请读者见谅。不当之处，敬请批评斧正。

编　者

2015年6月